# 米袋福妻

3

浮碧 著

風文創 1018

風文創 1018

# 目錄

# 第七十一章

很快，抓週儀式開始。

今日正好天公作美，秋高氣爽，太陽也不大，便決定在屋外抓週，只須把條案往外搬就行，地上特地鋪了木板，以供玩樂，位置倒也夠大。

這會兒，裴延初和姜塵等人也不躲著了，紛紛出來看四皇子抓週。四皇子可愛又聽話，很少哭鬧，這些日子他們可沒少抱他玩，自然必須來增添喜氣。

條案鋪上紅布，紅布上擺滿抓週用的東西，楚攸寧把四皇子放上去。「小四，去抓你想要的東西，能抓幾個算幾個。做人就要多點技能，才不會餓死。」

眾人無言，為何公主覺得堂堂一個皇子會餓死？

「胡說什麼呢！」景徽帝上前敲了下楚攸寧的腦袋，扯下腰間的龍形玉珮放上去。「小四，快挑一個抓。」

楚攸寧見狀，也抓一隻雞放到紅布上。

眾人還沒來得及從景徽帝放玉珮的震驚中回神，看到公主這舉動，又呆住了。

「這是妳弟弟的抓週，妳跟朕置什麼氣！」景徽帝怒斥。

楚攸寧一臉無辜。「我怎麼跟您置氣了？」

景徽帝指著桌上趴著不動的雞。「不是置氣，那妳把這玩意兒抓來做什麼？」

「我這個可比您的玉珮好，小四抓了，代表一輩子都不缺肉！對了，還差一把米！」楚攸寧扭頭吩咐風兒。「快去取一把米來。」

風兒不敢多看景徽帝一眼，轉身照辦。她是公主的人，只聽公主的。

景徽帝見沒人阻止，怒視沈無咎。

「你們也不攔一攔？」

「臣覺得公主說得對，豐衣足食挺好。」沈無咎支持媳婦，既然她認為糧食和肉才是最踏實的，那就由著她吧，反正以媳婦如今的實力，也不需要靠積攢名聲過活。

景徽帝不知道該說什麼好了，閨女這性子越發離譜，敢情就是沈無咎慣出來的。

張嬤嬤見沒人阻止雞上桌了，嘆息一聲，讓人把雞帶下去擦乾淨再放上來。

很快地，風兒真找來了米，只不過不是一把，而是剛收上來的稻穗，是楚攸寧前些天去看莊戶們收割莊稼帶回來的，上面掛滿沈甸甸的稻穀，正好用來給四皇子抓週。

東西能擺的都擺上桌了，該有的都有，不該有的也有，楚攸寧再次把抓著她的小奶娃放回桌上。

小奶娃坐在桌上，睜著滴溜溜的大眼睛張望四周，半晌沒見他伸出手，在大家的鼓勵下，才慢吞吞朝桌上的東西爬去。

他路過筆墨紙硯，看都不帶看一眼。姜塵這個做老師的，那個心啊如同被潑了冷水，冰涼冰涼，他的學生怎能不抓筆墨紙硯呢？

小奶娃爬到一半，又一屁股坐下來，滴溜溜的大眼睛看向圍觀的大人們，認出他姊姊，格格一笑，小胖爪掃開旁邊的東西，而他能搆得著的，正好就有景徽帝放下的玉珮。

大家屏息以待，除了楚攸寧外，大概所有人都暗暗期待小奶娃抓起景徽帝的玉珮了，那象徵著帝王的寵愛和看重，也象徵著權勢。

小奶娃扒開妨礙他的東西，不負眾望拿起龍形玉珮。

「哈哈！不愧是朕的兒子，有眼……」景徽帝的笑聲戛然而止。

因為小奶娃拿起玉珮後，就朝楚攸寧爬去，抓著她伸出的手站起來，把玉珮交給她。更氣人的是，得到玉珮的人還滿臉嫌棄。

「小四，你要記住，真到缺水斷糧的時候，玉是最沒用的東西。」楚攸寧隨意瞥了玉珮一眼，一本正經勸告小奶娃。

「怎麼沒用了？」景徽帝臉色不豫。

「世界末日了，誰還買帳？這玉是能打，還是能換吃的？」楚攸寧挺胸跟他爭辯。

「亂世？即便慶國被越國欺壓良久，也遠不到亂世的地步，少整日胡思亂想。」

看父女倆一言不合又吵起來，大家都習慣了，還能看得津津有味。原來陛下碰上公主，也不是那麼高高在上。

「陛下，四皇子算不算已經抓好了？」劉正適時出聲。他得替他家陛下找臺階下，不然當著那麼多人的面被公主頂得下不來臺，太丟君威。

「算！」

「不算！」

景徽帝和楚攸寧異口同聲，兩人又是誰也不服誰，相互瞪眼。

「不如把玉珮放回去，讓四皇子再重新抓一次？」劉正提議。

父女倆點頭同意。

楚攸寧隨意地把玉珮扔回桌上，看得大家又是心驚肉跳，那可是景徽帝的貼身玉珮啊，必要時也是能當「見玉珮如見朕」來用的。

這次不需要小奶娃費勁爬了，東西擺到他四周，讓他伸手就能夠搆得著。

小奶娃看到前面趴在草墊子上的雞，小胖臉一樂，直接朝大紅公雞撲去，表情奶凶奶凶的，十分有氣勢。

楚攸寧得意地看向景徽帝。「看吧，還是吃的實在。」

景徽帝不願承認自己的玉珮比不上一隻雞，呵的一聲笑。「雞會動，小孩子都愛玩。」

「不管怎樣，小四抓了雞，一輩子不缺肉吃。」

「這樣還不如抓錢，錢不只能買到肉。」

「沒錢的時候，天上會掉錢嗎？小四沒肉吃了，天上會掉肉！」

「憑什麼天上會掉肉就不會掉錢？妳這樣說不對。」

「天上有鳥，掉下來就是肉。」

景徽帝語塞。「歪理一套套，跟誰學的？朕懶得跟妳扯。」扯不過。

大家強忍住笑，公主厲害了，連陛下都敢頂，還頂得陛下沒話說。

「陛下，雄雞一唱天下白，四皇子抓了公雞，意味著將來能當個明辨是非，蕩平天下的英雄。」這句吉祥話，劉正可謂絞盡腦汁才想出來。

「對對對，四殿下一看就隨了公主剛正不阿的性子，蕩盡天下不平事。」張嬤嬤上前抱起想撲到公雞身上的四皇子，趕緊附和。可憐的四皇子，哪家抓週的東西裡會有雞，她也不知道這算不算好前途了。

這吉祥話，楚攸寧還是聽得懂，看看圓滾滾的小奶娃，就他能掃蕩天下？她還差不多。

自認為很了解自家媳婦的沈無咎怕她又往吃的方面想，趕緊拉住她的手。「公主，抓完週，該做下一步準備了。」

楚攸寧一聽，立即拋下景徽帝和小奶娃。「對！趕緊準備，我餓了。」

景徽帝本來還好奇沈無咎說的下一步準備是什麼，聽見她後面那句，就知道是弄吃的，頓時不抱希望了。

他早該想到的，對他閨女來說，天大地大，吃飯最大，視糧食如命。哪怕是喜歡錢，也是因為能買糧。

沒多久，景徽帝瞧見楚攸寧命人抬出一個長條形鐵架，上面有個鐵槽，裡面放上燒紅的炭火，再把黑炭均勻填進去。

景徽帝望望天，雖是入秋，天涼了，也不至於到烤火取暖的地步。

接下來，他更看不明白了。

婢女取來鐵網罩在上面，鐵網有些黑糊糊的，一看就是用過的，好似上面放過什麼東西，被燒糊了。

景徽帝直皺眉，開始懷疑他閨女真是宮裡錦衣玉食長大的公主嗎？怎麼吃得這麼糙！定是沈無咎教壞的，都說上過戰場的人比較不講究，但這也太糙了。

景徽帝的眼神像刀子似的甩過來，沈無咎這才不緊不慢地解釋。「陛下，那是公主準備做燒烤用的東西。」媳婦替他打好劍後，閒著沒事幹，又跑了軍器局幾次，弄出燒烤架，他們已經烤過好幾次了。

「燒烤？不就是烤肉，用得著這般麻煩？」在景徽帝看來，烤肉是野外生存才用得到，無非是生一堆火，把獵來的野物放在火上烤。往年每逢秋獮，夜裡舉行宴會也是這般慶祝。

「陛下看下去就知道了。」沈無咎也沒細說。

很快，原本抓週的東西被撤下，一盤盤串好的肉端上來，擺在條案上，還有燒烤用的調料、用來刷油的刷子。

刷子是去做毛筆的地方訂製的，楚攸寧第一次冒出想吃燒烤的想法時，刷油用的就是大號毛筆。

其中還有一些獨特調配的醬料，是除了糧食外，楚攸寧最愛吃的，沈無咎特地命人找來，可送到楚攸寧心坎裡去了。

雖然對她來說，有吃的就好，但誰會嫌棄更美味的東西呢？

婢女端上來的葷菜有今日特地準備的雞翅、雞爪、雞腿等等。

景徽帝瞧著端上來的東西，眉頭越發皺緊。「你就讓公主吃這個？」又瞪向沈無咎，活像自家閨女在他不知道的時候受盡虐待。

沈無咎坦然點頭。「公主喜歡吃，臣也喜歡。」

景徽帝不悅。「別把你啃樹皮那胃口用到攸寧身上。」

楚攸寧走過來。「他啃樹皮得怪誰？」

景徽帝氣結，這閨女真的可以扔了。但氣歸氣，這話還不能反駁。因為這事，如今他可關心各地糧餉了。

沈無咎對公主的維護感到很舒坦，尤其在始終叫人意難平的糧餉之事，能讓景徽帝吃癟，心裡更爽。

「這些東西，妳打算全烤來吃？在山裡幾個月，真把自己當野人了？」景徽帝指著桌上那些全是生的食材。

「有本事，您待會兒別吃。」楚攸寧傲嬌地哼了聲，轉身去做下一道美食。

雞腿、雞翅、雞爪都拿出來烤了，剩下雞身，自然少不了傳說中的叫花雞。在末世，尤其是出任務時，天知道她幻想過多少次，希望有隻雞出現給她做叫花雞。

叫花雞最簡單的做法就是把雞宰了，內臟掏乾淨，直接帶毛糊上一層黃泥，扔進火裡煨烤。等泥巴烤硬了，取出來冷卻後，破開泥殼，雞毛會隨著泥殼脫落，露出原汁原味的雞肉。

再講究些，就是把雞殺乾淨，去毛，抹上調料，雞肚裡也塞進香料，讓裡裡外外調味均勻，再用荷葉包住，外頭糊上泥巴，層層包裹，最後丟進柴火堆裡煨熟。

現在他們做的就是這個，兩人處理一隻雞，抹調料的抹調料，糊泥巴的糊泥巴，簡直顛覆了景徽帝的想像。這是大人學小孩玩泥巴？用荷葉裹住雞，還往上面糊泥巴，確定這玩意兒能吃？

景徽帝看看所謂的燒烤，又看看糊泥巴的雞，質問楚攸寧。「待會兒妳就讓朕吃這個？」

「啊？您不想吃？」楚攸寧詫異，燒烤、叫花雞是多美味的東西。

「朕是皇帝，為何要吃這種東西？」景徽帝覺得閨女招待他不盡心。

「真難伺候。」楚攸寧鼓嘴嘀咕，拖來一根竹子，拿刀迅速劈開。「幫您做個竹筒飯，還有竹筒雞湯，行了吧？」

景徽帝無語，這個覺得他無理取鬧，拿他沒辦法的眼神是怎麼回事？

「妳做，朕倒要看看妳怎麼用竹子做飯。」竹子還能做飯？哪來的想法，也不怕竹子被燒光了。

# 第七十二章

竹筒飯是裴延初他們列在菜單上的，想做的話，也可以做來玩，所以廚房早把該泡的米都泡好了。

楚攸寧做給景徽帝看，劈竹子那叫一個快狠準，竹筒自有人拿去洗乾淨，她只須在乾淨的竹筒裡裝食材，然後上火烤。歸哥兒也跑過來湊熱鬧，裝了好幾個。

景徽帝見狀，越發認為這也是小孩玩扮家家的東西，怕不是嫌糧食太多，拿來玩了。

除此之外，楚攸寧還讓人做火鍋，辣湯湯底就用麃子骨頭熬製，清湯則用雞湯。

今天一早，沈無咎帶人去獵了隻傻麃子回來，廚房又特地採買羊肉，於是肉串就有了，再讓人抓來幾條鮮美的魚串上鐵籤子，葷菜就差不多了。

素菜有香菇、玉米、蔬菜、茄子、韭菜、豆角等，但凡能烤的都出現在桌上，這些食材不管是燒烤還是涮火鍋都可以，完美！

然而，無論是竹筒，還是叫花雞，景徽帝怎麼看怎麼像是在玩。竹筒還好說，直接放火上烤就行，他始終不相信那個叫花雞糊上泥巴能吃，看著就不乾淨。

最後，景徽帝坐在一邊，捧著竹筒杯，杯裡盛著果汁，塞了根蘆葦，用嘴一吸，果汁就從蘆葦管裡吸上來了。旁邊還有個歸哥兒吸得咕嚕咕嚕響，有種回到三歲的錯覺。

竹筒飯跟叫化雞都放到火上了，只須讓人看著火就行，燒烤架這邊的炭正好也燒起來，陳子善等人從條案上拿了喜歡的食材往鐵架上放，開始熟練地燒烤。

食材一刷上油，滴到裡面的炭，火苗燃起，一時煙燻火燎。

景徽帝的眉頭越皺越深，那些東西怎麼看都不像能吃的樣子，單純烤肉也不是這樣的。

很快地，景徽帝就不只是皺眉了，還想哭，被嗆得想哭。

他捂著鼻子走遠，叫來沈無咎。「那是何物？你們這是在做什麼！」要不是因為這是他閨女的地盤，都要懷疑這群人想毒死他。

沈無咎讓程安去抱來一盆結滿果實的番椒。「陛下，就是此物。」

「這不是番椒？」景徽帝詫異。他知道番椒的果子有毒，觸之麻辣疼痛，且無法能治，只能強忍著等疼痛消退。

越國人因此嫌棄番椒，拿來賞賜前去納貢的使臣，聲稱這是從海外帶來的玩意兒。

國力不夠強大，慶國使臣又能如何，只能忍氣吞聲帶回來。為此，雖然結了果子的番椒好看，但因為越國的關係，都被擺在路邊，不願看重。當然，也有番椒是毒物的原因。

景徽帝再看向往食物上撒番椒粉末的人，臉色一沈。「撒上番椒，還能入口？」

「可以啊，香著呢，您要嚐嚐嗎？」楚攸寧拿著烤好的肉串，一邊吃、一邊走過來。

「妳怎麼什麼都吃，就不怕被毒死！」景徽帝咬牙切齒，卻還是接過她遞來的烤肉。

「您說番椒嗎？我第一次吃的時候，就是到沈家莊的第一天晚上，要毒死早就死了。」楚攸寧又咬下一塊肉，麃子的肉質鮮嫩，再刷上一層層烤料，不但入味，表面也帶焦香，好吃得不得了。

「陛下，這確實可以當作調料，而且加了這個，能做出更多不同的口味。」沈無咎湊過去，就著楚攸寧的手，從肉串裡咬出一塊肉來吃。

景徽帝見狀，沒去想能不能吃的問題，而是期待他閨女被虎口奪食後的反應。結果，他閨女非但沒生氣，還把那串肉往沈無咎嘴邊餵。

沈無咎到底怎麼哄的，居然讓他閨女連到嘴邊的肉都捨得讓出來。

「您不吃嗎？不吃還給我。」楚攸寧見景徽帝拿著肉串發呆，作勢要拿回來。

「朕還吃不了妳一口肉了，百善孝為先知不知道！」景徽帝氣得罵人，怕閨女把肉搶回去似的，也學她的樣子咬出一塊來吃。

「陛下，當心辣！」

沈無咎和劉正異口同聲喊，可是來不及了，景徽帝一口肉入嘴，嚼了兩下，表情就如石化般，舌頭像被灼燒到，眼眶一點點泛紅。

「父皇，您哭了！那句話怎麼說來著，男兒有淚不輕彈，何況您還是個帝王呢，若傳出去，別的國家會認為咱們慶國的皇帝是個愛哭鬼。」

「嘶……妳閉嘴！」景徽帝跳腳，第一次嚐到辣味直抽氣，囫圇吞棗嚥下那塊肉。

劉正已經去端了果汁過來。他本來想端茶，幸得張嬤嬤提醒，不可以用熱茶解辣。

景徽帝接過來，昂頭喝了大半杯。

「您多喝點，喝飽了，我就能省下您那份吃的了。」楚攸寧在旁邊慫恿。

景徽帝差點被嗆到，懷疑自己遲早會被她氣死。

沈無咎笑著看楚攸寧氣景徽帝，她要真想省這份口糧，也不用特地拿一把肉串過來了。

「沒見過像妳這般小器的，朕偏不如妳的願！」景徽帝洩憤似的，又咬一口肉。

他發現，嘴裡的辣勁過了，吃第二塊慢慢習慣，覺得味道還不錯，於是又吃第三塊、第四塊……一串肉不知不覺被他吃完了。

楚攸寧悄悄跟沈無咎咬耳朵。「父皇真傻，聽不出我是說著玩的，居然真怕沒得吃。」

景徽帝的臉黑了。別以為貼著耳朵說話，他就聽不到，有本事壓低聲音啊！

沈無咎看看神情變換的景徽帝，笑著把肉串餵到媳婦嘴邊。「公主也吃，要比陛下吃得多才不虧。」

「說得對！」楚攸寧點頭，啊嗚咬下一塊肉。

景徽帝瞪沈無咎一眼。你就慣吧！

大家吃完燒烤，又吃竹筒飯，破開的竹筒裡，有裹成條的米飯，裡面有紅豆、肉丁等等，聞著有特別的清香和烤過的焦香味，是一種難得的、充滿野趣的美食。

景徽帝沒想到竹筒飯真被楚攸寧做成了，還有竹筒雞湯，裡面的雞肉又香又嫩，帶著竹子的清香，還有柴火的味道，是他喝過的最鮮的雞湯。這種原汁原味的鮮美，是宮裡御廚用十八般廚藝都燉不出來的。

景徽帝原本以為，最後上來的會是叫花雞。吃了燒烤和竹筒飯後，他不覺得叫花雞不堪入目了，反而還有些期待。

結果，叫花雞沒上來，端上桌的是一個叫火鍋的東西。

景徽帝看到紅通通的湯底，起初是想拒絕的。燒烤放那麼點番椒，他都受不了了，還來這麼紅的，他懷疑能辣死人。見歸哥兒也吃後，覺得身為一個帝王，不能連個小孩都比不上，遂開始嘗試，越吃越香。

「想不到番椒還有如此妙用，想來越國把它帶回來時，一直沒搞懂它的用處。」景徽帝想到越國每年拿這東西作為回禮打發他們，卻不知這是調味聖品，越吃越開懷，這番椒可以大量種植起來了。

說到這個，楚攸寧忍不住好奇。「越國的福王還活著嗎？」

景徽帝點頭。「聽說找到仙人託夢的東西和做出火藥後，福王沒多久就閉關清修了，如今應該有五十多歲了吧。」

「也就是說，他得到仙人託夢的時候，才十歲左右？」楚攸寧沒記錯的話，五十年前，慶國還是四國之首。

「沒錯，剛好十歲，所以說出來的話更可信，因為一個小孩不可能編得出這樣的事。」這次回答她的是沈無咎。

「那仙人怎麼沒跟他說番椒的用處？」

「仙人只說是什麼東西，該往哪個方向尋，其他全靠越國自個兒摸索。越國做出火藥後，就派人出海了。」突然被越國超越，慶國自然也詳細調查過。

「那我們也可以出海啊！」這就是楚攸寧一直疑惑的事，慶國地境偏南，應該靠近海域，更方便出海才對。

「要妳多讀點書妳不讀，越國仗著火藥封禁海路，不許其他三國出海。這事三歲小孩都知道，妳連三歲小孩都不如。」景徽帝恨鐵不成鋼。

「欺人太甚，大海又不是他家的！」楚攸寧義憤填膺，望向沈無咎。「我想看海了。」

沈無咎握住她的手，對她承諾道：「公主，等天下太平，慶國安穩，我陪妳周遊天下。海內海外，妳想去哪裡都行。」

想一塊兒憤怒的景徽帝覺得這一幕太刺眼，是不是當他這個皇帝不存在？想撂挑子不幹，也得問他答不答應。

景徽帝拍下筷子。「沈無咎，你雖然再也無法上戰場殺敵，但朕並未收回你的兵權。你身上還掛著鎮國將軍的頭銜，想周遊天下，等七老八十吧。」

楚攸寧嘖了一聲。「就您這待遇，誰樂意幹啊！」

「何為待遇？」景徽帝一聽她這語氣就覺得不好，問完便後悔了。

「就是……身為武將該有的俸祿、禮遇這些？」楚攸寧不確定地看沈無咎。

「公主是為我國將士鳴不平。」沈無咎把她的小腦袋轉回去面向景徽帝，也實話實說。

「無論傷兵還是亡兵，朝廷都有給撫恤銀子，還不夠好？那妳要朕如何？朝廷年年對越國納貢，雖然戶部不給沈家軍糧餉，是陽奉陰違所致，但國庫確實也不富裕。」

這下，楚攸寧顧不上吃了，猛地起身，一腳踩在凳子上，扠腰道：「您敢說好？那些為國捐軀的人，他們的家人受到什麼照顧了？那些不得不從戰場退下的殘兵，安置好了？還是把人丟出軍營就完事？」

清脆嬌嫩的嗓音在山中響起，這一刻，連蟲鳴鳥叫都靜止了。

楚攸寧之所以這麼憤怒，是因為聽霸王花媽媽們說過一件事，在末世發生後，不顧生命危險，先無私救援百姓的是軍人。最後，異能者獨大，政府秩序崩塌，各個基地異軍突起，原本由政府領導的基地開始私有化，嫌棄軍人浪費糧食，直接把沒有異能的軍人趕出去。

那時，喪屍已經開始升級，把人趕出去就是讓人送死。後來，各地軍隊脫離基地，重新組建一個基地，靠著鋼鐵般的意志和軍隊管理，倒也撐了近十年。霸王花媽媽們能得救，正是因為這些軍人，最開始待的也是這個軍人基地。

她的連番質問讓景徽帝有點沒臉，也站起來，冷聲道：「朝廷有發撫恤銀子。」

「銀子是一時，殘了的人無法自己生活，他們在戰場上用生命為您守國門，到最後國家不要，親人嫌拖累，您讓他們怎麼活？是不是寒人心？」

景徽帝也跟著大聲。「妳這麼能說，那倒是說該如何安置？」

「知道沈家軍為什麼一條心嗎？」楚攸寧指著沈無咎。「因為沈家軍退下來的殘兵都由沈家養老，也盡可能幫助陣亡將士的家人。沈家軍是個大家，才能眾志成城，戰無不克！」

景徽帝從沒料到這個總愛瞎扯的閨女能說出這麼一番大義凜然的話，這一刻的她彷彿變了個人，一個心中充滿家國大義的人，而不是只知道吃吃吃。

連陳子善他們那桌也被楚攸寧這擲地有聲的話震住了，回過神後，心中豪情萬丈，為跟著這樣的公主感到自豪。

往後誰還再說公主只會仗武力欺人，他們就拿這些話頂回去。能似公主這般心懷大義，再來說話。

不遠處守著的沈家家兵也忍不住攥拳，紅了眼眶，熱血沸騰，恨不能馬上衝到邊關和沈家軍一塊兒上陣殺敵。

沈無咎心潮澎湃，為有這樣的媳婦感到自豪。

他毅然撩袍跪地，神情肅穆，聲音鏗鏘有力。「陛下，沈家軍從我曾祖父那一代起，就以守住雁回關為使命。人在，城在，哪怕糧草供應不上，缺乏軍餉，也仍然拚命守好雁回關。因為，沈家軍打下的城池，就有能力守得住！」

沈家家兵和陳子善那桌所有人聽了，不由站起，等著景徽帝發話。

「行了，起來吧，朕回去讓內閣擬旨。這是動搖國本的事，你們可別胡來。」景徽帝擺手，想起楚攸寧的豐功偉績，真怕她一個不爽，提刀去內閣逼人。

「不就是沒錢嘛，把越國打趴就有了。」楚攸寧興致勃勃。「咱們什麼時候殺過去？」

景徽帝無言了，他閨女是不是被皇后養得太無知了些？這話說得好像想打便能把對方打個落花流水似的。打仗是說打就打的嗎？調兵遣將，各種布防，以及糧草安排等等，都不是兒戲。

# 第七十三章

「你跟她說說。」景徽帝直接把問題扔給沈無咎。打仗的事，沈無咎比他這個皇帝懂。

沈無咎看著兩眼亮晶晶正等他回答的楚攸寧，剛站起來的他，再度下跪請命。

「臣的傷已痊癒，欲前往雍和關鎮守，請陛下恩准！」

景徽帝怔住，隨即氣得咬牙切齒。「朕是讓你跟她說，打仗不是說打就打，不是要你為了滿足她而回邊關！」

楚攸寧搖頭。「父皇，您不懂，一個人在戰場上待久了，會有種使命感，哪怕回到那片土地也踏實。您看有哪個武官回來改當文官了，沒有吧？」像她，到新的世界後，習慣不了安逸，整日不找些事做，總覺得悶得發慌，這就是戰鬥後遺症啊。

景徽帝啞然。閨女氣人的時候能把人氣死，偶爾又能說出感同身受的大道理來。

「等等，你方才說的是雍和關，不是雁回關？」景徽帝懷疑是不是自己聽錯了。雍和關是和越國交界的邊關，沈無咎要去，也該去雁回關啊。

「是。慶國與越國遲早有一戰，臣願前往助一臂之力，洗刷祖父當年戰敗之辱！」

知道父兄的死與越國有關的那一刻起，沈無咎就有去雍和關的心思了。他的傷已經痊癒，托公主的福，也沒有留下病根，此時是請命的好時機。

景徽帝看看滿臉期待、想要開口的楚攸寧，忙道：「你這傷上不了戰場，去雍和關能幹什麼？此事再議。」沈無咎去邊關，他閨女必然跟著去啊，到時不知會發生什麼事，他可不敢輕易放她出去。

「陛下……」

「不用說了。當下你該督促好火藥武器的製作。」景徽帝的神情不容置喙。

沈無咎聞言，知道多說無用，便沈默了。

氣氛有些凝重，楚攸寧眼睛閃爍，上前把沈無咎拉起來，湊到他耳邊悄悄說：「不用管他，改天我們偷偷去。」

沈無咎立時被逗樂，摸摸她的頭，和她坐回去繼續吃火鍋。

景徽帝沒聽到楚攸寧說什麼，但看她那表情就知道在出什麼餿主意。他抬頭隨意欣賞四周景色，目光忽然落在穀倉所在的山包上，心裡一動。

「既然妳這麼替邊關將士鳴不平，是不是該從糧倉拿出一點東西犒勞他們？」

楚攸寧涮肉的動作一頓，瞪大了眼。「您還不死心要打我糧食的主意？那是我憑本事搶……得來的！」

呵，差點說漏嘴了吧，她心裡也知道這糧食是搶來的吧。

景徽帝嗤笑。「那原本是朝廷的，如今被妳霸占了。」

「怎麼是朝廷的了？誰能證明？要是這山一直未被發現，朝廷便拿不出糧餉嗎？」這個楚攸寧可不認。

景徽帝氣結，要是其他人，他只需要露出那麼一點意思，就知道該怎麼做了。到他閨女這裡，卻是理直氣壯占為己有，虧她還知道普天之下，莫非王土呢。

他氣得用手指她。「就因為妳是朕的閨女，不然這樣屢次頂撞，早不知死多少回了。」

楚攸寧不懼。「砍得死再說。」

這麼說，他還得慶幸她是他閨女了？景徽帝知道她吃軟不吃硬，嘆息道：「朕告訴妳，若是現在越國發兵攻打慶國，慶國糧草未必跟得上。」

楚攸寧眨眨眼。「沒關係，咱們殺到越國後方，搶他們的。」

景徽帝無語。「妳以為打仗是小孩子扮家家酒？妳再厲害，能敵得過萬軍？」

「那等糧草真的告急再說。」楚攸寧不情願地別過臉去。再怎麼想要囤糧，真到用上的時候，她還是分得清輕重，頂多肉疼個幾天。

她忽然想到一事，目光倏地看向景徽帝。「說到糧草，沈家這幾年都是用自己的錢養本該是朝廷養的沈家軍，嫂嫂們連頓肉都捨不得吃，您打算什麼時候把這筆錢還來？」

景徽帝差點咬到自己的舌頭。他錯了，他一開始就不該打她糧食的主意，打不到就算了，可能又要貼出去一筆。

「這筍子不錯。」景徽帝撈了塊竹筍吃，打算裝糊塗。

「父皇，裝聾作啞沒用。您是個成熟帝王，該學會承擔責任。」楚攸寧把他的碗拿走。

景徽帝挾著竹筍，還沒來得及蘸醬呢，瞪著大逆不道的閨女，真想嚴懲她。奈何無論他瞪她，還是發威，她都不怕，總不能真動用禁軍打她吧。

景徽帝看向沈無咎。「你也是這樣認為的？」

「沈家出錢補充糧草是心甘情願，糧草不足打不了勝仗。」沈無咎不卑不亢。

景徽帝語塞，知道是他不管朝政導致的疏忽，沒辦法理直氣壯。

「父皇，您是一國之君，沈無咎是臣。您說不還，他也只能吃啞巴虧。」楚攸寧把碗放回去。

景徽帝氣得笑了。「妳還知道朕是一國之君。朕說不還妳，又能怎樣？」

「不怎麼樣，現在我是將軍府的當家主母，將軍府給出去的錢糧，也有我的一份。這不是大事，多光顧國庫幾次就有了。」楚攸寧狡黠一笑。「再不然，父皇的私庫也可以哦。」

景徽帝差點氣得昏過去。「行行行，先欠著。等國庫充裕，朕再賞賜。」還是不可能說還的，一國之君怎麼可能欠臣子的錢？永遠不可能！

「這才是有擔當的皇帝。」楚攸寧幫他燙了塊羊肉，放進他碗裡。

景徽帝一怔，別說他沒感受過父子之情，當了父親、當了皇帝後，也沒人敢替他挾菜。正要感慨一番，就聽楚攸寧說：「父皇，這羊肉不錯，您後宮女人多，多吃點。」

景徽帝的臉色又黑了，怒視沈無咎。「別什麼亂七八糟的話都跟公主說。」

沈無咎委屈，他能說公主比他還懂嗎？

景徽帝也幫楚攸寧燙了菜，難得溫和許多。「朕想著，大概是皇后為了藏住妳的一身力氣，打小就沒讓妳吃飽，才讓妳一直不安。皇后也真是的，出個大力氣的公主怎麼了，朕又不會嫌棄。」

張嬤嬤見景徽帝已經能自圓其說，連忙點頭。「奴婢也曾勸過皇后娘娘，別再壓著公主。瞧公主可憐的樣子，若是打小吃飽，也不至於長得這般嬌小瘦弱。」

景徽帝上下打量楚攸寧，那還是餓著吧，要是吃成高大壯，他擔心閨女嫁不出去。

有了張嬤嬤的話作證，別說景徽帝一開始就不怎麼懷疑，現在更是不可能懷疑了。張嬤嬤可是跟著皇后進宮，一直貼身伺候著，這世上除了皇后之外，論誰最清楚他閨女的底細，就只有張嬤嬤了，連她奶娘都未必知情。

閨女的奶娘，他可以說罰就罰；對張嬤嬤，看在皇后的面子上，他還得給幾分寬容。

楚攸寧正吃得雙頰鼓鼓，小嘴油汪汪，見景徽帝替她涮菜，有那麼一點點受寵若驚，很給面子地塞進嘴裡吃了，也有來有往幫他涮了塊肉。嗯，依然是羊肉。

景徽帝美滋滋地把那筷子肉送進口中，只覺比宮裡的任何珍饈都要美味。

這時，烤好的叫花雞也被端上桌了。

平日景徽帝用膳，都是滿滿一桌菜，每道碰個兩、三筷。剛才又是燒烤、又是竹筒飯和火鍋，任何人吃一種都能吃飽了，但他習慣每樣不多吃，叫花雞端上來，倒還吃得下去。

為讓景徽帝看到完整的叫花雞，僕人特地用托盤連雞帶殼端上，由他拿錘子親自敲開。

泥殼一破，露出被煨烤成金黃色的雞，荷花清香和雞肉香撲鼻而來，光是聞到就想吃。

破開泥殼，整隻雞被放到盤子裡，張嬤嬤又端上一盤切好的叫花雞，放在景徽帝面前。

楚攸寧見狀，嫌棄道：「您那樣吃，是沒有靈魂的。」把那隻叫花雞挪過去，拿起旁邊放著的新鮮荷葉包住雞的一邊，撕下一片雞肉，濃郁肉汁湧出，看起來酥爛肥嫩。

景徽帝啞然，他是皇帝，講究些怎麼了？吃塊雞肉說什麼靈魂！

最後，他還是忍住了撕雞的衝動，優雅地挾了塊雞肉放進嘴裡嚐，然後連連點頭。雞肉鮮嫩可口，外面那層烤得焦黃的皮肥嫩誘人，吃起來油而不膩。

方才他喝雞湯時就察覺到了，原本還以為是竹筒的原因，看來應該還跟雞有關。他閨女是堂堂公主，養雞還養得比別人更好，這值不值得誇讚？

景徽帝放下筷子，呷了口香茗。「朕聽說，妳給那些送禮的大臣各送一隻雞當回禮？」

楚攸寧點頭。「對啊，我覺得虧了。」

「下次別輕易送出去了。這麼好吃的雞，往後當貢品送進宮。」

「您打我糧倉的主意不算，還要打雞的主意？」楚攸寧急了，她可是吃出這雞的不一樣來，比外面買的雞更好吃。

景徽帝看她這樣子，就知道她在想什麼，沒好氣道：「朕讓人買！」

楚攸寧滿意了。說到送出去的雞，她想起自己對雞下的精神指令，不知道收到雞的人有沒有被嚇到？

另一邊，二皇子得知攸寧公主讓人送來一隻雞，一度懷疑自己耳朵不好使，聽錯了。

「你說，攸寧送隻雞當回禮？」堂堂公主養雞已經是很奇葩的行為，居然還把雞當回禮送給朝中大臣。

他見京中大半官員送禮到鬼山，四皇子又是他弟弟，若是不送，被揪出來說就不妥了，送了，還能在景徽帝那裡得個好印象。

自從大皇子被貶為庶民後，他不敢隨意冒頭，尤其是出現在攸寧公主面前。也約束好三皇子，怕他那性子惹出事來。

沒看到原本的大皇子有多強大嗎？強大到讓他心裡清楚搶不過大皇子，只是表面不甘放棄罷了。結果出了個攸寧公主，讓局勢發生天翻地覆的變化。

如今就算沒了大皇子，他也高興不起來，擔心攸寧公主神出鬼沒，一不小心栽在她手裡。而且父皇還給了她監察百官之權，可以先斬後奏。

見識過她提刀搶戶部，上忠順伯府要糧的氣勢，他一點也不懷疑，要是落到她手裡，她真可以對他說砍就砍。

所以，這時候老實待著最妥當，反正如今成年的皇子只有他和三皇子，四皇子還沒斷奶呢，景徽帝要看重也是看重他們。

「是，就在院子外，殿下可要去看看？」管家說。

「那去看看吧。」二皇子拂拂袖，往外走。

二皇子原以為即便送雞也得仔細包裝，好拿得出手，結果他看到了什麼？

一只麻袋！麻袋一角開個口子，讓雞頭往外伸，不至於悶死。

這樣的回禮，他那個皇妹是如何送出手的？

管家上前，把雞從麻袋裡拎出來。是隻公雞，約有三斤重，雞冠鮮紅惹眼，雞頭高高昂起，看起來凶狠好鬥，二皇子越看越覺得雞似主人形。

一出麻袋，公雞猛地從管家手裡掙脫，摔落在地。原以為雞會逃，結果牠落地後，張開翅膀，發出嘹亮的雞鳴，翅膀撲撲扇動，左右腳交換著往前點，還有節奏地伸縮脖子。

二皇子大驚，這雞成精了?!

與此同時，外頭周圍也響起一樣的雞鳴聲，一聲接一聲，一家接一家，讓京城最尊貴的地帶瞬間熱鬧得跟菜市場似的。

二皇子沈默了，原來不是只有他這隻成精。

「二皇兄，你收到雞沒有？你的雞會跳舞嗎？」三皇子走進來，身後的小廝拎著一隻用竹籠裝的雞。

二皇子指指地上還在有節奏地伸縮脖子的雞，表情麻木。

「我這隻也是這樣跳，不過沒一會兒就正常了。」三皇子讓人把雞從竹籠裡放出來。

那隻雞一出來，就撲著翅膀跑遠了，在旁邊的草叢裡啄食，看上去跟正常的雞沒兩樣。

很快地，二皇子的雞也恢復正常，蹓躂到草叢覓食，彷彿剛才那詭異的鳴叫和舞動，只是他們的幻覺。

兩個皇子相視一眼，這雞能吃嗎？

不光是兩位皇子，其他收到雞的大臣們，也一樣驚嚇得不得了。

有的甚至以為雞中邪了，懷疑攸寧公主對他們不滿，認為這是警告，乾脆吩咐人把雞供起來。也有的剛送到時就跳舞，等當家老爺回來，雞已經變得正常，下人怕受罰，便瞞了這事，於是雞很順利地出現在主人的飯桌上。

有的摸不清攸寧公主送隻雞是什麼意思，幾個人湊在一起商議，該拿這雞如何才好？

雞送到陳家時，陳父正好不在，陳夫人聽說是鬼山那邊送來的，以為是陳子善想要表孝心，看都不看，便讓人扔出去。

有位婦人路過陳家後門巷子，見泔水桶旁邊有隻雞，看看四周，發現沒人，趕緊把雞抓回家，正好替馬上要考進士的兒子補補身子。最近她兒子夜裡看書看得很晚，可傷身了。

婦人的丈夫是個老秀才，見她提回一隻雞，以為是她買的，沒說什麼，看了眼傳來唸書聲的西屋，嘆息著去書館了。

他看得出來，近日兒子讀不進書，和他當年一樣，越是讀越讀不進去，只是過嘴不過腦。要不然，他也不至於止步於秀才。

婦人把雞拿出來，見到雞又是鳴叫、又是撲打翅膀、伸縮脖子，也沒當回事，還樂呵呵地說這雞有精神，她還擔心是病雞，才被人扔掉呢。

吃午膳時，婦人把燉好的雞湯端到屋裡，讓兒子喝下。

神奇的是，兒子喝下雞湯後，原本打算睡午覺，結果一躺上床，早上怎麼也讀不進去的書清晰浮現在腦海裡，有精神得完全歇不住。

他趕緊起來讀書，發現居然能讀進去了，恨不能讀到地老天荒。

# 第七十四章

鬼山這邊，眾人吃飽喝足，景徽帝拒絕沈無咎的陪同，帶著劉正蹓躂消食，走著走著就走到養雞的山頭。

想到雞的味道與眾不同，景徽帝也想知道他閨女是怎麼養雞的。

楚攸寧養的雞很有「紀律」，所以特地用竹子做了排雞窩，天黑就會被老虎趕回去。

景徽帝到的時候，看到趴在雞窩不遠處的老虎，嚇了一跳。他知道閨女能把老虎揍得聽話，但沒想到這麼聽話，還會守雞窩。

「外頭是誰？」

正蹲在雞籠裡撿雞蛋的奚音聽到動靜，以為是陳子善他們，拿著剛撿好的雞蛋站起身，冷不防瞧見籬笆外的景徽帝，面露驚駭，手裡的雞蛋啪嗒落地。

景徽帝打量眼前這個荊釵布裙的女子，要不是知道這裡是他閨女的地盤，只有他閨女的人，還以為這是哪戶人家的農婦。

「陛下消食路過此地，無須大驚小怪。」劉正以為奚音是認出聖顏，才如此驚嚇。

奚音趕緊低頭，蹲跪下去，渾身都在發抖，手緊緊抓著衣裙。

景徽帝只當她是看到皇帝害怕，沒有多想，看看砸在地上的兩顆雞蛋，有點可惜。

四皇子吃的雞蛋羹，瞧著也與一般的不太一樣，顏色黃得發紅，水嫩嫩的，光滑明亮，讓他看了都想吃。

景徽帝帶著劉正轉身離開，直到他們走出老遠，奚音才緩緩抬頭，嘴唇已經被她咬出血，臉色慘白，彷彿看到什麼驚恐的東西。

她嚇得渾身發軟，好幾次才站起來，跌跌撞撞往山下去。

景徽帝回到木屋，不顧小奶娃的掙扎，抱了一會兒，扯下腰間那塊龍形玉珮送給他，這才起駕回宮。

臨走的時候，他的目光忽然落在裴延初身上。

裴延初頓時如芒刺在背，生怕景徽帝想起裴家的事，降罪於他。

孰料，景徽帝只是皺眉，看了一會兒，轉頭看向陳子善。

陳子善嚇得把頭垂得更低，該不會是他爹最近的動作傳到景徽帝耳朵裡，覺得他不配留在公主身邊吧？

「你們兩個大男人沒名沒分跟在公主身邊像什麼樣？公主的陪嫁裡沒有侍衛，你們就當公主的侍衛吧。」

裴延初和陳子善愣住了，萬萬沒想到是這樣的好事。起初他們就是以公主護衛自居，如今有了景徽帝發話，就不一樣了，這可是名正言順的官職。

「謝陛下恩典！」兩人激動得趕緊謝恩。

「當侍衛，朝廷會發工……俸祿的吧？」楚攸寧關心地問。

景徽帝不知道該說什麼好了，就那麼盯著她，看看她會不會不好意思。

可惜，他閨女就是個臉皮厚的，或者說看不懂他的眼神。他看，她也看，彷彿在比誰先受不住誰輸。

這一刻，景徽帝覺得自己像個傻子。

「朕發俸祿，讓他們聽朕的，妳樂意嗎？」景徽帝指著裴延初等人。

楚攸寧扠腰。「就算您不給他們俸祿，您是皇帝，您命令他們，他們也得聽啊，不然您要誅人家九族怎麼辦？」

景徽帝語塞，這話說得有道理，他無從反駁。還不是因為她太不把他當回事，搞得他都要忘記自己是一國之君，手握生殺大權了。

「按五品侍衛發俸祿。」景徽帝說完，轉身就走，腳步略急，生怕多留一會兒，又多受一分氣。

眾人恭送聖駕，直到看不見景徽帝的身影，陳子善和裴延初才面露歡喜。

「裴六，爺當初說得好吧？瞧，這不就名正言順了，大小也算個官呢。」陳子善得意。

裴延初上下打量他。「侍衛這身分，實在和你的身材不符啊。」

「呵！你嫉妒我，你就直說。」陳子善拍拍身上的肥肉。

公主可是看上他胖，才收他入隊的，但待在鬼山忙進忙出幾個月，都掉肉了。

「不服就打一架？」裴延初提議。

「打就打！」陳子善朝裴延初衝過去，公主教歸哥兒武功的時候，他可沒少學。

但他用的卻是最簡單直接的方法，那就是用這身胖肉獲得壓倒性勝利。

「陳胖子，真把你的胖當武器了！」裴延初原本已經挪動，打算避開的腳尖又收回來，用手阻擋，被陳子善壓個正著。要是避開，這胖子雖然一身肉，砸到地上恐怕也得躺幾日。

不遠處，楚攸寧看這一幕，扭頭對沈無咎說：「他們的精力可真好。」

沈無咎看向他媳婦，不知為何，他覺得他的精力也很好，想繞著山跑的那種，還有股火往下腹竄，越看他媳婦，火就燒得越旺。

他趕緊移開目光，懷疑自己身體出問題了。不然他媳婦再甜美，他也不可能光天化日之下克制不住，想入非非。

這一日，吃了雞的人發現自己精神特別足，晚膳才吃雞的，夜裡奮戰好幾回。有許久沒這麼盡興過的大臣們，懷疑到雞上面去了。

懷疑的還有沈無咎，不敢跟媳婦待在同一間房，怕她看出來又要上手，到時他可控制不住，硬是拉著裴延初操練到半夜，直到把精力消耗得差不多，才去沖了冷水澡，換上乾淨裡衣回屋。

屋裡，楚攸寧早就睡得香甜，經過幾個月的適應，不會再因他的靠近而對他出手。

他小心翼翼地躺下，她就主動滾進他懷裡，腿也橫到他身上，活像怕他逃了。

沈無咎抱著他家嬌軟的小媳婦，心裡無比滿足。

陳府裡，陳子善特地拎了隻雞回來，燉給他媳婦賈氏吃。

上次他回來後，便把後院的妾室、通房全遣散，也跟賈氏說，想和離可以和離，他沒辦法給她孩子，而且他已經打定主意，往後跟在公主身邊混，會很少回家。如果和離了，更沒有回來的必要。

最後，不知賈氏怎麼想的，沒提和離，過去什麼樣，現在還是什麼樣，倒是對他沒像過去那樣整日出口諷刺了。

陳子善想得簡單，既然賈氏不願和離，就是還願意和他過下去的意思。

這不，今日見公主養的雞這麼美味，他便央求著抓了一隻回來，還是用種蛋孵出來的。

他想讓賈氏也嚐嚐公主養出來的雞，就算味道與其他雞一樣，這份殊榮也不是誰想吃就能吃得到。

結果，吃了雞後，他和賈氏如同乾柴遇熱火，彷彿回到剛成婚那時，勇猛得不得了。

自從賈氏替他納妾來證明無法生孩子不是她之後，兩人就沒再同房過，這一夜可算是冰釋前嫌。

事後，陳子善擁著賈氏，說了景徽帝親自提拔他當攸寧公主的貼身侍衛這個好消息，好叫賈氏知道，往後他也是有官職的人，說出去，她也能算得上是官太太了。

第二天一早，鬼山入口等了好些人，都是大臣家的小廝。

起初來的人不好意思，遮遮掩掩說是代表他們家老爺來多謝公主賞雞，等人多了便知道，大家是為什麼而來了。

「聽說了嗎？攸寧公主養的雞，能讓人快活似神仙。」

「我家老爺很少踏入後院了，昨日硬是奮戰到半夜。」

那麼多高矮胖瘦的小廝中，有一個穿著青袍的瘦弱男子，眼圈還是青黑的，看起來不像是小廝。

這人正是昨日喝了雞湯而精神振奮的舉子，家境不算好，父親雖然在書館坐館，但只勉強夠供他讀書，平時母親也出去幫人洗衣打雜，賺幾個銅錢。昨日那隻雞，父母捨不得吃，特地留給他當晚膳，但他推拒了，只肯喝湯，把肉全留給父母。

吃完雞後，他精神亢奮得看了一整夜的書，而且以往記性不太好的腦子，也清明不少。他問過父母，父母也說精神好了許多，這才確定奇效出在雞身上。

他擔心這種狀況只是暫時的，便跟母親打聽這雞的來歷，聽聞是撿來的，不由失望，幸好聽到攸寧公主送雞的事，又聽母親說是在陳府後巷撿到的，便出門來尋。

為了明年能考中進士，他跟著人群出城到鬼山，想著攸寧公主的雞也是底下的人負責養的，要買的話興許能買到，哪知道有那麼多人和他一樣是來買雞的。

於是，楚攸寧吃完早飯，就得知好些大臣家的小廝來買雞，懵了一會兒。

「父皇還幫忙賣我的雞？」

張嬤嬤用怪異的眼神看她。「公主，難道昨夜駙馬沒對您做些什麼嗎？」

「沒有啊。他說養傷那麼久，握劍的手都生疏了，需要好好練練，所以昨晚又出去練劍。我沒等他就睡了。」她本來還想跟沈無咎對打的。

這幾個月，她跟沈無咎對打過幾次，古人的內力還是厲害的，要不是她力氣大，再加上精神力輔助，可是打不過他。

沈無咎能在戰場上橫掃千軍，不只是靠太啟劍，還有過人的身手。

張嬤嬤無言了，駙馬真能忍。

楚攸寧歪頭。「難道嬤嬤認為他應該對我做什麼嗎？可是沈無咎說還在孝期，我們該避諱些。他言出必行，說不做就不做。」

張嬤嬤感恩駙馬這份心意。如果公主還是原來的公主，守孝是應該的，但眼前這個姑娘，守是情分，不守誰也怪不了她。何況，若是原來的公主，只怕也不會守。

楚攸寧說完，又看了眼她的小籠包。「我懷疑他還是嫌我小。」

張嬤嬤被她這孩子氣的行為逗笑。「公主，自古孝道大於天，駙馬也是將您放在心上，才如此有心，您可別怪他。」

駙馬都二十多歲了，正是血氣方剛的年紀，卻還願意與公主一塊兒全了這孝道，實屬難得。皇后若是曉得，哪怕知道這不是她女兒，也會感到欣慰吧？公主這麼精力旺盛，如果皇后還活著，必然也會喜歡的。

楚攸寧點點頭。「對了，雞怎麼了？嬤嬤為什麼問沈無咎昨晚對我做什麼？」

張嬤嬤有些難為情。「公主，外頭來的人裡，十個有九個說，您送出去的雞……能讓人快活似神仙。」

楚攸寧張大嘴。「嬤嬤是說，我的雞有壯陽效果？」

張嬤嬤已經習慣她家公主說話有多直白，跟著道：「多半說是壯陽，還有一個聽說原本讀書怎麼也讀不進去，吃了公主的雞，頭腦清明，書也讀得進去了，想再買一隻。」

楚攸寧呆住，她只是想養一批美味點的雞付給老虎牠們當工錢，完全沒想到還有這樣的效果。因為她本身就有精神力，所以吃不出這般奇效，頂多覺得比她之前吃過的雞更好吃。

楚攸寧猜，大概是因為她用精神力控制那些雞，多多少少殘留在雞的體內，然後吃了能得到短暫的神經刺激？但壯陽功效又是怎麼回事，傳說中的精蟲上腦嗎？

不管怎樣，這是個意外收穫。

她忽然想起小奶娃。「小四也吃了雞蛋羹，沒出什麼事吧？」

張嬤嬤欣慰道：「公主放心，四殿下依然吃得好、睡得香，想來雞蛋的效果不強。」

小奶娃沒什麼反應，楚攸寧就放心了，扭頭交代風兒。「去問問奚音，咱們還有多少隻雞。」自從她決定養雞開始，奚音便攬下這活計。如今下蛋的雞不多，也是奚音負責撿的。

張嬤嬤說，奚音是個好姑娘，怕大家誤會她居心叵測，一直主動去幹累的、髒的活兒，就跟好好的將軍府不待，非要來鬼山一樣。

風兒領命去了，沒一會兒，腳步匆匆地回來，臉色有些不對。

「公主，奚音不見了。」

與此同時，沈無咎這邊得到消息，他派去越國查當年那個皇子的人，在剛離開越國沒多久，就被暗殺了，和當年暗殺沈無非一樣。

這更能證明，沈無非遇害是為了掩蓋某件事，而這次的暗殺除了滅口外，可能還是威脅他，不許再查下去。

越是滅口，越能證明揭開一切真相的關鍵就在越國，就在當年那個皇子身上。

派去綏國查的人也傳回消息，當年越國皇子去綏國談的，就是要綏國攻打慶國一事。後來，那皇子自以為只要擺出皇子身分，就沒人敢動他，大搖大擺進入慶國邊城，碰上奚音便起了色心，把人往暗巷拖，被到城裡替孩子買生辰禮物的沈大爺碰見。

身為沈家軍，怎能容許有人在他們守護的城池裡欺男霸女，所以沈大爺毫不猶豫地出手，也失手把人殺了。

沈無咎本來打算，等拿到確切消息再稟報此事，如今只能直接跟景徽帝說了。無論景徽帝信不信，他都要親自去越國一趟。

沈無咎正打算動身回京面聖，程安臉色凝重地走進來。

「主子，奚音不見了。」

沈無咎的神色瞬間凝住，大步往外走。「找過了嗎？」

「四周都找過了，公主已經親自去找。」

沈無咎的表情越發沈了。這是巧合，還是奚音也牽扯其中？

# 第七十五章

確認奚音不見後，楚攸寧騎上老虎，施展精神力去找，陳子善他們跟在她身後跑。

原本陳子善是帶著大酒樓的糕點來給楚攸寧吃的，還想跟大家分享他與賈氏和好如初的好消息。結果到了鬼山，就聽說奚音失蹤了。

大家從沒見過楚攸寧這樣沈重肅穆的神色，哪怕是面對越國人，哪怕提刀上戶部，哪怕景徽帝發怒，她都漫不經心的。此時此刻，一張嬌憨俏麗的臉有種可怕的肅殺之氣，站在她身邊都覺得喘不過來。

沒一會兒，一行人穿過迷霧，停在迷霧後的懸崖上。

太陽當頭，又逢秋季乾燥，最近這裡沒什麼霧氣，他們直接走到懸崖邊。

陳子善等人到的時候，氣喘吁吁，瞧見楚攸寧站在懸崖邊，臉色陰沈，不由屏息，不敢喘得太大聲。

「公主，奚音她……」陳子善往懸崖下望了眼，不敢問出口。

「她在下面。」楚攸寧握緊拳頭，早已收斂自如的殺氣全數外放。

「公主。」沈無咎趕到，見她神情不對，趕緊握住她的手，用了點力氣才讓她鬆開，白嫩掌心裡已經留下指甲印。

看楚攸寧的反應，以及大家的神色，沈無咎不用問也知道結果，讓程安領人去找屍體。

程安與家兵很快就把奚音的屍體從崖底帶上來，口鼻有被捂過的痕跡，是被擰了脖子而死，其他的傷是被拋下山崖所致，看起來像是在毫無防備的情況下被殺的。

「沈無咎，我沒保護好自己的隊友。」楚攸寧盯著奚音的屍體，神情愧疚。

沈無咎輕輕擁住她。「不怪公主，公主不可能時時刻刻都盯著。」

楚攸寧抬起頭，眼裡滿是自責。「可這是在我們自己的地盤出事。」

她還記得，奚音說想活著看越國亡國，張嬤嬤說奚音是為了避嫌才請求到鬼山來。奚音都自卑得躲到鬼山裡了，為什麼還不放過她？

「公主無須自責，她的死，也許是因為我。我剛得到消息，派去越國調查當年之事的人，已經被殺了。奚音在越國多年，或許知道些什麼，才被滅口。」沈無咎知道她把跟在她身邊的人當作自己的隊員，只要是隊裡的人，她都會護著。他不願她自責，不管是不是，都往這方面說。

「滅口……」楚攸寧呢喃這兩個字，問沈無咎。「能看出她是什麼時候死的嗎？」

「應是昨日申時一刻。」親自驗過屍的程安回答。

「也就是說，是我父皇離開的那段時間。」楚攸寧的眼神越來越冷。

沈無咎沒想到她會懷疑到景徽帝身上，在他看來，景徽帝沒有殺奚音的動機，唯一的可能，就是覺得奚音是越國人帶來的，怕是細作，直接把人殺了，以絕後患。

但景徽帝不是不知道公主的性子，她的人、她的東西輕易碰不得，怎會如此草率？要說怕奚音說出什麼而殺人滅口，也不可能，除非景徽帝與越國之間有什麼不可告人的秘密！

沈無咎突然想起，楚攸寧說過，秦閣老就是用一封信來威脅景徽帝，讓景徽帝不敢辦他。那封信，秦閣老聲稱是越國豫王離開前給他的，之後意外被公主拿到手，景徽帝用茶水毀掉之後，立即下令在殿外斬殺秦閣老，像是急著滅口，連秦閣老身邊的小廝也要禁軍抓回去。

後來，他派人打聽，小廝亦被處決了。

曾經朦朧浮現於腦海中的懷疑，在此刻無比清晰。有沒有可能，與越國有勾結的是景徽帝，他們慶國的皇帝？

楚攸寧見沈無咎露出不敢置信的表情，便說：「有外人進鬼山，我不可能不知道。昨日只有我父皇，還有他的暗衛來過。」

景徽帝身邊有暗衛，她從第一次帶著小奶娃去見景徽帝的時候就知道了，只不過那時候她的精神力沒法用，探測不出他們的位置，只隱約知道暗處有人。

昨日景徽帝來的時候，她注意到有兩個暗衛藏在暗處，精神力一掃就知道他們藏在哪裡，還看到他們對著做出來的美食嚥口水。

「那公主打算怎麼做？」沈無咎回神，不敢細想那個可能，不覺得景徽帝是無辜的了。

「進宮問問就知道了。」楚攸寧說完，直接騎上老虎往山外跑。

沈無咎沒料到她說做就做，連忙追上。

鬼山外還有好些人在等著買雞，突然感覺地下震動，彷彿猛獸出山，嚇得退開老遠。很快，從通道裡鑽出來的老虎證明他們感受到的震動不是錯覺。原本以為人騎老虎只會出現在戲文裡，沒想到現實中真有人能馴化老虎。

猛虎高壯如牛，像一座小山移動，站起來足足有一人高，騎在牠背上的，是個穿著月白色衣裙的女子。女子生得白嫩貴氣，身上穿戴無不精緻，單看臉的話，看起來純良無害，但是她此時的神情很不好惹。

楚攸寧不用老虎趴下，直接從虎背上跳下來，讓牠回山裡，又就近牽了匹馬，丟下一句「用雞換」，就往京城疾奔。

等到老虎回歸山裡，等到楚攸寧策馬的身影遠去，眾人才反應過來，那是攸寧公主。

「攸寧公主還可以馴化老虎?!」

「早知道，我就大著膽子上前求公主賜雞了。」

「我也是，那匹馬是誰的，也太幸運。」

巧了，那匹馬正是書生騎來的，君子六藝有射御二項，他父親特地花了高價買的，這馬算是他家最值錢的東西。不過，比起能換一隻讓他讀得進書的雞，就不算什麼了。

鬼山的入口早已不是秘密，為了出行方便，也為了守住入口，繞過入口後，外面的官道建了個馬廄，路過的人都當那是茶館，如今快成驛站了。

平時為了方便主子，想用馬就立刻用，白日都將馬拴在外頭，沈無咎解了繩子，翻身上馬就能走。

京城除了邊關急報外，已經許久沒見人當街策馬狂奔，行人紛紛避讓。茶館跟酒樓裡的人忍不住探頭張望，想看看是誰這麼大膽。這時候有閒喝茶的人，多是整日沒事幹的公子哥兒，當他們看到馬上的身影，認出是誰後，一個個嚇得縮了回去。

攸寧公主進京了！

天知道大臣們得知攸寧公主長住鬼山後，有多興奮。只要公主不在城裡，他們就不用每日活得提心吊膽。

現在攸寧公主進京，還殺氣騰騰的樣子，不知道誰這麼找死，敢招惹她。

楚攸寧策馬狂奔而過的時候，差點撞到又在醉生夢死的楚贏彧，他拎著酒罈子，醉醺醺地望著皇宮，嘴角勾起一抹冷笑，這回不知道是誰倒楣。

秦閣老倒下的時候，他並不意外，起初他們可是聯手想要沈無咎的命，甚至整個沈家，只是沒想到下場會那般慘烈。

歷經兩代帝王的秦閣老都落得如此結果，他因為是皇帝的兒子，所以只被貶為庶民，不然下場會更慘吧？

「果真是個禍害！」楚贏彧嗤笑了聲，又昂頭喝口酒，搖搖晃晃往前走。

「讓開！」

到了宮門口，楚攸寧連馬都沒下，直接用馬鞭揮出一條路，騎著馬闖進宮門。

沈無咎追過來，剛好看到媳婦騎馬進宮，他倒想跟著騎進去，可惜還有理智。

他翻身下馬，大步往宮門衝，經過禁軍的時候，只匆匆撂下一句話。「跟媳婦鬧彆扭了，媳婦吵著回娘家。」

宮門的禁軍不敢接話。敢情把公主惹得殺氣騰騰的人是他啊，可皇宮是夫妻吵架能回來的地方嗎？

昨夜景徽帝和美人共度春宵，不知為何，總覺得他較之以往更勇猛，於是今日一下朝，就叫來美人溫存，放鬆一下。

聽說楚攸寧騎馬闖入宮，他忙推開懷裡的美人，驚得站起來。

「沈無咎出事了？不會是傷勢復發吧？快傳太醫！」

如今他閨女除了糧食外，最在乎沈無咎，唯有沈無咎才能讓那魯莽閨女這麼緊張著急，不顧一切騎馬闖進宮。

美人一聽是攸寧公主，剛要出口的撒嬌聲立刻收回去，很識趣地告退。曾經盛寵多年的昭貴妃還在冷宮裡艱難度日呢，她可不敢觸這霉頭。

楚攸寧下馬時，順手拔了守在階前的禁軍的刀，拖著拾級而上，刀尖刮在地面，弄出刺耳嚇人的聲音。

今日的她穿著月白色窄袖對襟襦裙，頭上盤了高髮髻，用珍珠點綴，看起來俏皮又不失飄逸。可是這麼個俏麗的小姑娘，此時拖著三尺大刀殺氣騰騰的模樣，實在叫人退避三舍。

這時，大家終於發現不對勁了，公主這神擋殺神，佛擋殺佛的氣勢，是要弒君嗎？

今日當職的禁軍正好是統領，暗啐自己倒楣，又碰上攸寧公主搞事，趕緊帶著一隊禁軍上前阻攔，邊攔邊退。

「請公主止步！」

「讓開！」楚攸寧抬眼，刀一揮，充分展現什麼叫人狠話不多。

禁軍自然不會傻得往刀口上撞，公主那力氣，能把人砍成兩半。再說，景徽帝沒發話，他們也不敢真的動手。

景徽帝走出來，看到的就是他閨女一副要殺人的表情，心裡一跳。這怎麼看都不像是駙馬出事而著急的樣子，倒像是來弒君的。

「攸寧，妳這是在做什麼?!」

還剩五個臺階，楚攸寧站定，用刀指向景徽帝，向來清脆悅耳的聲音格外冰冷。「奚音是您殺的？」

景徽帝愣了下，扭頭問劉正。「奚音是誰？」

劉正亦沒想起這人是誰，搖搖頭。「奴才也不知，還請公主明示。」

「就是我從越國人手裡搶回來的那個女人，她叫奚音，在鬼山幫我養雞。」

景徽帝聞言，臉色幾不可察地變了變，負在背後的手暗暗攥起。

「陛下，是昨日在雞窩裡撿雞蛋的婦人。」劉正以為景徽帝還沒想起是誰。

景徽帝記起來了，難怪他看那婦人，哪怕荊釵布裙也掩不住風情，原來是越國人帶來的女人。本來還想罵楚攸寧把越國女人收在身邊，也不怕是細作，又想到她把人打發去養雞，就算是細作，也是那細作更可憐。

「就為了個可能是越國細作的人，妳提刀來殺妳爹?!」景徽帝沈下臉，真的動怒了。

「什麼越國細作，她是慶國人，被人賣去越國！從我收下她那一刻起，她就是我的人。我的人，絕不能無緣無故被殺！」她不允許她的人死得不明不白。

在喪屍越來越強大的末世，她護不住隊員就算了，在這個對她來說一點也不危險的世界，她還護不住自己人，還是在自家地盤上出事，簡直無法原諒！

景徽帝看她是認真的，神色也冷了。「妳如何證明是朕殺的？證據呢？」

「把您昨天帶去鬼山的暗衛叫出來，我問問就知道。」楚攸寧胸有成竹。

景徽帝背後的手攥得更緊了，他知道他閨女有點邪門，說不定身邊真跟著祖宗。

# 第七十六章

景徽帝對劉正使了個眼色。
劉正跟隨景徽帝多年，哪裡還能不懂，奚音真是暗衛殺的。
他心裡發顫，微微點頭，轉身尖聲命令。「昨日跟陛下去鬼山的暗一、暗三出來。」
很快地，兩個暗衛，一個從死角處現身，一個從殿內走出，長相是扔到人群裡也找不出來的普通樣。
楚攸寧仔細辨認一眼，搖頭，刀尖指向暗三。「不是他。」
景徽帝心裡一緊，她居然能辨認得出真假！
「朕的暗衛，妳還能見過不成？說破天去，也是他們兩個！」對他閨女就得死活不認。
楚攸寧的目光逐漸變得危險起來。「那我問您也行。」
景徽帝不由倒退一步。
「公主！」沈無咎趕過來就聽到這話，連忙喊了聲，大步登階。
景徽帝看見沈無咎，身心一鬆，總覺得他閨女的「問」，會讓事情一發不可收拾。
沈無咎跑上來，也顧不上行不行禮了，壓下楚攸寧的刀，將她轉過來面向他，肅著臉對她微微搖頭。「不可。」

「這是能最快了解真相的辦法。」楚攸寧難得倔強。

沈無咎把她攬到身前，低頭在她耳邊耐心溫柔地哄道：「我知道公主很厲害，但這事不能做。一旦做了，妳與陛下的父女情分就沒了。」

「誰稀罕。」楚攸寧咕噥。她知道，一旦用精神力控制景徽帝，事後景徽帝不可能心裡沒有疙瘩，不可能不防著她，甚至把她當異類。到時候，就不是祖宗顯靈能說得過去了。

「但公主能確定是陛下做的嗎？」沈無咎問。

楚攸寧搖頭。不確定，所以才要問，但又不能那樣問，煩死了！

儘管沈無咎也希望能從景徽帝口中問出真相，但媳婦猶豫，可見她不想跟景徽帝鬧翻。如果這事會讓她留下心結，他寧可自己查，事情已經浮出水面，總能查到的。倘若真查出他父兄的死與景徽帝有關，到時候他再做什麼，對她也問心無愧。

楚攸寧從他懷裡退出，目光凌厲地逼向景徽帝。「敢拿皇位保證，奚音不是您殺的？」

「放肆！」景徽帝怒喝。

「我放五放六！」楚攸寧把刀尖往地上一戳，氣勢大開。

這話一出，殿內鴉雀無聲，眾人想笑又不能，只能死死憋著。

景徽帝好不容易鼓起的氣勢又被戳破。放五放六？要不要接個放七放八，給她聽聽有多好笑？

他怒而拂袖，神情坦蕩。「本來就不是朕殺的，朕憑什麼拿皇位保證？」

「不保證就把那個暗衛交出來，不交我自己進去找。」楚攸寧說著，提刀繼續往上走。

「把公主攔下！」景徽帝急聲喊。

統領趕緊帶人上前，楚攸寧舉刀對著他們拔出的刀橫推過去，腳下也沒閒著，強大的力氣使得那些禁軍如同被巨浪沖翻倒地。

沈無咎見楚攸寧動手，自然不能乾看著，攔住往上衝的禁軍。

「混帳東西，朕讓暗三出來，你不是暗三，你出來做什麼？光這個，朕就能讓他以死謝罪！」景徽帝狠狠一腳踹上那個叫暗三的暗衛，說到「以死謝罪」時，語氣加重。

沈無咎聽到這話，頓時感覺不妙。

果然，下一刻，大殿內飛出一道黑影，迎上楚攸寧的刀。

楚攸寧一直用精神力鎖定他呢，見人出來，輕巧側身避開這毫無殺傷力的攻擊，手扣住他的手腕，往地上一扯，抬腳踹飛出去。

那暗衛從上往下滾落到階下，悶哼一聲，吐出一口血。

沈無咎臉色一變，提氣飛身而下。

「陛下，屬下有罪！」那暗衛喊完，拔刀自刎。

沈無咎趕到時，還是遲了一步。刀是楚攸寧教軍器局打的刺刀，已經分給暗衛了。

事情發生得太快，楚攸寧完全沒反應過來，人就已經死了。尤其是那刀，讓她有種自己坑自己的感覺，雖然沒這刀，也還會有別的刀，但就是不爽。

沈無咎回頭，帶著懷疑的目光望向景徽帝。他可以肯定，這個暗衛是聽了景徽帝那句「以死謝罪」，才藉由對公主出手而自盡。

從秦閣老，到奚音，再到暗衛……景徽帝都是急著滅口，背後到底隱藏著什麼秘密？

楚攸寧睞起眼。「是您要他自殺的？」

「朕何時讓他自殺了？」景徽帝打死不認。

「君要臣死，臣不得不死。」

「這時候妳倒是知道這話了，還敢頂撞朕？」

「我是跟您講道理。」

「歪理！」

楚攸寧話鋒一轉。「所以，您為什麼要殺奚音？」

「朕沒殺，是那暗衛自作主張！」景徽帝盯著已經氣絕身亡的暗衛，臉色陰沈。「既然是朕的暗衛出了差錯，待朕查清楚，再給妳一個交代。」

楚攸寧諷刺道：「您連自己的暗衛都分不清誰是誰，指望您，還不如指望母豬上樹。」

「妳是不是不把朕氣死就不甘心？」要不是知道他閨女嫌棄他這皇位嫌棄得要死，他都要懷疑，她是想氣死他，好繼承他的皇位了。

楚攸寧不服。「您自己氣性大怪誰？身為皇帝，不能只聽好話！」

她知道，不可能讓景徽帝承認，他分明是有意隱瞞，除非動用精神力。可是沈無咎說得對，一旦用了，等於翻臉。她能這樣頂撞景徽帝，其實也是因為景徽帝的縱容。

沈無咎上前，按了按楚攸寧的肩膀，目光直直看向景徽帝。「陛下，臣有事要稟。」

景徽帝見沈無咎這架勢，直覺接下來他要說的話，比他閨女還難搞。

「回殿上說。」他拂袖，轉身回殿。

楚攸寧正要跟著進殿，看到劉正盯著她手上的刀，這才想起刀還沒還。她回頭一掃，精準在一群禁軍裡找到刀的主人，跑過去把刀還給他。

「有借有還，再借不難。」

剛要受寵若驚的禁軍聽到這話，只想把刀扔了，他一點也不想再借。

剛邁進大殿的景徽帝聽到這話，更氣了，忍不住回身。「怎麼，妳還想再提刀逼宮？」

「那叫什麼逼宮，我是替父皇試試這些禁軍的身手。他們可是負責保護您的安全，連我一個弱女子都打不過，還指望他們抵擋刺客？」楚攸寧把雙手負在身後，跟著進殿。

到了大殿上，景徽帝坐回御案後，看向沈無咎。「說吧。」

沈無咎拱手行禮，直起身。「景徽九年，越國皇子前往綏國商議綏國攻打慶國之事，途經庸城，自詡越國皇子身分無人敢傷，只帶一奴僕入城遊玩。後遇奚音，欲要強占，被臣的大哥碰見，失手殺之。一個月後，綏國大舉進攻，臣的父親與大哥戰死在那場戰事裡。」

他神色平靜地娓娓道出當年真相，可越是平靜，越能聽出他心裡的不平靜。他盯著景徽帝，想從表情變化看出景徽帝是否知情，也不管直視聖顏是否不妥了。

但是，或許當皇帝的，喜怒不形於色的功夫早已練得爐火純青，他看不出什麼來。

景徽帝御案下的手早已悄然握緊。「越國竟早與綏國勾結！」

沈無咎想說的並不是這個，神情沈肅。「陛下，臣一直好奇，臣的父兄為何會死在那場戰事裡。論戰力，沈家軍比綏軍強；論兵法，我父親自鎮守邊關起，沒丟失過半座城。過去比那場更慘烈的戰事，不是沒有，為何他們偏偏在這場仗中戰死？陛下可知是何原因？」

景徽帝看著他，半晌才乾巴巴地安慰道：「沈無咎，你要知道，勝敗乃兵家常事。」

沈無咎垂眸。「陛下，臣就那場戰事，在沙盤上做了無數次推演，不管如何推演，臣的父兄都不可能落到戰死的地步。除非……」猛地抬頭，目光如出鞘利劍。「君要他們死！」

楚攸寧瞪大眼，害沈家幾位嫂嫂守寡的人，可能是這個昏君?!

景徽帝臉色一沈，大怒拍案。「沈無咎，誰給你的膽子質問朕！朕沒事要自己的將士打敗仗，圖什麼？圖沈家軍的兵權嗎？想收回兵權，朕有的是法子，你見朕動過你的兵權?!」

「您就說有沒有幹吧，要真幹了還讓人家的子孫替您守國門，多損啊！」楚攸寧直言。

「楚元熹，妳給朕閉嘴！」景徽帝怒吼。

「楚元熹是誰？不認識。」楚攸寧說著，還四處張望了下。

景徽帝氣壞了。這逆女，為了頂撞他，連名字都不要了。

沈無咎對楚攸寧微微搖頭，楚攸寧立即乖乖閉上嘴。

景徽帝瞧見，更鬱悶了。

沈無咎望向景徽帝，表情堅決。「臣今日只要陛下一個答覆，臣父兄的死，是否與陛下有關？」既然殺奚音的事，景徽帝無論如何也不會承認，那就問出他父兄戰死的真相，才好知道接下來該怎麼做。

「你反了！真以為朕會像縱容攸寧那般縱容你嗎？單憑你這話，朕就能治你死罪！」景徽帝指著沈無咎，龍顏大怒。

「您要真敢治罪，那就是心虛！」楚攸寧也大聲吼回去。

景徽帝氣結，忍了又忍，才沒開口讓人把她叉出去。

沈無咎捏捏楚攸寧的手，沒有半點退縮。「即便臣沒有尚公主，也是一樣的問法。」

「呵！你是可以慷慨就義，那不管沈家的幾位寡嫂、姪子、姪女了？」景徽帝嗤笑。

「沈家人可以因為不敵敵軍而戰死沙場，但不能死於陰私。沈家上下，但求死個明白！」沈無咎斬釘截鐵地說。

「沈家又沒錯，要死也是害死沈家男兒的人死。」楚攸寧力挺。

景徽帝聽了這話，更是氣悶。「要真是朕做的，妳還想殺了朕不成？」

「那真是您做的嗎？」楚攸寧反問。

「朕沒有！」景徽帝被激得脫口而出。

楚攸寧放心了，拉著沈無咎。「行了，不是他做的，我這雙眼不會看錯。」

沈無咎自是相信她的本事，但依然心有存疑。方才景徽帝暗示那暗衛自盡的樣子，不像是無關，他很肯定裡面隱藏了什麼。

見沈無咎不說話，以為他不相信，楚攸寧拍胸脯保證。「要是最後證明咱們父親和大哥都是他害死的，我幫你。」她可是個有擔當的隊長。

景徽險些怒氣攻心。「妳這逆女！」還咱們父親……她親爹在這兒呢！

楚攸寧用力瞪回去。「不是您做的，您怕什麼？」

景徽帝語塞。「朕見不得妳為個男人弒父不行？」

「我這是替您擔保！如果擔保出錯，我自然得承擔責任。」楚攸寧認為她沒錯。

景徽帝氣得說不出話。他就是寵了這麼個玩意兒，為了男人要親爹的命。

楚攸寧設身處地為景徽帝想了想，覺得自己好像有點過分，眨眨眼，軟下聲音安慰他。「只要不是您做的，這事就不存在。」

沈無咎見狀，接著道：「那麼，臣換個問法。請陛下告訴臣，父兄是否死得其所？」

景徽帝見他如此執著，冷冷盯著他半晌，長嘆一聲。「沈家滿門皆是忠臣良將，你父兄……死得忠烈！」

沈無咎聽了，並沒有得到安慰，景徽帝承認他的父兄死得忠烈，卻不是死得其所。試問，死在戰場上的人，哪個不忠烈？

# 第七十七章

「報——」殿外忽然傳來長長的呼喊，由遠而近。這樣的聲音，只有邊關急報才會有。

景徽帝神情一肅，立即從御案後站起來。

這時，沈無咎顧不上再糾結私人恩怨，回身看向殿門，彷彿在等一場宣判。

為了不耽誤軍情，邊關急報不需要層層查驗身分，可以直達御前。

那聲音的主人衝進殿內，頭盔下的臉已經瘦得脫相，嘴唇乾裂，渾身上下沾滿灰塵。他跪在御前，呈上一封急報，聲音有些嘶啞。「陛下，雍和關八百里急報！」

不用劉正呈遞，景徽帝親自上前接過來看。此時來的急報，八成是越國宣戰，之前就聽說越國蠢蠢欲動。

沈無咎和楚攸寧站在一起，皺眉等景徽帝看完急報。

「欺人太甚！」景徽帝看完，臉色鐵青，將摺子遞給沈無咎。「你看看吧。」

沈無咎接過來，越看神色越冷。上面寫的是越國五萬大軍壓境，以慶國殺了越國使臣和兩個世子，以及違背條約為由，用火藥武器開戰。

當初在鬼山之外的不遠處發現越國使臣和越國世子的屍體時，所有人都猜到豫王回去會這麼說。越國一直仗著火藥武器稱霸天下，慶國壓根兒不需要花費工夫去證明人不是他們殺的，反正只要死在慶國地界，越國都會把帳算在慶國頭上。

當時朝臣不知慶國已做出火藥，早朝時還問要不要寫國書，將事情來龍去脈說清楚。沈無咎彷彿能從信上看到越國囂張得意的嘴臉，看到慶國將士被火藥武器威脅的恐懼。在家國大義面前，再大的恩怨也只能放下。同時，他也知道，這是唯一可以請命去雍和關的機會。

沈無咎看楚攸寧一眼，毅然跪地。「臣自請前往雍和關退敵！」

景徽帝一怔，看著他無比堅定的表情，與當年來請命去鎮守邊關的情景重疊。他伸手拿回急報的摺子，手指在上頭摩挲。「非去不可？」

這話問得好似含有另一層深意。沈無咎沒往深了想，神情和語氣更加堅定。「非去不可，還請陛下恩准！」

景徽帝沈默半晌，嘆息一聲，背過身擺手。「那就去吧，那裡也許有你要找的答案。」

沈無咎愕然抬頭，這是何意？

所以，昨日景徽帝無論如何也不讓他去雍和關，是怕他知道什麼？結果出了奚音的事，發現藏不住了，只能讓他自己去找答案？

楚攸寧皺眉。「父皇，您知道什麼就直說，又不是玩闖關遊戲。」

「朕什麼也不知道，你們想知道，就自己去找答案。」景徽帝憤而回頭，破罐子破摔。

楚攸寧還想再頂撞景徽帝，沈無咎拉住她。「公主，陛下或許有難言之隱。」至於讓一個皇帝無法宣之於口的真相是什麼，他相信很快就會知道了。

「行，他不說，我們自己去找！要是真跟他有關，他這個皇帝也別做了。」楚攸寧一腳踹在一旁的柱子上，留下凹進去的腳印。

景徽帝的臉黑了。還當面威脅，瞧把她能的！

「朕召朝臣來議事，你們也一起吧。」景徽帝好像變了個人，大有破釜沈舟的氣勢。

越國要攻打慶國的消息，像長了翅膀般，很快傳遍京城的大街小巷，一時人心惶惶。時隔幾十年，越國再次攻打慶國，這次看來不像是割讓城池就能善了的樣子，隨時有面臨滅國的危險。

一旦越國打進來，直搗京師，住在京城的人還能好嗎？於是，大家開始奔相走告，準備尋找出路。

金鑾殿上，大臣們趕到時，發現沈無咎和楚攸寧也在，不由愣了下。有人想說公主不適合站在這裡議事，但打量四周，大家都低著頭假裝看不見的樣子，只能忍了。

能在官場上混的，誰不是人精。陛下都能賜公主監察百官之權了，讓她參與議事，不是正常嗎？

「越國已經調動五萬兵馬壓境，要求慶國要麼簽署附庸條約，要麼割讓五座城池，大家對此有何看法？」景徽帝讓劉正把邊關急報傳下去。

大臣們原本還想著，四國有言在先，在非他國自主挑起戰端的情況下，越國不得使用火藥武器。但看完急報後，一個個臉色都變得很難看，面面相覷，誰也不敢隨意開口。

「陛下，臣以為應當慎重考慮。越國有火藥武器，哪怕只有五萬兵馬，慶國三十萬大軍也不是他們的對手。」

「臣附議。陛下，莫要讓當年元康之戰重演。」

景徽帝看著這群一聽到火藥武器便聞風喪膽的臣子，心裡感到悲哀，怒其不爭。

「敵軍五萬兵馬，我軍三十萬，再從各地調兵遣將，兩方兵力相差懸殊，你們甚至連猶豫一下都不曾，就想著投降，苟且偷生？這些年來受越國壓迫，也把你們的骨氣壓沒了！」

楚攸寧挑挑眉，悄悄對沈無咎說：「我父皇這麼看來挺像那麼回事。」

沈無咎點頭，景徽帝要是沒這魄力，他作的夢裡也不會是亡國結局了。只是，前世為美人，這一世是越國逼到頭上，逼出血性來了，倒不單單只是因為有了火藥武器而有底氣。

「陛下息怒！」大臣們紛紛跪下，站在最前頭的楚攸寧和沈無咎就顯得格外突出了。

「沈將軍，你對此事有何看法？」景徽帝也不叫起，直接點名沈無咎。

沈無咎往中間一站，連聲音都帶出一絲殺氣。「回陛下，臣只有一個字——打！當年越國來勢凶猛，慶國無力招架，逼不得已，只能割讓城池得以保全。所謂，一步退，步步退，從割讓城池到任其挑選公主，再退，等於是打開國門，任越國人進來燒殺擄掠。」

楚攸寧點頭贊同。「才五萬，看不起誰呢！」

眾臣齊齊抬頭看楚攸寧，原本嚴肅正經的氣氛被這話衝散了，這口吻當真是大言不慚！

攸寧公主仗著一身力氣及陛下的縱容在京城橫著走，讓文武百官皆懼。但力氣再大，還能打得過五萬兵馬不成？還能把對方扔過來的火藥武器扔回去？

「瞧瞧沈將軍，再瞧瞧你們，連公主一個弱女子都比你們有骨氣！」景徽帝指著一個個縮得跟烏龜似的臣子罵。

眾臣不敢出聲。有骨氣他們認，但說公主是弱女子，他們是萬萬不敢認的。

景徽帝罵了一通，出了之前在閨女那裡受的窩囊氣，這才正色下令。「兵部和戶部立即回去調動糧草兵器馳援，其餘人等，誰願前往邊關退敵？」

「臣願前往！」一個老將軍和一名武將站出來。

景徽帝見狀，總算欣慰不少。這些武將不知慶國已製出火藥武器，在他們看來，此去必死無疑，卻依然義無反顧。雖然是從戰場上退下來的老將，但敢英勇就義，已是難能可貴。

「還有臣！」沈無咎也站出來。

眾臣又是一驚，怎麼也沒料到，沈無咎會站出來請命。

沈家一直鎮守雁回關，如今雁回關還在和綏軍打呢，沈無咎居然拋下雁回關不管，要去守雍和關？不過，最近傳回來的戰報好像說，綏軍打得越來越疲乏，已有退兵之意。

可是，沈無咎不是因為受傷，再也不能上戰場了嗎？

「還有我！」楚攸寧站到沈無咎身邊，清脆聲音在大殿迴響，震得群臣久久回不了神。

沈無咎也就算了，他們可以理解他是死也要死在戰場上，可是公主一個婦道人家，竟然也有勇氣上戰場。

這一刻，大家心裡皆是慚愧。就算他們之前如何想把公主弄出京城，但不代表他們願意把公主推上戰場。而且，連公主都需要親上戰場殺敵，顯得他們這些朝臣更無能。至少，他們沒有那個魄力站出來英勇就義。

「瞧瞧你們，連個姑娘家都不如。」景徽帝莫名自豪，瞧他閨女震驚這些人的樣子。

「臣願前往，盡綿薄之力。」這次是最後頭的文官站出來。

有聰明的大臣趕緊道：「臣年事已高，禁不起長途跋涉，就不去添亂了。臣願拿出家財三百兩，助邊關將士退敵。」

其餘人趕緊附和，能出錢的出錢，能出糧的出糧。

楚攸寧見狀，滿意地點點頭，還好不是自私得無可救藥。不管是不是做面子，起碼黃金白銀是真的。

景徽帝也很滿意，這些大臣們難得猜對了一次聖意，這下糧草不用愁了。

「朕加封鎮國將軍沈無咎為兵馬大元帥，統率雍和關三十萬大軍禦敵。」

沈無咎鄭重跪下。「臣領命。」

「我呢？」楚攸寧舉手。

景徽帝與眾臣一時語塞。一旦公主加入，總覺得開始不對勁。

「妳聽沈無咎的。」景徽帝很聰明地把她扔給沈無咎管，也只有沈無咎才壓得住她。

楚攸寧眨眨眼，她是隊長呢，沈無咎才是軍師。

「公主，有了頭銜，就有了責任，要考慮的也多。」沈無咎深知他媳婦不喜歡動腦操心，很輕易就找到說服她的方法。

楚攸寧一聽，覺得有道理。到時沈無咎這個軍師忙著打仗，不在身邊。要是給她封官，她還得頭疼如何安排呢。

議事完，景徽帝踏進多年沒再駐足的地方——永壽宮。

在成為太后前，他母后只是個小官之女，經由選秀入宮。起初曾得到先皇曇花一現的寵愛，幸運地生下皇子，可惜沒能養大，受盡冷眼。後來又生下他，升至嬪位。

在拜高踩低的深宮裡，母子倆都不好過，但那段相依為命的日子，卻是最彌足珍貴的，如果不是後來發生的事……

永壽宮因太后長年禮佛，屋裡有股檀香。

太后坐在殿裡，等景徽帝到來。她穿著一身特製的緇衣，走出去都沒人知道她是太后。

「你來了。」太后停下轉動佛珠的動作，睜開眼看景徽帝，聲音平和。

曾經相依為命的母子，如今早已生疏得相對無言。

景徽帝在一旁的位置坐下，等上茶的嬤嬤退出去，才看向太后。「您禮佛不曾踏出後宮半步，卻能對外界瞭若指掌，原來是在朕的身邊安插了人，還是他留給您的人。」

太后面無悲喜。「哀家這是以大局為重。」

景徽帝放下剛拿起的茶盞。「大局為重？朕該慶幸這些年不愛管朝政，才沒讓慶國的一舉一動全暴露在別人的眼皮子底下。若是您想讓朕雙手把江山送人，大可直說。」

「暗二只聽哀家的命令，但其他身為暗衛該遵守的規矩，他都會遵守。」

「所以您命令他，但凡發現不對就滅口？那是攸寧的人。」

「她只是一個公主，你是皇帝。哀家倒要問問，你為何這般縱著她，連大皇子都說貶就貶？」太后平和的聲音終於有了起伏。

「大抵因為朕羨慕她吧。放開一切，想做什麼就做什麼，誰不服就揍，多好。」景徽帝凝視太后。「曾幾何時，朕最想要的，不過是想保護母后，讓您不受欺負。」

太后轉著佛珠的動作頓了頓，又飛快轉起來，彷彿這樣就能掩飾她內心的不平靜。

景徽帝的目光掠過佛珠，嘴角冷勾。「說起大皇子，或許不久之後，他會慶幸朕將他貶為庶民。」

太后的佛珠再也轉不下去。「你欲與越國撕破臉？」

「撕破臉又如何？就算不撕破臉，對方也照樣可以不費一兵一卒拿走慶國。」

太后臉色微變。「難道你就想亡國了？當初費盡心思才坐上這位置，如今呢？」

景徽帝的目光帶著諷刺。「您知道嗎？朕曾多渴望登上這個位置，後來就有多後悔。」

「你一直都在怨哀家。」太后垂眸呢喃。

景徽帝不語，過了一會兒，起身道：「從今日起，朕的身邊除了劉正，誰也不留。暗衛全派去保護攸寧，裡面若還有您的人，那就自求多福吧。」

「你是在拿自己的安危懲罰哀家！」太后跟著站起來，在他身後喊。

景徽帝腳步一頓。「若真有刺客，朕反而要感謝他了，最好在攸寧從邊關回來之前現身。」

太后慈祥的面容露出幾分陰狠。「你就篤定她還回得來？」

景徽帝聽了，臉色一沈，隨後嗤笑。「母后，朕奉勸您別想著犧牲攸寧，就算沒有朕派去的暗衛，也沒人傷得了她。相反地，您的出手，可能會讓事情往不可思議的方向發展。」

景徽帝已經從昭貴妃等人身上發生的事看出來，以他閨女那不同尋常的腦子，誰也料不到事情的下一步會怎麼發展。反正，最後跟她作對的人，都不會有好下場。

雖然篤定閨女不會有事，但景徽帝還是加了一句。「不管她回不回得來，朕都打算結束這荒唐的一切了。」

太后瞠大雙目，聲音有些顫抖。「你想做什麼？」

「做朕早就該做的事。」景徽帝轉身往外走，快走出殿門時，又停下來，眼角餘光往後看。「母后，您禮了這麼多年的佛，您確定佛祖收嗎？」

太后身子微微一晃，手上佛珠轉得飛快，想以此平復內心的慌亂，臉上的慈祥漸漸消失。

終於，啪的一聲，珠串斷了，珠子咚咚落了一地。

# 第七十八章

楚攸寧回到鬼山時，山上的氣氛還很低迷，大家都在等著她歸來。至於來買雞的人，早被打發走了。

「公主，您不該為一個婢女衝進宮質問陛下。」張嬤嬤上前，沈著臉訓斥。不是她有偏見，而是此舉實在不明智。哪怕今日死的是她，也不願看到公主為她衝撞景徽帝。人的感情是相互的，如今景徽帝還覺得公主這性子新鮮，鬧多了便煩。她跟在皇后身邊多年，豈會不知道景徽帝的性子？就算他對皇后算不上隆寵，該有的體面都會給，但翻臉的時候，也翻臉無情。

「就算奚音只是個婢女，我的人也不能不明不白被殺。」楚攸寧聲音堅定。

張嬤嬤知道她的想法與他們這個世界格格不入，譬如尊卑這件事，永遠說不通。

「那公主可有結果了？」

楚攸寧嘟起嘴。「父皇不願意說，我覺得就跟沈無咎看小黃書不敢讓我知道一樣。」

張嬤嬤哭笑不得，這是什麼比方。「公主不像是就這麼算了的性子。」

「沈無咎懷疑奚音的死跟他爹和哥哥們的死有關，奚音被父皇的暗衛滅口，不過父皇沒承認。」

張嬤嬤臉色驟變，趕緊低下頭，不讓楚攸寧看到。

皇后臨終前之所以選擇沈家讓公主下嫁，好像就是因為知道了什麼，知道只要景徽帝在位一日，就不會動沈家，因為他對沈家有愧！原來，這愧是因他和沈家父兄的死有關？

張嬤嬤打了個激靈，這事得捂住，捂得一時是一時，她不敢想像駙馬和公主反目成仇的樣子。

不對！以公主的性子，她該擔心的是公主提刀跟景徽帝決裂。

「既然陛下不承認，那定然不是陛下做的。君無戲言，陛下為天下表率，總不能敢做不敢當。」張嬤嬤急忙安撫。

「君無戲言不都說著玩的嗎？誰信誰傻。」楚攸寧嗤笑一聲。「他說答案在越國，我和沈無咎就去尋找真相。」

張嬤嬤被這消息震得頭昏眼花。「公主，您去邊關，那四殿下呢？」

楚攸寧皺眉。「要不，帶上小四？」

張嬤嬤傻了，當這是去遊玩的嗎?!

見張嬤嬤神情不對，楚攸寧便知道這事行不通，趕緊說：「妳帶小四回將軍府住。」

「您不在，四殿下住在將軍府名不正，言不順。」張嬤嬤對留下她家公主不抱希望了。

「那到時候我帶小四進宮找他爹。」楚攸寧果斷決定。

「只能如此，幸好如今宮裡經公主那麼一鬧，清靜得很。可是，您非去不可？」張嬤嬤帶著最後一絲希望問。

楚攸寧看出她眼裡的不捨。「不然，妳也跟我一起去？」

張嬤嬤暗嘆，公主是真當去玩的吧？以公主本事，這麼想，似乎沒好什麼稀奇的。

「奴婢還要照顧四殿下，就不去添亂了。」

「好吧，我會很快就回來。」楚攸寧說。

張嬤嬤肅起臉。「公主，不可輕敵！四殿下只有您這個姊姊能依靠，萬不能出事。」

楚攸寧乖巧點頭。「我聽嬤嬤的。」

張嬤嬤不知該氣還是該笑，每次她說公主的時候，公主向來都是應得比誰都乖，讓人不忍心再說下去。

「我先去看看奚音。」楚攸寧往停放奚音屍體的地方走去。

奚音已經被換上乾淨的衣裳入殮，等著下葬。

楚攸寧站在棺材前，看著躺在棺材裡的女人，想起當初在街上看到她為了活命努力迎合越國人的樣子，想起被她帶回將軍府後努力重新生活的樣子。這一刻，她彷彿感覺到末世送走隊員時的無力感。

「我帶妳回來，卻沒護好妳，是我的錯。妳說想看越國被收拾的那一天，這個願望很快就能實現了。越國誰欺負過妳，我幫妳欺負回去。等查到誰殺害妳，只要妳是無辜的，我也會替妳報仇，哪怕那個人是我父皇。」

楚攸寧的話動人心魄，站在旁邊的人聽了更是震撼，天底下有哪個主子會這樣仁慈寬厚，還為下人出頭。像奚音這樣的，放在任何一家，死了就是死了，誰會當一回事。

但公主不單單為了奚音闖皇宮逼問景徽帝，還答應替她曾經受過的欺辱討回公道，奚音要是知道，也算是沒有遺憾了吧。

跟著楚攸寧的風兒她們尤其感動，原來她們這些做婢女的，在公主心裡是這樣的存在。只要是公主的人，便不容許別人欺負，哪怕那個人是當今聖上。

這一刻，她們無比慶幸當初被張嬤嬤選來伺候公主，不然一生只能在宮裡熬，謹小慎微度日，一個不慎就被打死。別說主子幫忙出頭，要她們命的，可能就是她們的主子。

沈無咎對奚音很感恩，他不知道，如果讓奚音在前世夢境裡的結局和現在的結局之間選，她會選哪一個？但事情如此發展，誰也預料不到。

不管她是不是有意隱瞞什麼，看在前世她幫沈家收屍立碑，給了沈家人最後體面的分上，他願為她做最後一件事。他會派人扶棺回庸城，讓她落葉歸根，回到她一直想念的那片土地，與她家人埋葬在一塊兒。

二夫人得知奚音的事，想去邊關的心再次蠢蠢欲動，直接來找沈無咎商量。

沈無咎只能想著法子拒絕。「二嫂，我此行是去雍和關，方向與雁回關相反，您……」

二夫人擺手。「無妨。我自己去，不會有事的，多帶幾個家兵就行。正好順路將奚音送至庸城安葬。」

「二嫂，這不妥，京城離雁回關路途遙遠……」

「老四。」二夫人忽然打斷他的話。「你老實告訴我，你二哥……可是找到了？」明明害怕知道，卻又故作輕鬆。「你放心說無妨，我承受得住。」

沈無咎對上二夫人倔強的眼神，知道再也瞞不下去。

他從來沒覺得自己的手有如此沈重過，良久，才從懷裡拿出一直貼身帶著的玉珮。

二夫人臉色刷白，死死盯著那塊玉珮。

玉珮躺在沈無咎的掌心裡，陽光將上面那個「恙」字照得清清楚楚。

聽說這是沈父在邊關打仗時，親自替每個孩子雕刻的玉珮，玉珮上刻了什麼字，就取什麼名。

沈無恙跟她說過，他的父親幫他取這個名字，是希望山河無恙，也希望他歲歲無恙。

字可以造假，可是上面的缺角造不了假，那是沈無咎小時候頑皮磕壞的，沈無咎還天真地說，要母親叫人拿針縫起來。

沈無咎看著二夫人伸出手，顫抖得遲遲搆不到玉珮，雙膝一跪，雙手將玉珮呈給她，聲音苦澀。

「二嫂，對不住，我沒能替妳和歸哥兒把二哥帶回來。」

「有什麼好對不住的，起來！」二夫人紅著眼眶拿走玉珮，去拉沈無咎。「你二哥失蹤那麼多年，我早接受他已經死了的可能，如今不過是被證實而已。」

她想過，沈無恙會不會像戲文裡寫的那樣，被人救走後，失憶了，在哪個小山村裡另外娶妻生子，若真是那樣，她是否能接受？她只知道，比起他真正死亡，她更願意他在她看不到的地方安然無恙。

因為一行人剛從鬼山搬回將軍府，二夫人來找沈無咎的時候，楚攸寧也在。

在末世，一個人失蹤這麼多年，八成就是死了，所以對沈無恙的死，楚攸寧並不覺得意外。只是，想到沈無咎早就知道，卻要苦苦隱瞞；想到歸哥兒還想著見到他爹；想到二夫人想去邊關找人，她的心就變得很沈重。

楚攸寧上前拉著沈無咎，繃起小臉，嚴肅且認真地說：「誰也沒錯，錯的是戰爭。」又看向二夫人。「二嫂，妳放心，我和沈無咎要去打越國了，打完越國就打別國，把他們打服、打怕，讓這個世界沒有戰爭和炮火。往後，再無人會因戰爭而家破人亡，妻離子散。」

這話在別人聽來像是小孩天真的話語，可是了解公主的人，見她堅定的眼神，就知道她是認真的。

「公主……」二夫人假裝的堅強在這一刻全部崩塌，狠狠抱住公主，痛哭出聲。

別看她總是一副強悍豪爽的樣子，丈夫失蹤，杳無音信，她何嘗不脆弱？不過是因為沈家只剩下三個婦人支撐，大嫂打小作為宗婦培養，打理中饋是好手，可被人欺上門時，講究面子；三弟妹有謀略，卻是文弱。她不強悍點把人罵回去，她們就要被指著鼻子罵了。

沈無咎看著突然有了偉大志向的公主，心中的悲傷瞬間被治癒。巧了，他也想過這個可能，如果公主真要去做，那他願意陪她征戰天下。

楚攸寧輕輕拍著二夫人的肩膀安撫。「二嫂，妳哭吧，哭完咱們繼續擁抱陽光。這個世界這麼美好，咱們得努力活久一點，多看幾眼。」

人啊，有時候就是受不得安慰，二夫人聽她這話，更是放聲大哭。

「再不行，咱們替歸哥兒找個後爹。」楚攸寧說著，還點點頭。「我問過二哥了，他答應了。」

二夫人聞言，身子一僵，抬起頭，破涕而笑。公主真像個小暖爐，會變著法兒溫暖人的心。說的話有時候聽起來幼稚，卻更能感動人心。

沈無咎好笑地看著他媳婦，有她在的地方就有豔陽，天大的事在她這裡都能變成好的。

「我聽公主的。」二夫人拈起袖子，輕輕按去眼角淚痕。

「聽我的，幫歸哥兒找後爹嗎？」楚攸寧對沈無咎無辜眨眼，二夫人真聽進去了呢。

二夫人忍不住抬手輕打她一下。「我是說，聽公主的，哭過之後好好過日子，將歸哥兒培養成材。」

楚攸寧拍拍胸脯。「還好還好，我怕二哥晚上來找我。」

二夫人笑著瞪她。「公主不是問過妳二哥了？」

「妳要是答應再嫁，那肯定就是問過了。」楚攸寧理直氣壯。

二夫人被她的小表情逗樂。「我說不過妳這小嘴。」轉而看向沈無咎。「老四，你跟我說說在哪裡發現你二哥，我還是要迎你二哥回京，葬入祖墳，受祠堂香火供奉。」

「二嫂，這原是我的責任。」沈無咎愧疚。

「早就想跟你說了，你幾個哥哥雖然歿了，但我們不是你的責任，你無須什麼都攬在身上。」二夫人說著，揶揄地看楚攸寧一眼。「當心公主會吃醋。」

沈無咎失笑，看向楚攸寧。他媳婦天生就缺了吃醋的心思，或者她的強大足以讓她省了吃醋這回事。

「醋是酸的，我不愛吃。」楚攸寧澄清，而且還是一種怪異的酸，她才不喜歡。

二夫人不知她是真不懂還是假不懂，看她皺鼻子的小表情就覺得可愛。

於是，沈無咎說出當初發現沈無恙的地方。之所以猶豫沒起骸骨送回京城，一是因為他當時不能離開戰場，二是不知道該如何跟二夫人和歸哥兒說。

誰知這一擱置，就發生戰場上的事，怕夢境成真，匆匆趕回來。

「二嫂，等雍和關這邊開戰，綏軍便會退兵，到時候五弟應該要回京述職，妳等他一塊兒回來。」沈無咎認真交代。

二夫人聽了，驚喜不已。「當真？綏軍打了這麼多年，怎麼會突然願意退兵？」

「大概是回去爭皇位吧。」沈無咎沒說這裡面有他的功勞。

只要慶國和越國打起來，慶國有火藥武器的事，便徹底得到證實，有點腦子的都會選擇退兵觀望。否則，除非越國也給綏國火藥武器，不然就是自取滅亡。

說起來，越國想滅掉慶國，卻要綏國連年進攻，實在很奇怪，倒像是用綏國來逼迫慶國，想要慶國向越國求助。

二夫人點點頭。「那就太好了，沈家軍總算可以喘口氣。綏軍也不知道發什麼瘋，明知道打不過，還整日攻打。」

「沒事，等咱們打完，就輪到咱們打回去了。」楚攸寧是這麼打算的，一次打趴其他幾個國家，看誰還敢發動戰爭。

二夫人卻覺得她這話在說著玩，也沒當真。「那你們忙吧，我下去準備準備。戰場上刀劍無眼，定要好好保護自己。」

二夫人一走，沈無咎藏在心中的那塊大石頭放下了，整個人輕鬆不少。

他抱了抱楚攸寧，又親親她的額頭。「我先去京西大營點兵。」此次奉命出征，景徽帝讓他從京西大營點五千兵馬護送武器、糧草，其中火器是重中之重。

楚攸寧應下。「那我送小四進宮。」

時間緊迫，兩人分頭行動。

# 第七十九章

小奶娃好像知道馬上要和姊姊分別一樣，一直鬧著要姊姊。

楚攸寧抱著他，他的小胖胳膊緊緊摟著她的脖子，趴在她肩上，快快不樂。

明日張嬤嬤想送她家公主出征，所以只讓照顧四皇子的人先跟著回宮。

一行人剛出府門，正好遇上還沒走的沈無咎。

沈無咎把馬鞭交給程安拿著，上前接過小奶娃。在鬼山的時候，他媳婦閒不住，愛到處跑，這小舅子是他抱著玩居多，這會兒要分開，有些不捨。

小奶娃一看是他，親得不得了，小奶音漏風的叫喚。「夫……夫……」

「乖。」沈無咎摸摸他的小腦袋。「四殿下在家要乖乖聽話。」

「夫……」

「對，聽話。等我和你姊姊回來，你大概就能跑能跳了。」

「潔潔……」

「嗯，等殿下會走了，就帶殿下去玩。」

楚攸寧眼睛睜得滾圓，在一大一小之間看來看去。「你聽得懂他說的話？」

沈無咎笑了。「聽不懂。」

楚攸寧恍然大悟。「原來還能這麼玩？下次我也這樣，反正小四又聽不懂。」

沈無咎同情地看看小奶娃，等下次他姊姊回來跟他這麼玩的時候，他應該能聽懂了，希望他不會崩潰。

嗯，反正是做弟弟的，就多包容姊姊一下吧。

楚攸寧單手抱著小奶娃，大步流星進宮，直接把他放在景徽帝的御案上。

正在聽大臣稟報此次軍需調度的景徽帝和面前白胖滾圓的小兒子對上眼，頓時一愣，小兒子似乎還認得他，抬起小手朝他打來，便趕緊抓住那隻作亂的小胖手。

幾位大臣還是第一次見到四皇子，滿月時，因為皇后去世，自然沒辦；百日也不可能；而公主出嫁那日，他們也只遠遠看著；前幾天的週歲宴是在鬼山辦的，大家只送了禮，所以這個嫡皇子是頭一次出現在大家面前。

今日的四皇子穿著寶藍色小錦袍，頭戴秋帽，小臉胖嘟嘟的，看起來甚是喜人，一雙滴溜溜的大眼睛轉來轉去，看著就是個靈動性子。

「我要去邊關打仗，不方便帶小四，先託給您照顧，您正好可以跟他培養培養感情。」楚攸寧又捏了把小奶娃的小胖臉。

幾位大臣一聽都愣住，公主怕不是真當四皇子是她的了？

「合著妳還想帶小四去打仗？」景徽帝顧不上跟兒子瞪眼。

「本來是想帶的，但是張嬤嬤說，從京城到邊關路途遙遠，為了不耽誤戰事，還得快馬加鞭趕路，小四這麼小受不住，所以就不帶了。」楚攸寧說著，眼裡還露出幾分遺憾。

這一來一回最少也要半年，她習慣每天抱抱小奶娃，捏捏他的胖胳膊，聽他奶聲奶氣喊姊姊，這麼久見不到，挺捨不得的。

景徽帝無比慶幸有個頭腦清醒的人勸得住她，皇后把張嬤嬤留下來，真是太明智。

「行了，小四先住宮裡。」景徽帝擺手。

楚攸寧又看看小奶娃，轉身就走。

「接……接接……」小奶娃彷彿發現自己要被拋下了，從桌上顫顫巍巍站起來，朝離開的楚攸寧伸手要抱抱，眼裡的淚水開始一點點蓄滿，癟起嘴，眼淚汪汪。

經過嬤嬤們糾正，如今他叫姊姊的音總算叫對了，就是語調不太對。

楚攸寧腳步一頓，隨後回去抱住小奶娃，分別在他兩邊臉蛋上吧吧親了兩口，然後乾脆俐落地把他往景徽帝懷裡一塞，瀟灑走人。

「你是個懂事的小孩，該學會要爹了。」

景徽帝手忙腳亂地抱住沈甸甸的小兒子，一時不知道楚攸寧這話說得對，還是不對。

「不……」小奶娃使勁蹬腳，腦袋往後扭要找姊姊，別看只是一隻小腳，踢起來還是很有勁的。

景徽帝抱得很僵硬，等看不見楚攸寧身影了，趕緊把小兒子放到御案上。

小奶娃一坐到桌上，扭頭看看左右，見沒有姊姊，又小心翼翼爬起來，站在桌子上，揪著小衣角，望向殿門，小嘴癟起來要哭不哭的，無助又可憐。

大臣們見狀，不由上前一步，伸出手去，深怕他站不穩摔了。

景徽帝也怕小兒子摔下來，忙讓他坐下，順手拿起旁邊的玉璽蓋在他的小胖手上。

冰冰涼涼的感覺，再加上小手上的紅印引起小奶娃的注意，剛想要張嘴哭的他，立即閉上嘴，眨眨眼，伸出小胖手去抓玉璽。

景徽帝見他不哭了，把玉璽放在他跟前，讓他自己玩。

幾位大臣倒抽一口氣，從不知道傳國玉璽竟然是用來哄孩子蓋手玩的，四皇子怕是要被記入史冊了。

劉正看得膽戰心驚，那是玉璽啊！是能讓一歲小皇子玩的嗎，萬一摔了呢？

玉璽太重，小奶娃拿不起來，小胖手推了又推，推不動，就看向景徽帝。「又……」然後雙手想把玉璽往景徽帝那裡推。

景徽帝還當他玩得歡呢。「玩吧，只要不哭。」

發現這個人聽不懂他的話，小奶娃抓小手手，四下張望要找姊姊。「接……」

一聽他又要找姊姊，景徽帝趕緊故技重施，拿起玉璽在他手背上蓋章。

有人陪玩，小奶娃不再找姊姊了，低頭戳戳手上的紅印印，把另一隻胖手伸出去，也要蓋章章。

景徽帝覺得他兒子真聰明，樂呵呵蓋上，擔心印不出來，還把玉璽在印泥上按了按。

看著御案上的小皇子，這下是不可能議事了，幾位大臣很有眼色地開始誇讚起來。

「四殿下生得真好，長得像陛下，一看就很聰慧。」

「四殿下這麼小就會開口喊人，還能站能走。我家孫子都快兩歲了，只會說幾個字。」

景徽帝被誇得飄飄然，他這小兒子看起來的確早慧，他依稀記得，大皇子幾個就沒那麼早開口喊人，也沒那麼早站立走路，走到哪裡都是奶娘抱著。

另一邊，楚贏彧剛從宿醉中醒來，就聽說越國要跟慶國開戰，罵了聲。「禍害。」要不是因為楚攸寧沒腦子，對豫王動手，越國和慶國也不會到如此地步。

「哈哈，禍害終於要害得慶國滅亡了！」楚贏彧諷刺大笑。他巴不得慶國亡了，反正這江山已與他無關。楚氏皇族的存在，反而昭示他的屈辱。

他正想起身去找酒喝，就見管家匆匆進來。「主子，攸寧公主打上門了。」

楚贏彧剛從床上站起來，猛一聽到這消息，一腳踩空，再加上連日買醉，身體早已虛浮，摔趴在地。

沒等他起來，一個纖細靈動的身影已經站在眼前。

他從下往上看，對上楚攸寧略微驚訝的臉。

「你不用對我五體投地，我不吃這套。當初我要你把你和你娘欠我的錢送到將軍府，你不聽，現在磕頭求饒也晚了。」

「誰跟妳五體投地磕頭求饒，我這是摔倒！」楚贏彧氣得從地上爬起來，但楚攸寧踩著他的袖子，扯也扯不動。

「拿剪刀來！」楚贏彧朝管家怒吼。

楚攸寧低頭看去，亮出拖在後頭的刀。「不用那麼麻煩。」說完，抬刀一劈——

「公主刀下留情！」管家撲通跪地，尖聲求饒。

楚贏彧驚恐地瞪大眼，以為這刀要朝他腦袋劈來，卻聽鏘的一聲，地上傳來刺耳聲音。

「好了。」楚攸寧拿開刀，不只袖子被劈開一角，連地板都被她劈裂了。

楚贏彧差點嚇破膽，渾身發軟，讓管家扶起他，氣急敗壞衝楚攸寧吼道：「妳是不是蠢，明明就是抬個腳的事！」

楚攸寧用刀尖挑起碎布，遞到他眼前。「我以為你更喜歡讓袖子斷開。」

神他娘的他更喜歡！楚贏彧懷疑，她是故意的。

「公主，大夥搬得差不多了。」陳子善小跑進來，充分展現什麼叫做靈活的胖子，又掃視屋子一圈。「這裡還有不少值錢東西，要搬嗎？」

「楚元熹，妳敢搬空我的庫房！」楚贏彧真炸毛了。

「大膽！誰准你對公主不敬！」陳子善大聲喝斥，才不管眼前這人是不是曾為皇子。

楚贏彧臉色陰冷，如果他還是皇子，區區一個鄉下婦人生的野種，別說對他大呼小叫，連看他一眼都不敢。

「好好跟你說的時候，你不聽，怪誰？」楚攸寧白嫩的手指彈彈刀身，打量屋中擺設，實在看不出哪裡值錢，但還是小手一揮。「搬！」

「好咧！」陳子善立即朝博古架走去。

楚贏彧急喊道：「管家，還不快把他攔下！」

管家正想去攔，一把刀橫在身前，差點沒把他嚇尿。

「我不知道搬了會有多少錢，要是少了，我不追究，多的當是你為邊關將士盡一分力。保家衛國，人人有責。」楚攸寧說得正大光明。

她回來後，思及出錢出糧的事，捨不得動用鬼山糧倉，便想起楚贏彧欠債不還的事。不管忠順伯府那邊的債還完沒有，反正這對母子用皇后的錢害皇后是事實，他們受到懲罰，是罪有應得，她這個女兒替皇后出口氣也是應該。

陳子善搬出去一趟，再進來的時候就跟了歸哥兒、沈思洛和裴延初幾個。其中歸哥兒最歡快，轉了屋裡一圈，找他能搬得動的東西搬。他最喜歡跟公主嬸嬸搞事了。

楚贏彧氣得站不穩，只能眼睜睜看著這幫人像土匪一樣，進進出出，搬走他屋裡的古董、字畫等貴重東西。

很快地，屋子裡值錢的東西全被搬走，楚攸寧扛起刀，牽著歸哥兒走出房門後，回頭對楚贏彧咧嘴一笑。「禍害特地來害你家了喲！」

楚贏彧大驚，這他娘的是順風耳嗎?!

楚攸寧還嫌他刺激不夠似的，涼涼地說：「盼著亡國的人就該貢獻出全部家產，你對不起自己曾經的皇子身分，皇宮裡那位的滿腔父愛也餵了狗。」

這事傳進景徽帝耳朵裡，景徽帝也覺得自己一腔父愛餵了狗，直接下令抄了楚贏彧身為皇子時所獲得的財產，收回楚姓。

好了，這下楚贏彧真是和楚氏皇族半點關係也沒有了。

二皇子和三皇子聽聞這事，嚇得瑟瑟發抖。楚攸寧都要走了，還要搞事，只能說他們大哥是自找的。

原來沒了皇子身分，他們這大哥是如此之蠢，當初被他壓得真冤。

早像他們這樣識時務不就好了，應該在秦閣老出事的時候，就乖乖把錢送到將軍府。

# 第八十章

翌日一早，天還未亮，整座永安坊便被火把點亮。

沈無咎和楚攸寧並肩走出鎮國將軍府的大門，男的穿銀色盔甲，一手拿劍、一手負在背後，威風凜凜；女的著黑衣紅底勁裝，頭髮高高束起，英姿颯爽。光看兩人身上那股氣勢，彷彿凱旋就在眼前。

住在永安坊裡的人，不是第一次看將軍府有人為國出征，總是值得人崇敬，所以這時候，永安坊門前的燈籠都會被點亮。

張嬤嬤看著她家公主，心中湧起一股自豪，同時又不想讓她去戰場，這時候倒希望公主只是個普普通通的公主了，而不是需要上戰場去衝鋒陷陣。為了輕車簡從，連能坐人的馬車都不帶，更別說帶風兒她們隨行伺候，這一去不知道要吃多少苦頭。

「嬤嬤，妳放心，我不會有事的。你們在家等我回來，到時替你們帶回一車越國特產。」楚攸寧見張嬤嬤眼含淚光，心裡柔軟了許多。

張嬤嬤的存在，可說是彌補了霸王花媽媽們沒在身邊的遺憾，張嬤嬤像霸王花媽媽們一樣，覺得她做得不對會說她，也疼她，知道她愛吃的，知道她愛往荷包裡裝肉乾、果脯，就讓廚子想法子做給她，還親自在她的荷包內裡縫了一層油紙防潮。她沒成為原主之前，張嬤嬤以小奶娃為先；她過來之後，就盡操心她了。

張嬤嬤語重心長。「奴婢只希望公主一根頭髮絲也不少地回來。」

楚攸寧一臉認真。「這我不能保證，我每天醒來都掉幾根頭髮的。」

張嬤嬤嘴角微抽。「公主懂奴婢的意思就好。」還是有點不放心，在京城有景徽帝罩著，到戰場上，動不動就是火藥武器，公主若是輕敵大意，該如何是好？

「嬤嬤且放寬心。」沈無咎握住楚攸寧的手。「我會以我性命護公主周全。」

楚攸寧看看他，忽然扭頭看向大夫人她們，舉起兩人十指緊扣的手。「大嫂、三嫂放心，我也以性命護沈無咎周全。」

眾人怔了下，噗哧笑了。二夫人已和扶棺隊伍啟程前往邊關，沈無咎放心不下，派了較為沈穩的程佑隨行，所以來送他們的只有大夫人和三夫人。原本送家人出征有些感傷沈重，被她這麼一說，氣氛瞬間就樂了，笑得直點頭。

「有公主這話，我們自然放心。公主也要保護好自己，才能保護四弟。」

沈無咎接收到兩位嫂嫂揶揄的目光，寵溺地看著他家媳婦，嘴角上揚。這一笑，連他身上堅硬的盔甲看起來都柔和了許多。

另一邊，陳子善也在和他媳婦道別。

自從那夜和媳婦乾柴烈火後，他們感情有了明顯改變，有幾分像新婚夫婦，如膠似漆。

如今他和裴延初已是攸寧公主的侍衛，自然是公主去哪兒，他們就要去哪兒。即便不是侍衛，他們也定要跟著公主的。

楚攸寧不嫌帶上他們是累贅，在她看來，就跟第一次帶隊員出去打喪屍一樣，何況這世界可比末世安全太多，就算邊關打仗，一時半刻也打不進城，大不了到時讓他們待在城裡。

「若是我三年……不，兩年未歸，妳就另外找人嫁了吧。」陳子善慶幸沒給賈氏孩子絆住她。早知道要跟公主去打仗，便不跟賈氏和好了，這樣以她的性子，也狠得下心離開。

賈氏是陳夫人替陳子善娶的媳婦，出身自然不會好到哪裡去，是個刑剋父母的商戶女，為了護住弟弟、保住家財，不得不凶悍。也因這名聲，才被陳夫人看中，嫁給陳子善。

她能在被質疑不能生時，替夫君納妾、收通房，證明有問題的不是她。她活得清醒，懂得權衡利弊，清楚自己想要什麼。哪怕在外人看來，她夫君不能讓女人懷孕，是扶不上牆的爛泥，都不在意，只要給她正妻身分，讓她名正言順做主子，用陳府名頭幫弟弟撐腰足矣。

陳子善的改變倒是叫她意外，這一切都要歸功於攸寧公主。

她終於知道身為沈家婦的不易，她只送這一次，就已經覺得難以承受，她們卻能死守著一座宅子，遙望遠方，盼著風將她們的思念送去邊關。刀子不扎在自己身上不知道疼，她慶幸自己從未像其他人那樣看輕將軍府的夫人。

「我在陳家就是想有個地方能當家做主，有你自然好，沒你也一樣活。」賈氏扭開臉。

「又說氣話了吧，妳總是嘴硬心軟。」陳子善已經習慣了賈氏的刀子嘴、豆腐心。以往他混帳的時候，哪次碰見不被她刺上一、兩句。要是她溫溫柔柔跟他說話，他反而不習慣。

賈氏擰起他的腰肉。「這身肥肉跑也跑不快，別上戰場替公主添亂，省得公主救你。」

陳子善拍拍自己的胖肚。「唉，公主就喜歡我胖。回來後，我大概就瘦成美男子了。」

賈氏笑罵他不要臉，陳子善見時辰差不多了，一把抱住她。「妳要是在府裡受那女人欺負，報上公主的名號，那女人就不敢對妳怎麼樣。聽說奚音的事了吧？公主不容許別人欺負她的人。再不行，妳就到將軍府找大夫人，她們會看在公主的分上，收留妳的。」

賈氏自然也聽陳子善說了攸寧公主為一個婢女提刀殺入皇宮逼問景徽帝的事，所以陳子善跟在公主身邊，她很贊成。

「放心吧，如今你在公主身邊做事，別說她不敢，就是你爹，也不敢做什麼。」賈氏朝遠處前來送行的陳父抬了抬下巴。

陳子善自然知道，他這不是以防萬一嘛。

裴延初也在和自己的父母道別，如今沒了裴家人壓在上頭，他爹倒是能直起腰說話了，但家裡還是凡事由母親做主。

他和父母說完話，望向大夫人她們身後，有些失落。

聽聞歸哥兒突然感染風寒，二夫人又不在，沈思洛便留下來照顧歸哥兒。

不知此一別，何時才能見面？又或者，還能不能見面。

當天邊的晨光灑向大地，巍峨城門緩緩打開，送軍出征。

街道兩邊已經站滿了人，樓上窗口也是萬頭攢動。然而，以往最耀眼的是主將，今日隊伍裡最耀眼的，卻是一個嬌小得分外突出的身影，他們慶國的攸寧公主。

從這一刻起，大家想起攸寧公主，再也不只是能攪亂朝堂風雨的女子，而是不懼越國火藥武器，敢於扛刀上戰場的巾幗！

出了城，五千兵馬集結待發，一個個穿著紅盔青甲，獵獵旌旗迎風飄揚，壯志凌雲。

屬於皇帝的儀仗遠遠而來，所有人山呼拜見。

很快，龍輦停在軍隊前。景徽帝由劉正扶著，從龍輦裡出來，負手站在車上，目光審視這五千將士，最後落在楚攸寧身上，招手讓她過來。

楚攸寧調轉馬頭，噠噠噠上前，也不下馬，直接坐在馬上和景徽帝平視。「您還有什麼要交代的？」

景徽帝看著一身黑衣戰袍的閨女，突然有點不想讓她去了。

「攸寧，妳別怪朕讓妳去戰場，朕就算不准妳去，妳也會偷偷去……」

「不，我會光明正大地去。」

景徽帝好不容易醞釀好的心情，瞬間熄了大半，瞪她一眼。「妳別插嘴。」

楚攸寧睜著清澈透亮的杏眼靜靜看他，等他說。

景徽帝突然忘記方才想說什麼了，重新整理思緒。「妳貴為公主，為慶國所做的一切，文武百官跟慶國子民都會記得。」

楚攸寧搖搖頭。「我就是想去看看欺負奚音的那些渣長什麼樣子。」

景徽帝語塞，這臨別的話是沒法說了。

楚攸寧調皮一笑。「父皇放心，我會完好無缺地回來，小四還等著我養呢。」

景徽帝瞪她，明知他不放心，她還故意插科打諢。「朕知道妳厲害，但打仗時不可莽撞，凡事要聽沈無咎的。」怕他閨女太魯莽，會打亂作戰計劃。

「我知道。」楚攸寧點頭，聽話得不得了。

「如無必要，妳不用上戰場，刀劍無眼。」他到底還是捨不得閨女。

「刀劍無眼，我有眼就行。」楚攸寧拍胸脯。

景徽帝無言了。「那妳放心去吧，朕會派人看守鬼山。」那裡可是火藥場，馬虎不得。

楚攸寧擺手。「不用，我把您給的暗衛都留在鬼山了，還有猛獸看家。就算我不在，也沒人敢偷我的糧食和雞。」

「那是朕派去保護妳的，居然讓他們去幫妳看雞?!」

來之前，景徽帝已經說服自己，今日送閨女出征，不能生氣，但聽她說把暗衛都留在鬼山看守，無法不氣。他看向旁邊的沈無咎，懷疑是不是沈無咎不願讓他的暗衛跟，畢竟以他閨女那腦子，可想不到他往她身邊安插人這種事。

沈無咎表示冤枉，他能說他也是這時候才知道景徽帝派了暗衛嗎？

「我不需要他們保護。」楚攸寧擺手。

她本想把鬼山交給將軍府看管，正好景徽帝派來九個暗衛，便全被丟到山上當守衛了。除此之外，她還讓沈無咎寫了塊大大的牌子，上書「內有惡虎，慎入」。老虎和黑熊受她驅使快四個月，已經開始習慣被飼養的日子。加上如今吃了她養的雞，就算沒有她的控制，也會努力保護好牠們的食物。

說到鬼山，楚攸寧不放心地看景徽帝。「父皇，您別打我那些雞的主意。有多少隻，我都數著的。」

剛才的氣還沒消，這會兒景徽帝心裡又燃了團火，咬牙切齒。「朕是皇帝，還會差妳那隻雞不成！」

「我的雞不一樣喲！如何個不一樣法，相信父皇已經親自體驗過了。」楚攸寧得意。

景徽帝臉色立即有些不自在，他也是後來才聽說他閨女養的雞還有那方面的奇效。見她說起這種事也沒有半點難為情，氣得敲她的頭。

「朕給妳一年。一年後妳不回來，那些雞就全歸父皇了。」

楚攸寧揉揉腦袋。「那不成。為了我那些雞，怎麼也得回來一趟。」

景徽帝搖頭。他得習慣，不能指望這丫頭嘴裡能說出他這個親爹比雞還重要的話。

「朕知道妳愛吃尚食局的點心，特地讓劉正裝了，帶在路上吃。」景徽帝喚人拿食盒。

楚攸寧彎腰抱過來，食盒裡的點心還熱著，熨燙著她的心。她突然也有點害怕沈無咎父兄的死跟景徽帝有關了。

景徽帝望向裴公主行李的馬車，是陳子善和裴延初親自駕車看守。為了輕車從簡，連車廂都沒有，上面只裝幾口箱子。別的公主出行，儀仗長長一隊，她倒好，一身黑衣勁裝，只帶幾口箱子，跟兩個空有侍衛之名的侍衛。雖然是去打仗，可也未免太簡陋了。

不過，他知道這是閨女自己要求的，就不說什麼了。換成皇子出征，未必能做到這樣。

景徽帝想著，有些不滿地掃身後的兩個皇子一眼，連他們妹妹都不如，真沒出息！

二皇子和三皇子大概也知道景徽帝這目光代表什麼，深深低下頭。

最後，景徽帝看向沈無咎。「你的傷不能打仗，朕封你為兵馬大元帥，在後方指揮，萬不可逞強上戰場。」

沈無咎迎視景徽帝，拱手道：「是！」在真相沒水落石出之前，他願意相信景徽帝不會是下令讓他父兄戰死的人，否則，便不會加封他。

景徽帝此舉，亦是表明不怕他造反。三十萬沈家軍，再加上雍和關的三十萬兵馬，就算雍和關的人不能全為他所用，真要造反也足夠了。

或者，還有一個可能，因為景徽帝自覺有愧，由他選擇要不要改朝換代。

他一點也不希望是後者。

叮囑陳子善和裴延初照顧好公主，景徽帝又為將出征的五千精兵鼓舞士氣，凝聚軍心。

「他國來犯，欺我國，辱我國，望將士有馬革裹屍的勇氣，拿起手中武器，將犯境者誅之，守我國門，衛我百姓。得勝歸來，朕將論功行賞。」

五千人的軍隊出征就得皇帝親臨，公主還親上戰場，一時間，五千士兵的士氣高漲到讓人誤以為是五萬兵馬。

沈無咎趁著這股士氣，讓人吹響號角，下令開拔。

景徽帝看著閨女坐在馬上，比沈無咎還有氣勢，有種放狼入羊圈的感覺是怎麼回事？

當然，他閨女是那頭狼。

出城後，沿路百姓目送隊伍出征，得知慶國唯一一個好不容易保住、不用去和親的公主要上戰場，皆望著隊伍前頭、坐在馬上那個最嬌小的身影。

就算換了個人當皇帝，百姓們還是照樣種地納稅，但以越國的霸道作風，慶國一亡，他們這些百姓未必好過，只怕流離失所，或者被燒殺擄掠。

為此，明知是以卵擊石，連嬌生慣養、錦衣玉食的公主都要親上戰場保家衛國。

他們忽然覺得，這個朝廷很好，或許換再多皇帝，也不會有公主親上戰場的事了。

從京城到雍和關，正常行軍須走上月餘，快的話也得花大半個月。

雖然只有五千人，但這次主要是運送糧草、武器，哪怕配有馬匹，也走得不快，一日才走五十里路。

天色徹底暗下來，沈無咎下令就地紮營。

陳子善只有小時候吃過苦，來到京城後，許久沒趕過這麼長的路，身子快散架。他往將軍府的輜重車上一躺，忽然感覺背後靠著的那袋糧食發出哎喲聲，嚇得跌下來，爬離車子。

楚攸寧聽到動靜，飛快趕來，施展精神力一掃，立即放鬆神色，腳步也放慢了。

沈無咎大步上前，目光犀利地掃向陳子善。

陳子善頓覺有刀子從身上刮過，駙馬穿上盔甲，鋒利嚴肅不少，被他看一眼都覺嚇人。

「我聽到袋裡發出聲音。」陳子善指著輜重車。那是將軍府出的輜重車，後面一車車糧食是給邊關戰士的，他們路上吃的另備。

沈無咎皺眉，銳利目光落在糧車上，走上前冷喝。「出來！」

原本被紮緊的袋口鬆開，從裡面伸出一隻白嫩的手，然後是一顆腦袋，頭頂髮絲被麻袋摩擦得毛茸茸的。

「沈……沈姑娘！」陳子善指著從糧袋裡冒出來的沈思洛，驚呼出聲。

「陳胖子，你喊我媳婦做什……洛洛?!」裴延初聽到動靜，連忙跑過來，看到憑空出現的沈思洛，也懵了。

楚攸寧施展精神力的時候，就瞧見藏在麻袋裡的沈思洛了，這也是她慢下腳步的原因。

# 第八十一章

「公主嫂嫂。」沈思洛看到楚攸寧，像看到了救兵。

楚攸寧點頭，上前拍拍沈思洛後面的麻袋。「有烤肉哦，要不要吃？」

「咕嚕……」

一陣腹鳴從麻袋裡響起，大家都驚住了，不用問都能猜得到這裡面裝的是誰了。

麻袋口再次被一點點撐開，探出一顆小腦袋，他的臉不知道是被悶紅的，還是因為被發現，不好意思羞紅的。

大家差點驚掉下巴，沈思洛能藏還好說，可是歸哥兒這麼小的孩子，居然也能一聲不吭藏了一路。要知道他們走得可不慢，中途還有解手時候，這一大一小未免太能忍了！

歸哥兒掙開麻袋，清澈純真的目光望向楚攸寧，害怕又期待地喊：「公主嬸嬸。」

看到沈思洛，沈無咎還沒那麼生氣，等看到歸哥兒，他的臉色瞬間烏雲密布。

「餓了吧？」楚攸寧從荷包裡拿出一顆棗子塞進他嘴裡，這是她探路時用精神力掃到順便摘的，脆甜多汁。

歸哥兒咬了口鮮棗，從麻袋裡翻出半個沒啃完的燒餅。「我有燒餅。」這是沈思洛準備的，餓了就偷偷咬一口，還在麻袋底部偷偷挖了洞透氣。

沈無咎抬手揉額角，才能忍住想把人揪過來打一頓的衝動。

「想來為什麼不跟我說呀？」楚攸寧扶正歸哥兒歪掉的小髮髻。

歸哥兒一直跟著她到處跑，早產的虛弱身子好了許多，人也曬黑了些，看起來結實不少，臉捏起來都沒那麼有肉了。

歸哥兒小心翼翼瞅了沈無咎一眼，小聲說：「四叔不准。」

「你四叔做得對。」這裡不是非得逼小孩出門練習殺喪屍才能活的末世，沒必要這麼小就出來受罪。

歸哥兒急了，抓住楚攸寧的衣服。「可是公主嬸嬸說過我們是一隊呀，是一隊就要一塊兒出征的，是不是？」

楚攸寧扭頭看看沈無咎黑沈沈的臉色，低頭和歸哥兒大眼瞪小眼。「我有說過嗎？」

歸哥兒瞪大雙眼，張圓了嘴，不敢相信他的公主嬸嬸居然會倒戈！

「有的有的，公主嬸嬸說咱們是一隊，在咱們隊裡，四叔是軍師，公主嬸嬸是將軍，公主嬸嬸比四叔厲害。」歸哥兒點著小腦袋，急得有些口齒不清。

「對對對，在咱們隊裡，公主嫂嫂說了算。」沈思洛也趕緊從車上下來，還因為躲在麻袋裡久了腿麻，差點扭了腳。

裴延初及時伸手扶了一把，看到惦記著的姑娘突然出現，興奮是有，更多的是心疼，心疼她一路縮在麻袋裡藏到現在。這膽子太大了，別說沈無咎想訓，他也想。

楚攸寧看歸哥兒都快要急哭了，把他從車上拎下來。「好了，逗你的。」

沈無咎看到歸哥兒有些乾的嘴唇，也擔心他餓壞、悶壞了，只能先忍下滿腔怒火，讓程安拿水囊來，嚴厲的目光掃向沈思洛。

沈思洛見狀，趕緊伸手捂住肚子，一把拉過歸哥兒，就往路邊的林子裡衝。「歸哥兒，你不是憋了一日嗎？姑姑帶你去解手。」

裴延初擔心沈思洛，趕緊跟上去，在不遠的地方守著。

沈無咎突然體會到，景徽帝每次氣到不能言語是什麼感覺了。

「沒事，歸哥兒嚮往戰場很久了，帶他去見見世面也不錯。」楚攸寧看得開，來都來了，那就帶上吧。歸哥兒的親娘不在家，把他一個人扔在家裡是挺可憐。

沈無咎並不想這麼輕飄飄揭過。「這麼小就敢背著家裡偷溜出來，該好好教訓一頓。」

楚攸寧想了想，點頭。「先裝病，再把自己塞進麻袋偽裝成糧食，有勇有謀，不錯。」

沈無咎忍不住捏她的臉。「我沒讓妳誇他。」

「難道我說的不是事實嗎？」楚攸寧鼓嘴。

「是沒錯，但還是得好好罰一罰，不然不知道天高地厚。」

五千多人紮營，一鍋百人，連綿幾里。

沈無咎撕下一隻雞腿遞給楚攸寧。為了趕路，午飯只啃乾糧，他還擔心他媳婦吃不了這個苦，沒想到她比誰都習慣，而且對行軍在外很了解。

楚攸寧吃著烤得焦香的雞腿，彷彿回到末世出任務在外過夜的感覺，曾經幻想的有火有肉，終於實現了。

她吃得津津有味，附近的兵卒時不時往她這邊看一眼。

一開始，他們都擔心嬌生慣養的公主跟著出征，路上會有不少鬧騰，結果公主連馬車都不需要，吃得也不講究，還不時主動跑在前面探路。也因為如此，大家受到鼓舞，這一日不知不覺跑了五十多里，關鍵是還帶著輜重。

沈思洛牽著歸哥兒慢吞吞走來，直接繞過沈無咎，站到楚攸寧身邊，好像這樣就不會挨罵一樣。

楚攸寧撕了塊肉，往歸哥兒嘴裡一塞。

「公主嬸嬸，好吃。」歸哥兒立即主動靠過去，已經忘了要面臨挨罵的事。

沈無咎放下烤肉，冷下臉訓斥。「沈思洛，妳一個姑娘家帶著六歲姪子背著家裡人跑出來，可有想過萬一出事怎麼辦？可有想過大嫂、三嫂會如何著急？尤其是歸哥兒，二嫂去邊關，託大嫂、三嫂照顧，才一日就把人弄丟了，讓她們情何以堪？」

「我有留信。大嫂和三嫂送完四哥出征，進府的第一件事必定是去看歸哥兒，發現桌上的信，就知曉我們的行蹤了。」沈思洛瑟縮著腦袋。四哥好凶，不知道敢不敢這麼凶公主？

「這是去打仗，不是去玩，妳帶歸哥兒來做什麼?!」

沈思洛不服氣地抬起頭。「沒有玩，我可以幫忙做些力所能及的事！倘若連四哥和公主都守不住城，那待在京城也一樣是死。就算陛下再次割讓城池求全，越國會放過沈家嗎？」

沈無咎怔住，原來沈思洛看得這麼通透明白，想到夢裡沈家的慘烈結局，心就軟了，但他並沒有被說服。

「好在這裡離京城還不遠，明日天一亮，我派人送妳和歸哥兒回去。」

「我不回去，我要跟著公主去邊關打仗。」沈思洛說著，可憐兮兮地望向楚攸寧，還暗扯裴延初的袖子，要他幫忙說話。她和歸哥兒忍那麼久，就是想離京城遠一點，到時便沒辦法送他們回去了。

裴延初懷疑，再這麼扯下去，他這袖子不能要了。雖然他也不想讓媳婦冒險，何況這一路會吃不少苦頭，他捨不得。

可是看沈思洛那焦急又渴望的樣子，想到她喜愛看仗劍走天涯的話本，興許也就這個機會，能圓一圓她的夢。

「沈四……」

「喊元帥！」沈無咎用這稱呼來表示他鐵面無私。

裴延初頓時語塞。

「元帥，我覺得公主有個姑娘家作伴更為方便。」他用手肘頂了下旁邊的陳子善。「陳胖子，你覺得呢？」

陳子善一點也不想看到裴延初接下來整日與某人恩愛，但他說得沒錯，駙馬總不能時時都在公主身邊，萬一公主有點什麼不方便的事，這時候可不就需要個姑娘嗎。

「裴六說得對。」

楚攸寧想說她不用，但瞧見沈思洛可憐兮兮的眼神，再看看沈無咎沈著臉的樣子，挺可怕的，目光瞥向沈思洛鼓囊囊的胸口，點點頭。

「咱們可以聊聊怎麼讓小籠包變大的事。」同樣是簡便的交襟勁裝，人家那裡看起來可觀多了。

沈無咎的臉色立即冷不起來了，要如何才能證明他真的不介意媳婦那兒小？相反，他挺喜歡一手掌握的。

咳，誰叫他掌握不住媳婦這個人呢，也只能掌握那裡了。

「公主，小籠包是吃的嗎？」沈思洛以為是宮裡的食物。

楚攸寧想起她看過的小籠包圖片，陶醉地回味。「小籠包啊，軟綿綿、香噴噴，一捏就會陷進去，還會回彈……」

「駙馬，你怎麼流鼻血了?!」陳子善忽然驚呼。

沈無咎仰頭，按住鼻子。「入秋了，天氣比較乾，有何大驚小怪的。」他能說公主每說一個字，他就能想起曾經觸碰過的手感嗎？

楚攸寧像隻兔子一樣竄到沈無咎身邊，笑得很賊。「沈無咎，你想吃小籠包嗎？」

沈無咎的目光無法克制地往她胸口掃了眼。「以後再吃。」

楚攸寧把手背在身後，昂起臉，好笑地看著他。「我說的是包子哦，包子做成小小個的，用蒸籠蒸就叫小籠包，為什麼要留到以後再吃啊？」

沈無咎語塞，媳婦會使壞了。包子做成小小個就叫小籠包，難怪她總拿小籠包來形容。

「咳，小……包子的事以後再說，先繼續說歸哥兒他們的去留。」他趕緊岔開話。

「有什麼好糾結的，就一起去吧。難道你認為咱們會輸？」楚攸寧不在意地擺手。

他們要是打不贏，就代表要亡國了，歸哥兒他們留在京城也一樣。在原主的前世記憶裡，越國人可是拿沈家洩憤的。

更何況，他們不可能會輸！

「所謂讀萬卷書，不如行萬里路，既然歸哥兒來都來了，帶上也不錯。」在前頭點好軍需的姜塵，斯斯文文地走過來。

四皇子被送回皇宮，他自然不可能跟著去。他名義上是四皇子的老師，但那只是公主和沈將軍私下決定，在景徽帝那裡就不算數了。上次景徽帝來鬼山，聽說他是四皇子的老師，並沒有說什麼，覺得他這個老師是當著玩的。一個話都還不會說的奶娃娃，能懂什麼？

不用帶四皇子讀書，他又不願回莊子待著，就跑來當軍需官，順道去看看邊關景色。有了歸哥兒，這一路上他又可以教書了。

歸哥兒和沈思洛眼巴巴地看向沈無咎，等他答應。

沈無咎從來都沒發現這姑姪倆的眼睛這麼像過。

他嚴肅地對歸哥兒說：「歸哥兒，四叔和你公主嬸嬸是去打仗，行軍途中會很苦，比今日還苦。今日只是第一日，往後不管颳風下雨，都不能隨便停下來休息的。」

「我不怕！母親說了，沈家男兒就要吃得了苦。」歸哥兒挺起小胸脯，聲音響亮。

「不哭鼻子？」

「不哭鼻子！」

沈無咎看著他和二哥相似的眉眼，想到遠赴邊關的二嫂，摸摸他的頭。「那行，就讓四叔看看沈家的小男兒有多厲害。」

「嗯！我會很厲害的，和公主嬸嬸一樣厲害！」歸哥兒興奮地跑回楚攸寧身邊，把小手塞進她的手裡。

楚攸寧低頭看他。「跟你四叔一樣厲害就行了。」和她一樣厲害，這輩子是不可能的。

歸哥兒看看沈無咎，又看看她，眼神堅定。「公主嬸嬸比四叔厲害。」

沈無咎無言，說好的最崇拜四叔呢？

# 第八十二章

翌日，天還未亮，沈無咎換了身便衣，命所有人換下甲冑，輕裝行軍。

雖然多了個小孩，但行軍沒有因此變慢。歸哥兒也爭氣，說能吃苦，還真就能吃苦，哪怕頂著日頭趕路，也沒吭過一聲，夜裡被蚊子叮出包也沒哭。

沒幾日，楚攸寧嫌帶著輜重行軍太慢，帶著她的小隊脫離隊伍，騎馬先行，名曰探路。

在他們往雍和關趕的時候，雍和關這邊，兩軍各占一高地，越軍正狂妄叫囂——

「龜兒子，出來挨打！」

「一聽咱們要開戰，慶軍就嚇得腿軟，哭爹喊娘了，哈哈……」

「哪裡用得著五萬兵力，五千人就足以把他們打得想回老娘懷裡找奶喝。」

慶國的將士堅守陣地，聽著越軍狂妄至極的污言穢語，一個個捏緊拳頭，咬牙隱忍。

「不行，我快受不了了，不如讓我上去殺個痛快，死也拉上幾個墊背的。」

「就是！反正都是死，何苦臨死還要被這樣辱罵。」

「將軍還沒下令，你們想違抗軍令嗎？忍不住也得給老子憋著！」

一聲怒吼，大家都沒聲了。

他們鎮守邊關多年，一直風平浪靜，沒想到這次越國豫王剛娶了他們的公主，便翻臉無情，說打就打。

今日是越軍壓境的第十日，從起初的驚慌到如今的憤怒，任誰整日被問候祖宗，被當龜兒子、龜孫子，都會激起幾分血性。

可是將軍下令，敵不動，他們也不能動，如此不但被越軍認為他們是縮頭烏龜，連底下人都覺得自家將軍怕了越軍，開始有人猜測他是否會投降。

後方營帳內，年近四十的崔巍一遍遍看著沙盤，副將不知是第幾次進來稟報。「將軍，越軍越罵越難聽，大家快要忍不住了。」

「正好，讓他們罵，最好把大家的血性全罵出來，別一聽到越國開戰就孬了。」

「那是因為大家還不知道慶國也做出火藥武器，等咱們的天雷一響，自然士氣大漲。」越國有火雷，他們有天雷，天還能壓不住火嗎。

「遠遠不夠啊。」崔巍望著沙盤嘆息。

一個月前，一批武器秘密送到，瞧見一箱箱越國人獨有的火藥武器呈現在眼前，他們狂抽了自己幾巴掌，才確定那不是夢。

那一刻，他們知道，慶國有救了，慶國被壓彎的脊梁很快就能重新站直，想讓慶國重新成為四國之首，不再是異想天開。

只是，這時候開戰，對方的火藥武器充足，他們的才送來第一批，還是不夠。京城那邊，應該已經收到急報，他們拖得一日是一日，最好拖上大半個月，等第二批武器送來。

或許，越軍也知道慶軍需要時間將他們提出的要求送往京城請示，也不急著打，五萬兵力就是用來威脅人的，料準慶國會不戰而降。

又過五日，慶軍好不容易被越軍罵起來的士氣又消沈下去。

這一日，越軍抓住慶國派出去的斥候，居然將他綁在架子上當人肉箭靶，逼得崔巍不得不下令開打。

「都部署妥當了沒有？」

「已按照將軍說的做，就等將軍下令！」

「好，讓越國也嚐一嚐咱們慶國天雷的厲害！」

崔巍大步來到兩軍對壘的陣地，看著越軍拿他們的戰士取樂，冷著臉，命人把一箱天雷抬上來，打開箱子，從裡面拿出來一個，放在投石機上。

旁邊的兵卒見到這罈子，有人認出這是和越國拿來炫耀的火雷一模一樣的東西，也有人搞不懂，大敵當前，投個罈子過去算什麼？

武器送來時，都是仔細注明用法的，因為怕打草驚蛇，更因為火藥武器的昂貴，他們拿到手後，也不敢輕易嘗試。

正好，今日可以拿越軍來試試這天雷的威力了。

崔巍親自用火把點燃引線。「放！」

慶國的第一炮瞬間被拋出去，落在敵軍裡爆炸。

轟！

起初越軍還以為慶軍被激怒，拋石頭過來，毫不在意，直到爆炸聲響起，直到身邊的人被炸飛，塵土散去，原地炸出一個坑，這才反應過來。

「哪個龜孫子不小心點了火雷！沒死的下去領罰！」越國將軍怒罵。

「將軍，是從慶軍那邊拋過來的。」有小兵大著膽子提醒。

越國將軍直接抽了小兵一鞭。「不可能！慶軍怎麼可能有火雷！」

而慶國這邊靜了一瞬後，爆出震耳欲聾的歡呼。

「慶國有救了，我們也有火雷了！」

「不，是天雷！我們慶國的武器叫天雷！」

「孫子，你爺爺我這是天雷！」

慶軍粗大的歡呼聲伴隨著另一個天雷投下，徹底打亂越軍陣形。

不，也沒什麼陣形，頂多是湊一塊兒，因為越軍自負火雷能戰勝一切，連派來的將軍都只是個小將，根本不懂行軍作戰。

等越軍反應過來，要列陣反擊的時候，一聲聲爆炸聲從後方傳來，緊接著喊殺聲沖天。

除了這邊戰場，崔巍早讓其他部將兵分兩路，一隊兵馬繞到後方包抄，又派一隊兵馬去截住可能跑回越國求援的人，儘量拖延，好撐到京城送來下一批武器。

越國仗著火雷輕敵自負，不會料到他們敢繞至越軍的後方。

越國仗著火藥武器囂張太久，已經忘了如何打仗，練兵也不用心，兵器更是跟不上。不靠火雷，兩軍對打高下立判。

越軍很快便發現，慶軍長矛上的刀很不一樣，像是死神的刀，專門收割人的性命。而且，越軍輕敵，這次只派了五萬兵馬，根本無法應付。

如今慶軍有了同樣的武器，再加上有十五萬兵馬，可說是全力碾壓。沒多久，越軍便被打得潰散，死的死，沒死的全成了俘虜。

只可惜，慶軍攔住了送信的人，沒攔住他們的信炮。

慶國有火藥武器的消息傳到越國軍營時，越國的將領們還在摟著歌姬尋歡作樂。聽到長長的一聲報，他們以為是捷報，大笑著舉杯同慶。

「慶軍定是嚇得直接投降了，哈哈……」

「就他們那幫軟骨頭，哪裡敢跟我們對上，投降還能留個全屍。」

「看來軍營裡的妓子又可以換一批了。」

等傳報的兵卒進來說慶國有了火藥武器，他們派去的五萬兵馬全成了俘虜，糧草還有武器都被慶軍當成戰利品收了，營帳內的幾個將軍像是被定住，完全不敢置信。

「慶國怎麼可能會有火雷！」越國主將狠狠將懷裡的歌姬推倒在地。歌姬嚇得連忙爬起來，隨樂師們退出營帳。

「難不成真被慶國做出來了？不應該啊，我們鎮守邊關多年，對火藥武器可說是熟得不能再熟，還不是沒能弄懂這是用什麼做的？我不信慶國就能弄得懂。」

而且，因為知道這武器的威力有多大，為了保證越國永遠獨大，為了不被奪權，火藥的配方掌握在越國皇帝手裡，製作的人都是死士，若說出了叛徒，那更不可能。

可以說，別說慶國不知道配方，連越國也只有皇帝知道。哦，還有當年受仙人託夢的福王，但福王閉關清修多年，這些年從未露面，有人猜是被皇帝軟禁起來了，怕他洩漏火藥的製法。

「不管慶國火雷是如何來的，這次戰事失利傳回陛下耳朵裡，你我都沒有好果子吃。五萬兵馬不行，那派十五萬，本將軍就不信慶國能抵擋得住！」

此言一出，其他將領紛紛附和。

十日後，越國再次集結十五萬大軍壓境。

有之前繳獲的火雷，再加上天雷，慶國倒能抵擋一陣子。為了分散火力，還特地兵分好幾路。

崔巍又命其餘人撤回城裡，做好防守。這次越國兵臨城下是肯定的，他們只能死守城牆，等待後方增援。

棄營前，崔巍命底下的兵用稻草紮草人放在帳中，使計讓越國人以為他們夜裡棄營撤離。到時火光將草人映照在帳篷上，製造出營帳裡有人的假象。

當夜，越軍得到消息，果然派人包圍軍營，一樣沒改掉自負的毛病，直接用火雷轟炸，結果自然是炸了個寂寞。

# 第八十三章

越靠近邊關，風沙越大，人煙也越來越稀少。

習慣跑前頭的楚攸寧遠遠聽見若有若無的爆炸聲，遠處天空上方的煙雲顯示那邊正在開戰，就知道雍和關快到了。

她正想揚鞭策馬，忽然猛地勒住韁繩，抱著歸哥兒下來。

歸哥兒跟楚攸寧久了，也敏銳許多，小小聲地問：「公主嬸嬸，怎麼啦？」

楚攸寧對他噓了聲，拍拍馬頭，讓馬去旁邊吃草。

他們現在所在的路，兩邊都是山。左邊那座的另一面，她看過地圖，如果沒記錯的話，正是越國。

楚攸寧牽著歸哥兒，在路邊找塊石頭坐下，從荷包裡掏出一路收集來的野果，喀嚓喀嚓的啃。

歸哥兒習慣地把自己往她懷裡塞，順便偷偷揉揉小屁股。騎馬是好玩，但騎久了，屁股也會痛的。

他張望四周，沒看到人。「公主嬸嬸，咱們是在等四叔他們嗎？」

楚攸寧往蕭條的荒山上看了眼。「來了。」

「呸，總算出來了！娘的！好久沒受這鳥氣，要不是慶軍不識趣，哪還需要咱們穿過整座山。遲早都是要投降的，非要講骨氣。」

「咱們就讓慶軍看看講骨氣的代價吧，哈哈！」

「聽說慶國的女人又水又軟，咱們從哪個村開始？」

「屠哪個算哪個，反正等將軍打進來，這些人還不是成了戰利品，咱們只是先享受。」

十幾個穿著戎服的男人手執兵器，嘴裡罵罵咧咧，抓著樹沿著山坡滑下來。

他們發現路邊歇息的女子和孩子，女子看起來嬌嬌軟軟很好欺負，再打量四周，並沒有其他人。

這些人交換了個猥瑣的眼神，朝女子走去。

歸哥兒把身子埋在楚攸寧懷裡，悄悄探頭看了眼，又飛快埋回去。

「哈哈，那小孩怕我們！」那些人囂張上前。「是該怕的。」

楚攸寧低頭捏著歸哥兒的髮髻玩，靜靜等魚送上門。

「怕不是個傻的吧？」見楚攸寧沒反應，為首的人吹了個口哨，用刀尖去挑她的臉。

楚攸寧抬起頭，兩指夾住刀尖一掰，刀尖斷開，從她的指間飛離出去，直直從男人的褲襠穿過。他身後的人要是躲不快，也得中刀。

大家隨即看向那人的褲襠，等著血滴下來，血沒等到，等到的是淅淅瀝瀝的水聲。

他早就嚇得失聲，一動不動。

「嬸嬸，他尿褲子了！」歸哥兒指著那個留絡腮鬍的男人，捂嘴嘻嘻笑。

「嗯，他嚇尿了。」楚攸寧牽著歸哥兒起身。

同伴見男人依然一動不動，趕緊上前推他。「什長，還能尿，證明沒傷著，只是割成開襠褲了。」

什長終於從驚嚇中回魂，臉色青一陣、白一陣，瞪著眼前的小姑娘和小孩，又怒又怕。他後退一步，臉色陰狠道：「給我上！誰抓到這小娘兒們，誰先享用！」

歸哥兒立即躲到石頭後。這一路公主嬸嬸已經帶他打了不少壞人，他懂。

楚攸寧站在石頭前。這距離剛好，歸哥兒要是有事，可以及時護住，開打也傷不到他。

「我先來。」

「憑什麼你先來，我先！」

「那就一起來，一起帶勁！哈唔……」

猥瑣大笑的男人聲音突然中斷，嘴裡被塞了石頭，石頭帶來的力道將他擊退好幾步。

其餘人看向楚攸寧放下的腳，有點懷疑自己眼花了，不由提高警覺，提刀衝上去。

楚攸寧身子一側，先抓住最前頭那人的手，一扯一扭，奪了刀，再抬腳將人橫著踹飛出去，強大的力氣帶倒好幾個人。在打鬥過程中，她的挪動範圍始終保持在石頭前，絕不讓人有機可乘，傷到她身後的歸哥兒。

沒一會兒，就躺了一地的人，最後只剩下什長還站著，哆哆嗦嗦想點燃帶來的火雷。

楚攸寧朝身後伸手，歸哥兒立即跑過來把手放上去。末世環境使然，謹防意外發生，她不會讓小孩離開自己的保護範圍。

她一手牽著歸哥兒、一手拖著刀走向什長。

什長見點不了引線，乾脆把火雷往後一拋，轉身就逃。

楚攸寧倏地抬起刀，用刀身接住小罈子，朝他揮過去，砸中後腦勺，將他砸倒在地。

她望望來時的路，見陳子善他們還沒趕上來，便學剛才的動作，用刀尖抬起什長的臉。

「上次說要享用我的人，好像是你們越國的漁網？他也被我嚇尿了。你跟你們漁網同樣待遇，高興嗎？」

什長好一會兒才反應過來，漁網說的是豫王，頓時悲從中來。要是一開始就說清楚，他們也不會那麼輕敵啊。

「聽說你們想要屠村？」楚攸寧的刀尖在他腦袋旁邊一戳一戳。

「沒有，我們只是路過。」什長真怕這刀往他脖子上扎，小心翼翼把腦袋挪開。

「慶國的姑娘很軟？」楚攸寧的刀又往另一邊戳。

什長看她一眼，瘋狂搖頭，一點都不軟，還是個人形大殺器，比他們的火雷還可怕。

楚攸寧感覺到陳子善他們快追上來了，直接用刀柄將人敲昏，最後用刀子拍拍他的臉。

「沒人告訴你們，路上遇見單獨的小孩和女人，千萬不能惹嗎？」

她不知道，這話放在末世是管用的，但在古代，落單的小孩和女人最好惹。

等陳子善帶人緊趕慢趕追上來，地上已經躺了一堆人，楚攸寧和歸哥兒正在扒那些人身上的東西，扒完一個，就扔一個，還疊成堆。

熟悉的動作，熟悉的情景，公主扔人的姿勢還是那麼瀟灑。

「公主，這些是什麼人？」沈思洛下馬跑去。一路過來，她的騎術已經練得很好了。

沒等楚攸寧回答，後面的行軍隊伍也抵達，浩浩蕩蕩，旌旗獵獵，連地面都在震動。

行軍隊伍想哭，要不是他們死命趕，元帥都要丟下他們，自己跑去追公主了，馬和車都跑壞了幾輛。

這一路，有公主在前頭開路，壓根兒不需要斥候查探，公主也總能飛快找到紮營的地方。而且有公主在，營地不需要太講究，夜裡連野獸都不敢靠近，他們當然要跟緊公主啊。

五千人兵馬，膽子再大的山賊也不敢搶，唯一出現的幾撥，還是因為公主帶人走在最前面，山賊以為好欺負，結果全落在她手裡，被揍了個鼻青臉腫。

公主沒工夫上山搬山賊的倉庫，就派人去找轄下的縣令來抓人，清點山上錢財，買糧食送往邊關。

因為遠離京城，縣令一時還不知道攸寧公主的威名，但稍微打聽便知道，攸寧公主可是有監察百官之權，可以先斬後奏，不怕公主秋後算帳的話，就只能乖乖照辦。

沈無咎望著城池方向升起的黑煙，皺了皺眉，下令讓隊伍先行，等會兒他快馬趕上。公主想必也看到那邊的天空了，她分得清輕重，不會還留戀於打劫。

他翻身下馬，上前瞪著被扒得只剩裡衣的男人。這下該慶幸媳婦沒把人扒光嗎？不然他怕控制不住想殺人。又看向一旁蹲在地上數錢的一大一小，嘴角抽了抽。

虧他之前還擔心歸哥兒太小，吃不了行軍的苦，結果媳婦帶著她的人脫離隊伍後，因為走在最前頭，還能空出工夫來等他們會合，累了就抱著歸哥兒躺在車板上，靠著軟軟的被褥，讓馬馱著走。往往等行軍隊伍到營地紮營時，就會發現公主他們已經熬好粥，烤好紅薯等著了。夜裡，就搭個帳篷，供二女一娃睡。

如此，歸哥兒一路上雖然瘦了，卻沒生病，還整日活蹦亂跳，跟著楚攸寧打山賊，摘路邊野果，精神十足。

沈無咎的目光繼而落在一旁那堆衣服上，神色頓住。

「戎服？這是越國的兵？」他臉色凝重的走過去，用劍翻了翻，是越國戎服無疑。

「啊？越國的兵？這是想從後方包抄啊！」陳子善就算不懂打仗，也知道敵人繞到後方想做什麼。

「這是越國的火雷？扔出去，還以為是鹹菜罈子呢。」裴延初上前撿起地上密封嚴實的小罈子。雖然沒人知道越國的火藥武器是怎麼做的，但火雷長什麼樣子，早已不是秘密。

「給我看看。」沈思洛也湊過去。

唯一對罈子不感興趣的就是姜塵了，他可是差點被這玩意兒炸死，而且他們此行的輜重車上大多都是這東西。

「他們說慶國的姑娘又水又軟，還說屠村，我就讓他們見識慶國姑娘如何個軟法。」楚攸寧把搜出來的銀子隨便扯塊布包起來，扔給沈思洛管，算是隊裡經費。

所有人聽了，不禁後怕，如果不是公主發現得及時，讓這夥人流竄到附近的村子裡，後果不堪設想。對方連偽裝都不屑偽裝，顯然是不怕被知道。

沈無咎立即讓人沿著痕跡找上山，果然看到一個洞口，往裡延伸看不到頭，看來是橫穿過整座山。也不像是剛挖的，應該是存在已久。

「還好公主發現他們是從這裡過來的，不然就算今日僥倖殺了這些人，他日還會有另一批人從山那頭穿過來。」裴延初一臉慶幸。

「山那邊曾經是慶國的城池，這邊是割讓城池後為方便防守才建起的邊城。這條暗道許是許多年前這裡的村民為了方便去山那頭，想法子鑿穿的。」沈無咎猜測。能穿過整座山，當然不可能只靠人力，應該還有天然形成的因素。

他叫來五千兵馬裡的某位將領。「邢雲，你帶五百人從這裡過去，如能潛進敵軍軍營燒其糧草，毀其火藥武器最好。如不能，就伺機擾亂敵軍後方，與這邊裡應外合。」

「是！」邢雲神情激昂領命，迅速點兵，帶上足夠的乾糧，率人進入山洞。

邢雲正是上次被莊頭帶來抓楚攸寧的小將，此次聽聞是沈無咎帶兵出征，便請命跟來。

好的將領不一定非要在戰場上殺敵才算厲害，在後方指揮戰局扭轉乾坤，也能讓人崇拜。

楚攸寧聽說這路可以通往敵方倉庫，還滿想去瞧瞧，覺得這個任務適合她。不過戰場那邊還不知道是什麼情況，這事且先作罷。

沈無咎又派人守住出口，以防邢雲這隊人出了事，再讓敵軍摸過來。至於那些越國人，一併綁了，先扔進洞裡看著。

安排完，一行人啟程，沒一會兒就趕上已經走在前頭的行軍隊伍。

離雍和關越來越近，路上開始出現潰逃百姓。

聽說城快破了，大家神色一凝，全速往前。

崔巍料得沒錯，越軍炸了軍營後，下一步就是逼近城池。他沒指望分出去的兵力攔下越國大軍，能擋一些是一些，如能逃脫，還能回援。

不過兩日，城牆上的兵換了一批又一批，旗兵不停揮舞旗幟傳令，一個人倒下，又一個人站起來。

為防止敵軍爬上城牆，除了滾木，他們還將事先捆好的稻草吊在城牆上，點火做成一道火線，阻止敵軍爬上來。還有石頭，源源不斷往城上送，投石機不夠就用人投。

爆炸聲不斷響起，箭矢如雨，整座城幾乎籠罩在戰火硝煙裡。

崔巍為了鼓舞士氣，親自上城樓守城。

「將軍，咱們的火藥武器快要用完了。」部下匆匆前來稟報。
「還有幾個？」崔巍臉上有著凝固的血跡，已看不出本來面目，唯有一雙眼鋒利如芒。
「只剩五個。」
「火箭呢？」
「剩十幾支。」
崔巍又砍掉一個爬上來的敵軍，回身喊：「大家撐住，援軍馬上就要到了！慶國被欺壓多年，好不容易站起來，絕不能再倒下！」
沒日沒夜的守城，雖然有人喪失鬥志，也有徹底打出血性的，高聲附和崔巍。
「絕不倒下！絕不倒下！」
這時，城下敵軍將領忽然揮手喊停。
崔巍不知道對方葫蘆裡賣什麼藥，但還是提高警覺，讓大家趕緊將傷兵抬下去救治。
敵軍將領打馬出來，對著城上的崔巍說：「投降吧！說不定你們的陛下已經派人來交割城池，或者簽附庸條約了。別像當年那位沈將軍一樣，數十萬大軍白死了，哈哈……」
附庸，是喪失主權，徹底依附越國而活，從此受越國操縱。哪怕之前年年上貢，至少主權還在慶國手裡。
「慶國皇帝寧可亡國，也絕不會附庸於越國！」崔巍的聲音鏗鏘且堅定。
「是什麼給了你底氣？是你們所謂的天雷嗎？」越軍將領大笑。「告訴你吧，就算守住城門，後院也已經失火了。此時此刻，附近百姓應該在痛哭中，等著你們這些軍爺去救他們，你立刻下令投降，或許還來得及。」

崔巍聞言，回頭望向城內，憤而攥拳，赤紅著眼。「禽獸不如！兩軍交戰，不殺俘虜，不屠百姓，你們不配為強國！」

那日，他也曾想過將俘虜綁在軍營當誘餌，但知道越國的戰鬥作風，硬是沒狠下心。沒想到，越國竟繞到他們後方屠村。

「勝者為王，敗者為寇，要怪就怪他們的國家不夠強大。」

「百姓是無辜的，這不是國家不夠強大，而是對手不是人！」

「的確不是人，越國是神。如何，要向神投降嗎？」越軍將領說完，對城牆上的慶軍高喊道：「慶軍聽著，本將軍在此承諾，投降不殺！」

城牆上的慶軍，有的身上帶傷，有的臉上被燒灼，還在戰鬥，聽到這話紛紛攥拳，怒不可遏。也有的聽了這話後，對著城下敵軍的長矛，開始猶豫退縮，崔巍看到直接拔劍格殺。

他高舉著還染血的劍，面容冷硬。「只要陛下聖旨未到，就不能降！誰若敢降，視同叛軍處置！」

# 第八十四章

崔巍的鐵血手段，一時鎮住動搖的軍心。

「崔將軍，你以為慶國做出火雷，就能站起來了嗎？本將軍讓你看看什麼叫做癡人說夢！」越軍將領揮手。「推上來，推上來！」

很快，一排車子被推上來，車上置有架子，架子上架著一個鐵製長筒物，呈仰狀，前端炮口，正對準慶國這邊。

崔巍一看就覺得不妙。

「這是越國新製的武器，火炮！如此，你們還覺得有了天雷就能戰勝越國嗎？這幾十年，越國也不是什麼都沒做。」

火炮！這名字一聽就知道比火雷更厲害。剛被鎮住的軍心又開始動搖，尤其是看著那幾口火炮對準他們，黑沈沈的炮口好像打開的死門，隨時會吞沒他們。

「哈哈！怕了吧？剛才給你們機會，你們不投降，如今晚了！」越軍將領猖狂肆意地大笑，而後下令。「點火，讓他們感受感受城門被炸開是什麼感覺。」

一排越軍舉著火把上前，就要點燃火炮上的引線。

這一刻，慶軍只覺得拚命守兩日的城是場笑話，對方完全是在陪他們玩。或許，唯一值得安慰的是，慶國再不夠強大，也把他們當人，而越國喪心病狂到拿兵卒的命來陪敵軍玩。

「將軍，他們要炸城門了！」一旁的部將急聲喊。

「快！把剩下的天雷全拿上來，往他們的火炮投！有箭射箭，拋石機用上，能毀掉一個是一個！」崔巍狠聲下令，已經做好戰死的準備。

城下的越軍不再費力進攻，就等城門被炸開，直接衝入城裡享受勝利的果實。

等越軍點燃那一排火炮，引線飛快燃燒時，城牆上所有慶軍都絕望了。

很快，大家聽到噗的一聲巨響，好似有什麼東西脫離炮筒，朝城門襲來。

「援軍到啦！我們的援軍到啦！」

另一邊，城裡的人歡呼，城牆上的慶軍卻好似沒聽到，火炮的聲音籠罩一切，只聽得見自己喘氣的聲音。

就在大家眼睜睜看著火炮彈射出的東西直衝城門時，那東西突然停在半空，然後掉轉方向，朝越軍射回去。

看到這一幕的越軍瞪大雙眼，當場傻住，以為是他們眼花了。

「炸回來了！快跑啊！」原本整齊的陣形瞬間被衝散，越軍四下奔逃。

砰！鐵球在越軍上方炸開，落下煙火，炸傷一大片人。

城牆上的慶軍，有的瘋狂揉眼睛，有的抬手狠狠給自己一耳光，然後面面相覷，從彼此的眼神中確認這不是作夢，瞬間瘋了般歡呼起來。

「不是夢，是真的！老天顯靈，那火炮炸回去了！」

崔巍第一個反應過來，趕緊下令。「快！殺出去奪下火炮，別讓他們有機會再用！」

他剛說完，就見城門被打開，一抹暗紅身影一馬當先從城裡衝出，一手控制韁繩、一手提著寶劍，墨髮飛揚，甚至未披戰甲。

一馬、一劍、一紅衣，崔巍想起一個人。可是，那人怎麼可能會出現在這裡？不是說在京城養傷，哪怕傷好了，也不能上戰場嗎？

「方才我好像聽到援軍到了？」崔巍猛然想起之前聽到的歡呼聲。

「對呀！援軍到了，你們別怕。」回應他的是一道嬌脆的女音。

崔巍懷疑耳朵被炸壞了，扭頭一看，就見身穿絳紫勁裝的女子站在城牆上，頭髮高高束起，端的是英姿颯爽。

楚攸寧一手扶著城牆，笑咪咪回答。她第一次嘗試控制正要爆炸的東西掉轉方向，不光威力強，還在疾速衝刺，耗的精神力有點大，導致腦子抽疼，下次可不能這麼玩了。

大家猛一看到嬌小柔弱的姑娘突然出現在城牆上，愣了下，以為打得太久，出現幻覺。

「誰放她上來的，還不快把人拉下去！」崔巍怒吼，都什麼時候了，還讓人來添亂。

「不用麻煩了，我自己下去。你幹得不錯，繼續努力！」楚攸寧給崔巍一個握拳打氣，腳步飛快下城樓。

進城時，她用精神力看到越軍將火炮推上來，發現崔巍想戰死的決心，是個好將領。

崔巍看著那個瀟灑輕快的背影，心情複雜。活了大把年紀，打了一輩子仗，還是第一次被個小姑娘鼓勵。

「將軍！」部將帶著人搬上一箱箱火雷。「陛下加封鎮國將軍為兵馬大元帥，統率雍和軍退敵，今帶著五千兵馬運送武器抵達。元帥有令，讓將軍城上掩護他奪敵軍火炮。」

崔巍一怔，看著一箱箱天雷，再看城下那道勇往直前的身影，連忙指揮起來。

沈無咎身為元帥，意味著他這個主將也得聽從指揮，可是沈無咎卻敢在這時候帶兵馬出城，將天雷全數交給他幫忙掩護。但凡他有一點點私心，沈無咎就可能回不來。

沈無咎征戰多年，尤其經過前英國公世子的背叛，不可能沒想到這一點，可他為了扭轉戰局，毫不猶豫帶人出城，該說不愧是能帶領沈家軍跟綏軍對抗多年的沈家兒郎嗎？

城下越軍早已被突然掉頭炸回來的火炮衝散陣形，主將被掩護著後退，看到慶軍竟然有人敢帶兵衝出來直奔他們的火炮，急得大喊。

「快回防，守住火炮！火雷呢？快炸他們啊！」

沈無咎率領還能動的三千兵馬衝出城外，目標明確，一出城門就將人分成兩隊，衝火炮和投放火雷的樓車而去，只要控制住這兩個地方，這場戰事就離結束不遠，即便越軍後方還有新的武器，也得重整旗鼓。

楚攸寧下城樓，遇見手裡拿著一雙短柄錘、正被人抬上樓的部將，上前搶了一支錘。

「借用一下。」

聽說大批天雷送達，哪怕受傷也想登樓作戰的部將呆住，問旁邊的兵。「那是誰？」

小兵搖頭，他們哪裡知道。

楚攸寧騎著她的馬，扛著鐵錘，就要往城門去。

裴延初等人追過來，見狀就知道她想做什麼，趕緊上前阻攔。「公主，不可。」

楚攸寧看看曬黑不少的裴延初。「我覺得挺可的。」

「公主，殺雞焉用牛刀，那邊還不夠格讓您上場，有駙馬就夠了。」陳子善也趕緊哄。

楚攸寧點點頭。「有道理。但我父皇說論功行賞，我覺得不能錯過這個機會。」

「公主嬸嬸。」歸哥兒聲音軟軟地喊。入城後，看到滿城的人逃亡，看到到處都是傷兵，第一次面對戰場的殘酷，哪怕他再小也覺得難過。

「歸哥兒，乖乖跟著你姑姑，我就不帶你去扒銀子了。好好看看戰場的樣子，跟你想像中的有什麼不同。」楚攸寧以為歸哥兒想跟她去。

大夥聽她這麼說，不由慶幸。還好還好，公主記得這是戰場，不能兒戲。

孰料，楚攸寧又說：「等打完清點戰果了，咱們再扒。」

眾人無言了，歸哥兒邁著小短腿跑上前，昂起臉認真地問：「公主嬸嬸，您會回來的對嗎？」顯然，小小的他嚮往上戰場當英雄，又知道上戰場可能回不來的殘酷。

楚攸寧彎腰，捏捏他的小臉。「我把敵人趕跑就回來。你是男子漢，不許哭知道嗎？」

「不哭，我等公主嬸嬸回來。」歸哥兒大聲保證。

裴延初不捨地看看沈思洛，堅定地站出來。「我是公主的侍衛，我跟公主出去打。」

「加我一個。」陳子善也站到一塊兒。

楚攸寧搖搖頭。「我父皇也沒指望你們能保護我。」

眾人鬱悶了！

「行了，你們在城裡幫忙抬傷兵什麼，保護好女人和孩子，我走了。」楚攸寧交代完，走得瀟灑俐落。

沈思洛連忙喊道：「公主，我不用保護，我能幫忙的。」

「我也可以！」歸哥兒跟著喊。

幾人看著楚攸寧策馬而去，相視一眼，立即捋起袖子去做力所能及的事了。

守城門的士兵看到一個小姑娘打馬而來，忙喝住她回去。

這種時候，楚攸寧一向不磨嘰，直接用精神力暗示他開門，打開只容一人出去的口子。

兩個士兵回神，望著已經策馬出去的楚攸寧，瞪大眼不敢相信，他們居然打開城門了。

沈無咎率先發現城門裡衝出熟悉的身影，一劍斬斷刺過來的幾支長矛，一手撐著馬背，用腳踹開這些人，重新落回馬背上。

他遙望楚攸寧，雖然很想到媳婦身邊去，但他這邊走不開，奪下火炮是關鍵。

楚攸寧也看了沈無咎一眼，見他應付得來，便直接掄起錘子，朝越軍衝去。

城牆上的人打了雞血似的正打得起勁，忽然看到一個身影從城門裡衝出來，還是個小姑娘，頓時驚呆。

「那小姑娘怎麼出城了？誰放她出去的！」崔巍怒吼。這還是第一個鼓勵他的小姑娘呢，他閨女小時候都沒這麼甜過。

越軍瞧見嬌滴滴的小姑娘，瞬間像是狼看到羊，一窩蜂朝她圍過去。

「快！派人出去把她……」

崔巍焦急聲音戛然而止，因為那些興奮得想包圍小姑娘的越軍一個個被錘飛，她身形靈活，一手使錘、一手搶過敵軍長矛，橫著扔過去，明明只是隨手一扔的動作，卻能把人帶倒。

「這是打哪兒來的神人？以一敵百，錘人跟錘著玩似的。」

「這姑娘怎麼就不是男的？若是男的，光這力氣、這身手，鎮國將軍都得排她身後。」

此刻的楚攸寧簡直是狼入羊群，稟著同是人類，到底沒狠下心要人命，實在妨礙她砸昏、扔人的只能砍，真遇到非要殺她不可的越軍，才會殺。

沈無咎這邊，有城上的人用火雷阻止源源不斷的越軍，沒一會兒便帶人搶占幾臺火炮，立刻命人掉轉火炮對準越軍，嚇得要攻上來的越軍再次潰散而逃。

「好！」崔巍在城上看得忍不住叫好。兵貴神速，毫不猶豫，快狠準，不愧是十六歲就能撐起沈家軍的沈無咎。

火炮和火雷被慶軍控制住，城樓上又有不停拋來的天雷，越軍再多的人也撐不住，沒多久就像一盤散沙潰逃。

「哈哈！總算能讓越軍感受被炸的恐懼了，出了口惡氣！」

「喂！孫子們，別跑啊！你們爺爺還在這裡呢！」有人想起之前被當孫子罵的事，這會兒也忍不住罵回去。

沈無咎徹底掌控住火炮後，立即回身去找媳婦的身影，然後就沈默了。

他媳婦所到之處，空出一大片位置。原本是越軍圍著她打，現在是她追著越軍打，身後是堆了一堆又一堆的人。她逮到人後，一手錘，一手扔，被她扔開的人都精準落在人堆上。

城牆上的人早已看傻了，對面的援軍控制住越軍火炮和投雷樓車後，越軍四處逃竄，已經沒人敢來攻城。

崔巍察覺沈無咎凝視小姑娘的目光，突然心裡一震，愕然看向追著敵軍跑的她。

那是攸寧公主?!沈無咎來了邊關，那麼攸寧公主跟過來，也就沒什麼好稀奇的了。

兩個月前他收到消息，五公主受封為攸寧公主，下嫁鎮國將軍後，大家才知道她身懷神力，沒了皇后的壓制，怎麼快活怎麼來，再加上陛下縱容，於是，受寵多年的昭貴妃進了冷宮，大皇子被貶，英國公先是棄了親子，後被降爵，最後判了流放，連秦閣老也沒逃過。

這些都是想誣陷沈無咎的人，全被攸寧公主搞垮了。

他女兒曾經差點成為大皇子妃，公主應該不會認為，他跟大皇子是一黨的吧？

楚攸寧追到一半，忽然停下來，看向被越軍保護在後方的主將，心裡琢磨。論功行賞，要是能抓到對方主將，功勞應該會翻倍吧？

越軍主將原本還在指揮人，無論如何都要把火炮搶回來，突然後背一涼，扭頭一看，對上楚攸寧志在必得的笑。

他嚇得後退一步，料想她不敢過來，結果下一刻，人就朝他策馬殺來了。

「把她攔下！誰殺了她賞金百兩，升官！」

沈無咎見狀，趕緊命人將火炮對準那邊。「正好，讓你們領教自己做出來的火炮！」

這下不用等越軍反應，越軍主將已經嚇得尖聲下令。「快！快撤！」

楚攸寧策馬直衝，詭異的事情發生了，她闖進層層包圍的兵卒裡，那些越軍如叛變了似的，竟主動讓出一條路，讓她直達主將面前。

主將被拎起來放到馬背上的那一刻，整個人還是懵的。等出了人群，那些讓開路的越軍回神發現他們的將軍不見了，壓根兒不知道自己方才做了什麼。

主將被俘，本來就軍心大亂的越軍，這下是徹底潰逃。

城門大開，崔巍帶人衝出來乘勝追擊，慶國士兵像是打了雞血般，喊殺震天。

越軍被打跑了，城牆上、城裡城外爆出響徹雲霄的歡呼。

越軍主將未曾受過如此奇恥大辱，想抬頭大罵，卻被楚攸寧毫不留情錘回去，腦子嗡嗡作響。

沈無咎打馬來到楚攸寧跟前，翻身下馬，扯下馬背上的敵將扔了，摟住她的腰，將她抱下來，看到她略有些蒼白的臉色，頓時心疼了。

「受傷了嗎？」沈無咎上下打量她，確認沒有受傷，伸手去戳她腦門。「我不是說了，不要再輕易用異能，怎麼不聽話？」戳出去的動作變成了揉按。他不只叮囑過一次，她不聽，若是耗盡，他上哪裡找第二把太啟劍給她吸收能量。

「總不能眼睜睜看著大肥羊從眼前跑掉。」楚攸寧睞起眼，享受他的揉按，乖得跟隻貓似的，哪裡還有剛才把敵軍追得嗷嗷叫的凶猛樣。

她的精神力控制了炸彈，又對一大波人下讓路暗示，一時消耗得有點大，得緩緩了。

# 第八十五章

趁著楚攸寧說話的工夫，趴在地上的大肥羊想偷摸起身，從後面來個乘其不備，抓她當人質。只是還沒等他站穩，沈無咎便拿起楚攸寧手裡的錘子扔過去，直中他腦袋。

大肥羊暈眩，晃了晃，整個人倒在地上，徹底昏過去。

楚攸寧回頭看，發現沈無咎的俊臉上有一道劃傷，抬手摸了下。「還是很帥的。」戰鬥不可能毫髮無傷，像她還是善用力氣、身手和精神力，才能完美避開利器。

沈無咎聽了，瞬間忘了責備她。誰說她腦子直來著，他懷疑她故意說好話哄人，好讓他不再訓她。

這時，崔巍趕過來，翻身下馬，瞧了瞧地上的敵軍主將，讓人把他押走，而後大步過去拱手行禮。

「末將崔巍參見元帥！」他看向楚攸寧，猶豫了下，加了句。「參見公主。」

「不用多禮。」楚攸寧擺擺手，看到大家在清掃戰場，趕緊指著她的戰果道：「那一堆堆人都是我的哦。」

崔巍一時沒反應過來這是什麼意思，望向沈無咎。

沈無咎已經充分了解媳婦的心思，為了保住她的公主威嚴，這時候是不能笑的。

他一本正經地點頭。「陛下說過，論功行賞。那些人是公主打的，崔將軍讓人記好。」

崔巍無言了，原來公主打得這麼拚命，是為了戰功嗎？已經貴為公主，還需要這麼拚？

「把他們身上的東西扒下來，那是我的戰利品。」楚攸寧接話。

崔巍又是一陣無語，頂著她逼人的眼神，不得不點頭。這種行為對俘虜來說，是奇恥大辱吧？

「等等！」楚攸寧看到有人押著大肥羊走了，趕緊追過去，直接搜身、扒鎧甲。

崔巍更震驚了，好半晌才找回自己的舌頭，問沈無咎。「元帥不阻止公主？」

「無妨，隨公主玩吧。」沈無咎寵溺地看看楚攸寧，收回目光，神情立即變得正經嚴肅。「崔將軍可是將兵力分出去，分別攻擊越國兵馬？」

「是！末將讓麾下三名部將各率領兩萬兵馬，分散越軍的兵力，至今沒有一隊回援，請元帥示下。」崔巍躬身拱手。

沈無咎打量著態度恭恭敬敬的崔巍。他查過了，儘管崔巍抵不住從龍之功的誘惑，想讓自己的女兒當大皇子妃，但打仗還是很不錯的，是個猛將。

雍和關一直沒發生戰事，除了時不時受越軍口頭上的挑釁，可以說是相當平靜。幾十年的安穩足以養廢一支軍隊，可是從這一戰能看出，崔巍鎮守邊關，即使沒有戰事，也沒落下練兵，才撐得到他們來。

「崔巍聽令，重整兵馬，派人救援。若是逃兵，就地處決！」沈無咎面容冷硬。

崔巍心頭一凜，看著這張英俊年輕的臉，上面有著果決的狠。若換成是他，能直接下這樣的命令嗎？

慈不掌兵，聽說沈家軍軍法嚴明，這孩子年紀輕輕就做到了。

楚攸寧將越軍主將身上的東西全扒下來，裝在頭盔裡。沈無咎過來時，她正嫌棄地踢踢地上的盔甲。

「沒有你的好看。」

沈無咎很想在部下面前保持威嚴，奈何有個張嘴就往他心裡灌糖的媳婦，化開來都是甜，表情還如何端得住。

他笑了笑，低頭打量地上的金色盔甲，這可比他那銀色盔甲好多了。這種盔甲能彰顯出此人在軍中的地位，長得又挺年輕，大約同他一般年紀，莫不是越國哪家公子哥兒來戰場上混軍功？

「你們這裡的人怎麼都喜歡玉珮？母后給小四留了玉珮，父皇也給小四玉珮。之前你找到玉珮，就等於找到二哥。現在，這人身上也有玉珮。」楚攸寧從頭盔裡翻了翻，翻出一塊玉珮來。

她把玉珮遞給沈無咎看，玉珮躺在她的掌心裡，上好的羊脂白玉被陽光照出溫潤光澤。

沈無咎拿起玉珮端詳，越國以麒麟為祥瑞，也是越國皇室的象徵，這玉珮上刻的正是麒麟紋，證明這主將是越國皇室中人。

越國皇帝已經年過六十，此人不是皇子就是皇孫，看來他媳婦這次真的抓了隻大肥羊。

沈無咎上前掐越軍主將的人中。

越軍主將名叫蕭奕，醒過來後，不僅腦袋疼，渾身上下都涼颼颼的，還以為慶國人對他潑冷水了。等他徹底清醒過來，頓覺身上輕飄飄的，低頭才發現自己身上的衣物已經被扒得差不多。

這是要用刑的前兆！

他驚得抬頭，張嘴便叫道：「你們知道我是誰嗎？膽敢對我用刑，不日越國就會揮軍攻打慶國！」

「事實是，越國輸了，而你成了俘虜。」楚攸寧晃著頭盔裡的東西玩，銀子、珠子等物，在裡面撞得咯噹響。

蕭奕瞧見楚攸寧，嚇得後退一步，急忙用雙手抱住自己。這丫頭騎著馬突破重重兵卒，就這樣把他從戰車扯到馬背上離開，他懷疑她會妖術。

他望向四周，越軍能逃的都逃了，沒逃掉的成了俘虜，慶軍正在打掃戰場。

「你除了是此次帶兵的將領外，還是何身分？」沈無咎把玉珮垂下給他看。

蕭奕看到自己的玉珮落在沈無咎手上，冷笑道：「你不是猜出來了嗎，怕了吧？」

「你是不是傻？現在是越國打輸了，而且還會一直輸下去哦。」楚攸寧摳下頭盔上鑲著的珠子朝他彈過去，正中眉心。

蕭奕氣得捂住額頭。「妳好大的膽子！我乃齊王之子，是越國皇帝親封的平陽郡王！」

「好厲害哦！不巧，我是慶國的公主。」楚攸寧很給面子地鼓鼓掌，然後扭頭問沈無咎。「公主和郡王比，誰的身分比較高？」

「自是公主身分比較高。不過，這種人哪怕是皇子，也不配與妳相提並論。」沈無咎摸摸她的頭。

蕭奕又驚又氣，這他娘的還是個公主?!公主不在家裡繡花撲蝶，跑來戰場大殺四方？

「哈哈！慶國沒人了嗎，需要妳一個公主上戰場殺敵？」

「所以你落在一個公主手裡，光榮嗎？」楚攸寧問。

蕭奕猛地收住笑聲，差點岔氣，沈下臉。「勸你們識相點，趕緊放了本王。」

「不識相。來吧，坦白從寬，抗拒從嚴，問你什麼就說什麼。」楚攸寧直接對他下精神命令。

沈無咎一看就知道她想做什麼，想阻止已經來不及，無奈地看她一眼，見她臉色還好，這才開始盤問蕭奕。

「你父王是當年前往綏國的越國皇子？」

越國是一直欺壓慶國的強敵，這些年來，慶國不只想打探到火藥的作法，還查了越國皇室，知己知彼。

所以，沈無咎知道，越國有個齊王是死後追封的，正巧在六年多前去世。之前他讓人去越國追查，最後由綏國那邊傳來消息，當年去綏國的越國親王，正是這個齊王。

「沒錯！當年我父王死在沈家人手裡，就算他們戰死以平越國憤怒，也不足消我心頭之恨。有朝一日，我會率領大軍踏入慶國京城，踏平沈家！」蕭奕的神情有些癲狂。

沈無咎皺眉。所以，大哥殺了越國皇子後，父親和大哥得到命令，戰死以平越國的憤怒嗎？可是，大哥不可能在奚音喊出越國皇子後，還把人殺了。

「你父王的死，可是有何隱情？越國為何會忍下不追究？」沈無咎冷聲盤問。

「不就是在慶國邊城看上一個女人，那沈家子竟敢殺了我父王！我進宮求皇爺爺派兵攻打慶國，皇爺爺只說還不是時候，但他答應我，有朝一日，定讓我親手處置沈家滿門，我要男的日日受胯下之辱，女的淪為軍妓！」

沈無咎聽蕭奕口出穢言，再無法克制心中怒火，一把拎住他的衣領，狠狠朝他臉上揍。

夢裡，沈家女眷悲慘的畫面閃過腦海，他眼睛赤紅，一拳比一拳狠。

如果前世帶兵攻入慶國的是這個人，便能說明為何越軍一攻入京城，就拿沈家開刀，連最小的姪子都不放過。

不是為了立威，不是為了將慶國踩在腳底下，而是因為私仇！

疼痛讓蕭奕清醒過來，無暇去想他為什麼說了那麼多，拳頭一個個砸過來，連開口求饒的機會都沒有，最後還是楚攸寧覺得人快被打死，才拉住沈無咎。

「沈無咎，再打就打死了。」

沈無咎扔開蕭奕，蕭奕軟軟癱倒在地，簡直對楚攸寧感激涕零。

然而，楚攸寧又說：「先讓他養養，以後一天揍三回，揍不死就行。」

蕭奕聽了，差點崩潰大哭，那還不如一次打死他算了。從小到大，他都沒挨過揍。

沈無咎心中的恨意瞬間被壓下去，望著楚攸寧清澈無畏的眼眸，反過來握住她的手。

她是他的救贖，總能輕而易舉撫平他的傷痛。

「有我和你在，沈家不會再受人欺負。」楚攸寧輕輕搖晃沈無咎的手，安慰他。男人有時候脆弱起來，真讓人心疼。

沈無咎握緊她的手，轉身看向癱在地上的蕭奕。

這人只知道他父王是因為一個女人被殺死，再問也問不出什麼來了。

# 第八十六章

沈無咎和楚攸寧分別騎著馬，並肩入城，剛進去便迎來百姓夾道歡迎。

不光崔巍知道在戰場上大殺四方的小姑娘是公主，經過歸哥兒賣力地誇耀後，大家也知道楚攸寧的身分了。

楚攸寧原本還想摸荷包找吃的，一聽這些人都是來歡迎她的，立即抬頭挺胸，笑咪咪地朝他們揮手。

這是不是出生於盛世的那一代人口中的明星待遇？聽說末世前，明星這身分很有號召力，連長個痘痘都能上頭條新聞。

楚攸寧這舉動，讓百姓們叫得更大聲了，他們的公主原來這麼平易近人，笑起來就跟自家閨女一樣親切。難以想像，這樣一個嬌軟可人的姑娘，居然敢上戰場殺敵，幸好沒受傷，不然他們會覺得心疼。

除了看到窮苦的百姓，楚攸寧還看到靠在牆角的傷兵，這些都是戰時從城牆上抬下來，暫時先安置在這裡的。

她見過不慎掉入喪屍堆裡被啃的人，但沒見過這麼多受傷的人堆在一起。在末世，一旦受傷，就會被隔絕在人類基地外，幸運的能找到治癒系異能者救治，大多都是不幸的，最後的結局是死亡。

楚攸寧看著這些人，哪怕受傷，臉上也帶著勝利的喜悅，互相道賀，與之前她進城時那般惶恐無助，連逃都不知道該往哪兒逃的情景截然不同。

她回頭，城門還沒關上，城外殘骸遍地，屍堆如山，有敵人的，也有自己人的。

經過一場硝煙的城牆，飛濺得到處都是的血跡，可以看出經歷過怎樣驚心動魄的奮戰。

她來之前曾想過，這個世界的戰場不可能比末世更慘烈；到了之後才發現，是無法相比。末世是和非人類的喪屍對抗，這裡是人類與人類互相殘殺。

霸王花媽媽們有多懷念那個曾經和平的盛世，就證明那裡有多好，聽說那是幾乎沒有戰爭的世界，各國友好往來。

這一刻，楚攸寧心裡的想法從模糊變得堅定且清晰。

她看向沈無咎。「沈無咎，我們一起努力讓這個世界沒有戰爭。」

沈無咎怔了下，朝她伸出手，兩人的手緊緊握在一起。

「這世界會如公主所願的。」沈無咎輕輕收緊掌心裡的小手，傳達一樣堅定的心意。

「嗯，大家都是人，不要自相殘殺了。」楚攸寧認真點頭。

沈無咎早已發現，她身上的殺氣收斂許多，不會在起殺意時就外放，好像從以前打打殺殺的世界裡走出來，心也越來越軟，越來越融入這個世界。

只是，她這話的意思是，她以前殺的都不是人嗎？

想起她明明一身殺氣，卻總是狠不下心殺人，沈無咎頓時豁然開朗。原來如此，她駭人的殺氣不是靠殺人累積的，那是靠殺野獸嗎？可她也很善待野獸，不然也不會因為逼迫牠們守山，覺得不好意思，而有了想養雞餵牠們的念頭。

夾道歡迎的百姓看到兩人並肩騎著馬手牽手，都不由自主露出微笑。

聽說這是和綏國打了那麼多年，都沒丟過一座城的鎮國將軍呢。果然，鎮國將軍來了，城就不會丟，和公主真是郎才女貌呀。

「那是我公主嬸嬸，還有我四叔。等我長大了，也要像他們一樣上戰場，保護你們。」歸哥兒對著剛認識的小孩說。

小孩臉上髒兮兮的，生得也瘦，但一雙眼睛亮得驚人，望著馬背上的兩個大人物。

「我長大了也要從軍，和你一起打跑敵人。」

歸哥兒認真嚴肅地點頭。「到時候我當元帥，你當將軍。」

「是，元帥！」小孩不知打哪兒學的，還似模似樣地拱手，看起來很滑稽。

沈思洛擠過去，看到歸哥兒好好的，總算放下心。方才她跟在大夫身邊幫忙時，歸哥兒聽到公主進城的消息，一溜煙鑽進人群裡，嚇得她趕緊找來。

楚攸寧一眼就看到歸哥兒，打馬上前，彎腰提起他放到馬背上，在其他小孩羨慕的目光中離開。

「公主嬸嬸，咱們打贏了嗎？」歸哥兒昂頭問。
「打贏了。歸哥兒不是一直想看戰場是什麼樣子嗎？現在看到了，覺得如何？」
「不好。」歸哥兒低頭揪著馬鬃，神情失落。「公主嬸嬸，戰場上很多人受傷，好多小孩差點沒有家。戰場一點也不好。」
楚攸寧捏捏他的小耳朵。「那我們就讓這天下沒有戰場。」
歸哥兒猛地抬起頭。「可以沒有嗎？是不是要把敵人都打跑？」
「對，打得他們不敢再打。」
「嗯，打！母親說父親是在戰場上失蹤的，沒有戰場，父親就會回來了。」歸哥兒想得天真，沒了戰場，父親就能看到回家的路。
楚攸寧一時不知該怎麼接話。二夫人要去邊關帶回沈無恙屍骨的事，也就大夫人、三夫人，還有她和沈無咎知道，歸哥兒還想找爹呢。
「你父親也希望天下不再有戰場，這樣就不會再有其他孩子像歸哥兒這樣沒有父親。」沈無咎打馬走在旁邊。
歸哥兒扭頭看過去，心中因為他爹而自豪。「那我和公主嬸嬸一起把敵人打跑。」
「行，帶上你。」只要不是讓她變出個父親給他，什麼都可以。
「也帶上四叔。」這回歸哥兒沒忘記他四叔。
沈無咎卻是有些想笑，還以為歸哥兒只記得他的公主嬸嬸了。

兩人走在前頭被夾道歡迎，後面關在囚車上送進城的蕭奕就是截然相反的對待，有爛菜葉的扔爛菜葉，有石子的扔石子，還有揚塵撒過去的。

蕭奕長這麼大，何曾受過這樣的屈辱，可是任他如何咆哮，也沒人理他。

一處山谷裡，一支足足有上千人的軍隊正脫了盔甲，在烤魚、烤獵物。

「咱們就這樣躲著？」

「出去送死嗎？將軍收到消息，咱們雖然有天雷，可是也不多，完全無法對抗越國。」

「等著吧，這次慶國一定會像史上記載的元康之戰那樣，全軍覆沒，將來也能在史書上留下濃墨重彩的一筆。差別在於，這一戰慶國撐了好些天。」

「誰想名留青史，儘管回去支援。別怪老子沒提醒你們，這次慶國讓越國有所損失，這一仗只怕是要亡國。說不定咱們從這裡出去，外面已經是越國的天下了。」

聽著大家七嘴八舌，原本有些良心不安的士兵放棄掙扎，該吃就吃，該喝就喝。明知要亡國，為什麼還得去送死？等慶國一亡，誰會追究他們叛逃的罪，越想越覺得心安理得。

就在大家吃得正香的時候，一個斥候悄悄退出林子，回去稟報。

此次帶人來救援的將領聽了，臉色鐵青。虧他們沿著痕跡一路趕過來，還以為前方是敵軍，沒想到竟然是自己人，而且還吃得好、睡得香，只為了等待亡國。

接到來救援的命令時，他們還覺得新來的元帥太過狠辣無情，開口便是就地格殺。如今看來，是他們心太軟。

將領帶人圍進去，原本還覺得自己的決定明智的士兵，見到忽然冒出來的軍隊，嚇得臉色慘白。

逃兵的頭頭反應快，上前哭訴如何才甩掉敵軍，躲進山谷裡，想著先填一填肚子就動身回去支援之類的話。

將領一腳踹開他，拔刀架在他的脖子上，高聲宣布。「陛下命鎮國將軍為元帥，帶著糧草、武器抵達邊關，越軍已退。元帥有令，奉命在外救援者，如發現逃兵，立斬不赦！」

說完，刀子一抹，那人便成了刀下亡魂。

「若是戰後潰逃，沒人會追究，但在大家艱難守城，等著有人支援的時候，你們卻躲起來等亡國，此乃不忠不義！殺！」

這次處置逃兵，成了今後慶國治軍最強的震懾。

越軍十五萬大軍戰敗，只逃回五萬餘人，六門火炮全被慶國奪去。

越軍主帥聽到這個消息時，還以為自己聽到了天大的笑話。

「怎麼可能？越國火雷充足，還有六臺火炮，就算是個傻子帶兵，也能不費吹灰之力取勝，何況還派了十五萬大軍。」主帥笑著笑著，臉色突然變得猙獰，怒而拔劍，砍向跑來稟報的人。「你竟敢謊報軍情！」

「元帥息怒！」部將連忙攔住他。「當務之急，是想想如何把平陽郡王救回來。」

主帥扔開劍。「這仗到底是如何打的？平陽郡王是豬腦子嗎，逗慶軍玩就算了，這下好了，也把自己玩進去！」

「末將收到消息，說是慶國援軍到了，帶來大批火雷。當時郡王已經命人點火炮，準備炸城門，奇怪的是這火炮突然往回炸，炸亂了我軍陣形。再加上慶國來了一位猛將，伺機帶人出城奪取火炮，這才失了先機，導致戰敗。」

「那郡王是蠢蛋嗎？那麼多人，還護不住他撤退？」火炮丟了也就算了，連人都被俘，這得蠢到什麼地步，早知道就不讓他帶兵。

「原本郡王見對方只帶三千人出城，想著奪回火炮，孰料城裡跑出一個姑娘，使了一手錘子，錘人跟錘著玩似的，把人錘暈扔成一堆，力氣驚人。更詭異的是，郡王見勢不妙要撤退時，保護他的人居然跟中了邪似的，主動讓出路，郡王就是這般被俘的。」說話的正是好不容易逃回來的副將。

主帥瞇起眼。「慶國來的猛將是誰？」

「是鎮守雁回關的玉面將軍沈無咎。」

「是他？難怪敢當機立斷帶人衝出城，那就是個不要命的。那個女人呢？」

「不知，她是自己出城跑到戰場上的，當時身邊也沒人，無從得知她的身分。」

主帥皺眉。「難不成慶國出了位女將軍？」

「元帥，末將記得，這次決定開戰，好像是因豫王帶回消息，說慶國的攸寧公主仗著力大無窮，不把越國放在眼裡，對他們動輒就揍。而且，慶國還殺了咱們的使臣和兩個世子。」

「你是說，那姑娘是慶國的攸寧公主？可是堂堂公主怎會遠赴邊關，親上戰場？」就算力大無窮，在京城好好待著，享受錦衣玉食不好嗎？

部將回答。「如果真是她，那麼攸寧公主比豫王說的還要恐怖。」

「元帥，現下該如何？」他們的平陽郡王落在慶軍手裡，如果慶國以此當威脅，只能投鼠忌器。

「還能如何？史上主將被俘，只能等對方提要求交換！」

說到這個，越軍主帥就想殺人。先前五萬兵馬戰敗便算了，如今十五萬兵馬不光敗了，還丟掉好不容易做出來的火炮武器，以及郡王，傳回去叫人笑掉大牙，還要被皇帝問罪。

今日被俘的要不是郡王，他定能重新集結兵馬打回去。

然而，就在越國主帥等著慶國提要求時，就在慶國將士以為抓到越國皇孫，可以藉此逼迫越國簽署休戰條約的時候，沈無咎下令重整旗鼓，準備奪取對方城池。

如今越軍十五萬大軍戰敗，受了重創，他們又有郡王在手，對方的火炮武器也在他們手裡，就算一時還沒有發射用的彈藥，但六臺火炮中還有五臺沒點著，也足夠嚇退敵軍了。

當年祖父無力回天的戰局，今日，他就要從原處爬起來，奪回被迫割讓出去的城池！

# 第八十七章

沈無咎在部署作戰計劃時，楚攸寧已悄悄帶著她的小隊，從之前發現的山路前往越國。起初山洞是天然形成的，後來走不通的地方被鑿出小路，彎彎曲曲望不到頭。除了偶爾有光照進來，否則得靠火把照明。

走過山洞，連接著的是懸崖峭壁上的小路，顯然也是從天險中鑿出來的，最窄之處僅容一人通過，有的地方還得彎腰行走，否則一不小心抬頭，就會撞到上面的石頭。

幾人小心翼翼地貼著山壁走，楚攸寧背著歸哥兒，大步流星走在前面；裴延初牽沈思洛，陳子善緊緊跟著，全都不敢往下看。

姜塵有些後悔，他一個文弱書生為何想不開要跟來？想看越國城池的風光，等沈無咎率領大軍打下來再看不好嗎？

幸好，下了這段天險之路後，就有路從山裡貫穿過去。楚攸寧還發現，通往天險之路的入口被人用樹枝、乾草掩蓋起來，仔細看，還有打鬥過的痕跡，地上也有殘留的血，應該是沈無咎派過來的人，碰上封路的越軍，打起來了。

楚攸寧帶著小隊，循著前面兩撥人走過的痕跡，走走停停，終於趕在天黑之前出去。

下了山，他們找了個最近的村落借宿。越國和慶國的服飾相差不大，借宿的村戶看到一行人男男女女，有小孩，有文弱書生，半點都沒懷疑他們是壞人。

這一日在山裡吃的是自帶的竹筒飯和乾糧，陳子善見這家有雞，便花錢買了一隻，燉湯給他家公主補補身子，還準備了雞蛋羹。就算公主對於這樣的山林生活，過得比他們都習慣，也不能真糙著養。

陳子善是一行人裡看著比較年長的，又因為胖得有幾分可愛，看起來好說話，於是成功向老農旁敲側擊出不少消息。

譬如離這裡最近的城池就是越國的邊城，譬如越國雖然有地瓜、馬鈴薯等高產作物，但是相應的賦稅也加重。作物種得多，朝廷吃不下無妨，可以高價賣給其他三國。所以，哪怕有了這三樣作物，百姓依然窮苦。

越國把這三樣寶貝控制得死死的，其他三國想吃，只能向他們買。私下種無妨，只要不被發現，一旦抓到，就是違反條約，火藥伺候。因此，即便三國偷偷種植，每年還是得花高價從越國買來大量糧食。若是不買，不就等於招認偷偷自給自足了？

姜壓也憑著文弱書生的氣質打聽到越國人對於這次吃了敗仗的反應，雖然賦稅很重，生活不比以前沒有地瓜等作物時過得好，但他們盲目相信，越國會打回去，邊城不可能會破。

沈思洛也跟這家婦人打聽到一些消息。這裡的城池曾經屬於慶國，後來城池被割讓給越國，原來的慶國人成了越國人。為防止他們背叛越國，向慶國傳遞消息，便將他們趕到城外住，要上交的賦稅也比越國百姓的還要重，待遇比流放的人沒好多少。

大家交換打聽來的消息，都沈默了，對那些曾經是慶國百姓的人可憐又可嘆。也許，在他們心裡，苦歸苦，但至少不用擔心再次遇到亡國之亂。

「沒事，四國統一就好了。」楚攸寧吃著烤得軟糯香甜的地瓜，語氣很隨意。地瓜放久了，吃起來越甜，夜裡寒涼，吃上一口香甜溫熱的烤地瓜，不只管飽，還美味。

幾人還是第一次聽到公主的偉大志向，瞪直了眼，往門窗外察看有沒有人聽到。

別說四國統一，在這之前，他們連打贏越國這種事，想都不敢想。

公主不愧是公主，他們還在怕越國，公主就想著把越國打趴了；他們覺得可以戰勝越國時，公主就想到統一四國。作夢都不敢想的事，從公主嘴裡說出來，竟感覺會成真呢。

姜塵豪情萬丈，恨不能有筆墨紙硯讓他抒發內心的澎湃。之前只想當個開國名士，如今想到將來四國統一的歷史上有他的一筆，他就激動。

是夜，除了楚攸寧抱著歸哥兒睡得香甜，其餘人都因那句四國統一，震撼得無法入睡。

翌日一早，大夥辭別這戶人家，留了銀子，趕著買來的騾車進城。

因為是從關內進城，不用查戶籍，但要交錢，每人兩個銅錢。

陳子善幾個暗暗鬆了口氣，給錢還好，要是查戶籍，他們得另外想法子。

進了城，城內行人如織，熙熙攘攘，比起慶國邊城熱鬧得多。

街上商鋪林立，路邊攤販各種各樣的叫賣聲此起彼伏，連街邊小吃都比慶國京城的要豐富。比如炸地瓜球，炸薯片，以及在慶國被當成貢品的水果，在這裡隨處可見。

這裡之所以這麼繁華，是因每年慶國會來邊城買地瓜、馬鈴薯這些作物，因此越來越多商人看到商機，跑來這邊做生意。漸漸地，邊城就繁華起來了。

同樣是邊城，大家忍不住比較前日剛到邊關時所看到的場景，心裡有些不是滋味。放眼望去，這裡的人好像半點沒有受到戰敗的影響，依然一片安穩和樂。看來不只是越軍覺得他們不會敗，連越國的百姓也覺得越軍不可能會輸。

楚攸寧收回目光，立即牽著歸哥兒朝那些小吃攤湊過去，一大一小表情一致地吸著攤子上炸出來的香味，陶醉不已。

沒一會兒，一行人手上都拿滿了吃的，似乎已經忘了翻山越嶺過來是幹麼的。好吧，楚攸寧也沒說，大家只當她好奇越國人的城是什麼樣子。

「孃孃，那個柿子好紅啊！」歸哥兒指著水果攤。

楚攸寧抬頭看去，前面的水果攤擺滿水果，有梨有棗，還有石榴、蘋果等，其中一籃子紅通通的最惹眼。

「歸哥兒，那好像不是柿子。」沈思洛不確定地說。在她的印象中，柿子沒那麼紅。

「過去看看不就知道了。」楚攸寧咬完最後一顆地瓜球，牽著歸哥兒來到攤子前。

近看歸哥兒所說的柿子，楚攸寧眨眨眼。這個豔麗誘人的番茄她見過，末世基地偶爾會種出來高價賣給異能者，因為這個既能當水果，又能當蔬菜。比起其他水果，番茄收穫期短，結果時還一串串，種來當水果吃很划算，最有名的菜色就是番茄炒雞蛋。

「幾位客官，這個叫狼桃，味道酸酸甜甜，五個銅錢一個，要來幾個嗎？」攤販挑了個又大又紅的，遞給他們看。

「這個只能當水果吃嗎？」楚攸寧接過來，放在手上掂了掂。

「也能觀賞，把它種在花盆裡，再置個架子，結果時一串串的，可好看了。」

楚攸寧訝然。「不能煮來吃？」

「姑娘說笑了，誰會把水果拿來煮啊。」攤販看楚攸寧的眼神，就像是在看不識五穀的千金大小姐。

這東西帶回來時，也跟番椒一樣，因為顏色太過紅豔，被當成觀賞物。後來有個小孩誤把它當成柿子吃，才知道這是能吃的果子。

楚攸寧看著手裡紅豔豔的番茄，跟番椒一樣，帶是帶回來了，但沒人明白它們的價值。所以，那個福王真的只是從夢裡得到一星半點兒的現代知識，只負責傳話，便萬事不管了？

楚攸寧嘶嘶嘴裡飛快分泌的口水，回身看看他們這行人，沒一個會做飯的，煮煮粥、烤烤肉還行，炒菜還得專業的來。她想吃番茄炒蛋，還是買回去，讓廚子做吧。

「先一人分一個嚐嚐。」楚攸寧把手裡那個給歸哥兒，自己挑了一個，繼續往前走。大家也各挑一個，由沈思洛這個管帳的付錢。

在末世，楚攸寧曾花大錢買過幾個番茄，切成一瓣瓣分給隊員當水果，嚐個新鮮。當時入嘴那種酸酸甜甜的味道，她還記憶猶新。

她隨便用手擦了擦光滑的表皮，迫不及待咬了一口，微微咀嚼，酸多過於甜，好像還是記憶裡的那個味道，但總覺得少了點什麼。

歸哥兒也學她那樣，張大嘴巴啃下。牙齒咬破薄薄表皮，豐沛果汁噴出來，濺在臉上。他也顧不上髒了，酸得整張臉皺起來，吃進嘴裡的果肉遲遲嚥不下去。

楚攸寧幫他擦掉濺到臉上的果汁，壞壞地說：「不能浪費哦。」

「嬸嬸幫我吃。」歸哥兒硬是嚥下那口果肉，把咬了一小口的果子遞給楚攸寧，撒嬌。

「你沒挨過餓，要是挨過餓，就知道這番茄千金難買了。」楚攸寧捏捏他的臉，毫不嫌棄地接過來啃。

後面咬了一口也不習慣的幾個人聽了，立即打消想找地方扔掉的念頭，默默強忍著吃完。聽張嬤嬤說過，公主因為力氣大，以前常常克制著吃不飽的。

「公主替它改名叫番茄了嗎？倒是比狼桃更貼切。」陳子善硬逼自己幾口把番茄吃完，這味道怪怪的，他實在喜歡不來。

「難怪慶國沒買這種果子，原來是不好吃。」沈思洛轉著手上的番茄，顏色倒是好看。

陳子善等人點頭，比起其他果子，番茄確實不好吃，瞧著還不好貯存運送。

沈思洛又咬了一小口，還是吃不下，見到歸哥兒的做法，她趁大家不注意就塞給裴延初。

裴延初兩手拿著紅豔豔的番茄，有點懵。他也不喜歡這個味道啊，但這是媳婦給的，還是媳婦吃過的，不喜歡也得吃下去。

「吃不下嗎？我倒覺得味道不錯，不如我幫你吃？」姜塵無聲走過來，慢悠悠地說。

裴延初瞥他一眼，左一口、右一口的吃給他看。想吃他媳婦咬過的東西，想都別想！

姜塵笑著走開，完全讓人看不出他是故意的。

一行人一路吃吃喝喝，從這頭的城門來到另一頭出關的城門。關外也有不少村子，村民都是以前屬於慶國的人，被越國趕到一處去，就算敵人打過來，也是他們先遭殃。

越國軍營自然也建在城外，那麼多兵，城裡不可能住得下，且還需要空曠的地方練兵。

楚攸寧帶人到城門口時，看到守城的人在粗暴翻查出城百姓的東西，美其名為防止他們向敵軍傳遞消息，實際上是幹強占之事。住在城外的人，日子好不到哪兒去，這些守衛沒占到便宜，態度更差了，直接把人推倒在地。

陳子善等人看得火冒三丈，見被推倒的人爬起來，還對惡人點頭哈腰，又怒其不爭。

因為這些百姓個個彎腰駝背，卑微到骨子裡，他們這行人看起來就不一樣，極為顯眼。

「公主，咱們要不要喬裝打扮一下？」裴延初悄聲提醒。

「用不著。」楚攸寧擺手，牽著歸哥兒，大搖大擺走過去。

陳子善幾個心裡一跳，公主該不會是想直接打出去吧？開始四下找有沒有可用的武器。武器沒找到，見公主已經走遠，他們忙不迭追上去，驚奇的是，從兩個守衛面前經過時，兩人惡聲惡氣要他們走快點，完全沒發現不對勁。

幾人面面相覷，公主家的祖宗又顯靈了？

剛出城，就看到一片曠野，塵土飛揚，只有幾個人走在小路上，很是蕭條，城裡城外完全是兩個不同的世界。

這時候，一人騎著快馬而來，老遠就聽到他喊道：「報——慶國十萬大軍打過來了！」

城樓上的守衛聽了，掀掀眼皮，十萬大軍還不夠越國炸的呢。

楚攸寧眼睛一亮，沈無咎帶人來了，那她也不能落後。

「走，咱們去越國的軍營逛一逛。」她指著剛才那匹馬馳騁來的方向，興致高昂。

陳子善幾個面面相覷。所以，公主一開始就是衝著人家大後方來的嗎？總覺得單憑他們幾個是羊入虎口，而且，他們很有自知之明，是扯後腿的。

「公主，要不咱們從長計議？」姜塵第一次跟著公主搞事，不了解她喜歡速戰速決。

「我喜歡從短來議。走！」

大家還能說什麼，只能捨命陪公主了。

沈思洛倒不擔心，公主敢帶上歸哥兒，便證明有把握全身而退，反而很期待接下來會發生的事。

另一邊，沈無咎聽說楚攸寧帶著她的小隊從山洞前往越國時，什麼作戰部署都顧不上了，連夜讓崔巍點兵，翌日出發攻打越國。

慶國憋屈了這麼多年，第一次主動開戰，士氣是前所未有的高漲。

越國軍營這邊，天剛亮就聽到慶國大軍壓境的消息，被打了個措手不及，氣得越國主帥直罵娘。慶國太不按常理出牌，抓他們郡王是抓著好玩的嗎？再氣也沒辦法，只能趕緊集結剩下的兵，準備迎戰，並連發幾道求援的軍令，讓就近的軍隊前來支援。

慶軍來勢洶洶，越軍一邊派兵迎戰、一邊派人運送武器、糧草。

正因整個軍營都在亂，邢雲和他的手下才能順利潛入，並且成功找到越國武器和糧草所在。兩人暗中交換眼神，打定主意，死也要將他們武器和糧草全炸了。

武器庫裡，最重要的是火雷，一個個被整齊碼好擺在箱子裡，用一層層沙子隔著，防止碰撞。除此之外，還有好幾箱鐵球及火炮。

邢雲用眼神示意手下燒糧草，自己混入進出搬運武器的人群，成功靠近放火雷的地方。

他走到火雷那邊，趁人不注意，偷偷摸出火摺子，甩了甩，火摺子很快燃起。

他正想點燃引線，突然有人抓住他的手。

邢雲第一個念頭就是被發現了，想趕快將火摺子扔進火雷箱裡。但那人好像知道他的心思似的，抓住他的同時，伸手把火摺子拿走。

邢雲絕望，他不怕死，差那麼一點點就能炸掉越國的火雷啊！

「磨蹭什麼呢？」

邢雲覺得這聲音耳熟，渾身一震，扭頭看去，差點瞪掉眼珠子。眼前這個穿著越國戎服的小兵，居然是攸寧公主！

「還不快搬，前面等著武器用呢。」楚攸寧粗聲粗氣地訓斥。

邢雲回魂，看向其他人，發現公主的人正跟著越軍進進出出搬武器，雖然不知道公主打什麼主意，也趕緊跟著一塊兒搬。

負責鎮守軍營的將領見一車車武器、糧草不斷往外運送，皺了皺眉，沒說什麼，只當是主帥命令的，絲毫不知武器和糧草都被搬空了。

被委派運送武器和糧草的將領只記得自己得到命令，要將武器和糧草全都運往戰場，完全不知道自己在楚攸寧的精神控制下，路越走越偏。

其實，邢雲還另外安排了人在外頭埋伏，如果他們失敗，外頭那些人就會拚盡全力攔截越軍運送武器和糧草的隊伍。

他帶來五百人，路上殺了看守的越軍，換上他們的戎服，倒也順利進城。他還留了人在城裡，要是沈無咎帶人兵臨城下，到時候也好裡應外合。

楚攸寧到越國軍營時，就用精神力發現這些人，讓沈思洛和歸哥兒去跟他們說一聲，換路蹲了。

# 第八十八章

這次開戰，親自領兵的是越國主帥，原本想用平陽郡王之事來拖延工夫，結果沈無咎壓根兒沒有要談的打算。如今是慶國占上風，沒必要再低聲下氣被越國牽著走。

兩軍開打，不過個把時辰，越軍節節敗退，慶國不但有了可以對抗的武器，還將他們的火炮搶過去。再加上這些年越國仗著火藥武器，疏於練兵，兵法運用上完全不如人，兵敗如山倒，沒多久便丟了作戰陣地。

「武器呢？怎麼還沒到！」越軍主帥暴跳如雷。越軍就等著武器送來逆轉戰局，要不是武器沒跟上，也不至於被打得節節敗退。

京城那邊一共運來十臺火炮，被平陽郡王輸掉六臺，還有四臺。就算對方繳獲他們的彈藥，也不比他們擁有的多，只要彈藥到了，他們就能打回去。

之前出兵出得急，火炮還在運送途中，但一直遲遲沒到是怎麼回事？

「末將已派斥候前去察看，也派人接應，應是快到了。」旁邊的將領趕緊說道。

慶軍這邊，崔巍也在發愁。

「元帥，我猜他們定是在等彈藥抵達。到時候，咱們空有火炮，沒有彈藥。」

之前打下來的六臺火炮，只各裝了一顆彈藥，也僅射出一顆。越軍可能覺得一輪彈藥就足以將他們嚇得屁滾尿流，而蕭奕一下子帶來六臺火炮，應是想用數量嚇唬他們。

「能搶第一次，就能搶第二次。」沈無咎拿出輿圖，尋找戰場上的突破點。

崔巍點頭，也只有這個法子了。無論付出多大代價，都得把火炮陣地搶到手，阻止對方開炮，如此才有贏的機會。

這時，前方斥候傳回消息，說越軍的武器送來了。

沈無咎原本還指望邢雲能毀了對方的武器庫，如今看來是出事了，便捲起輿圖，拿根樹枝在地上比劃。

「我帶一隊人馬從側面進攻，到時崔將軍用火炮從這裡幫我們開路。」

「元帥不可，要去也是末將去。」崔巍立即請沈無咎收回成命。元帥應該好好在後方指揮作戰，怎能哪裡危險就往哪裡鑽。怪不得沈家軍都服他，這可是拿命換來的忠誠。

「這是軍令。」沈無咎站起身。「準備迎戰。」

「元帥不想想公主嗎？」崔巍抬出楚攸寧，她都追著沈無咎到戰場上，感情必然很好。

沈無咎想到她，冷硬臉色柔和下來。「為了早些見到她，這一戰得盡快打。」

崔巍想自打嘴巴。為將者最忌兒女情長，他不該指望搬出公主就能改變元帥的主意。

斥候又匆匆來報。「報——敵方有一隊人馬，正朝我方靠近。」

沈無咎皺眉，崔巍訝然。「難不成越軍還派人來偷襲？這做法也太蠢了些。」

「報——」又一人前來稟報。「敵軍帶著大量糧草、武器靠過來了！」

沈無咎和崔巍皆是一愣，崔巍懷疑對方走錯路了，趕緊請命。「元帥，末將帶人前去，將武器、糧草劫下來！」

沈無咎卻懷疑這是他媳婦搞出來的事，太像她的行事作風了，起身道：「我帶人去看看，崔將軍留下。」

崔巍領命，去劫糧草總好過冒死去奪敵方火炮。

沈無咎帶著人走出不遠，便看到越軍的補給隊伍浩浩蕩蕩過來。

見到沈無咎出現，那將領恍然回神，以為是敵軍半路埋伏，抬頭看看四周，才發現他一直帶錯路了，不敢置信，他居然帶著武器和糧草跑到敵方陣地。

「將人拿下！」沈無咎下令。

原本混在隊伍裡的邢雲等人，立即以迅雷不及掩耳之勢制住旁邊的敵人。

越軍將領這才發現，自己的軍隊裡居然混進那麼多敵軍，不願相信越國竟因他的疏忽而戰敗。

「投降不殺。」沈無咎拿劍指向他。

那將領有點骨氣，想著把火雷點了，也不能便宜敵軍，結果被旁邊矮小的兵一腳踹飛。

「你這叛徒！」他指著小兵怒罵。

「我本來就不是你們的兵呀。」楚攸寧拿掉頭上的頭盔，隨手扔在一邊。
將領頓時心如死灰，他帶的兵裡不但混進敵軍，連女人混進來都不知道，他得有多瞎！
剩下的人，很快就被沈無咎帶來的人抓了。
沈無咎走到楚攸寧面前，靜靜地看著她，不說話。
楚攸寧像個做錯事的小孩，眼神不停閃爍，想了想，撲上去抱住沈無咎，踮起腳親他。
「我回來啦，想我嗎？」
在場所有人大吃一驚，不愧是敢想敢做的攸寧公主，光天化日、眾目睽睽之下，居然敢抱著他們的元帥親。
沈無咎無聲的質問瞬間破功，摟著她轉了個身，背對所有人，親了她一口。「公主下次別再讓我擔心。」
眾人又是一驚，別以為元帥抱著人轉過去，他們就沒看到他在親公主。
「我聽你的。」楚攸寧點頭，乖得不得了。
沈無咎點點她的腦門。上次她也是這麼說，結果呢，轉身就帶人翻過山，跑去越國了。
「現在越國沒有火藥武器了，咱們快去收拾他們！」楚攸寧氣勢洶洶。
那日她看過戰場上的傷亡後，就打算從根源解決問題。越國不就是仗著火藥武器，才能這麼蠻橫嗎？那她就把火藥武器帶走，看這仗還怎麼打。
沈無咎哪能不知道她轉移話頭，罵又捨不得罵，說到底，她也沒做錯什麼，不過是怕他不答應，才背著他幹。

「此次記公主一大功。」沈無咎又親了下她的額頭，翻身上馬，順便把她抱上來，與她同騎回作戰陣地。

楚攸寧聽他這麼說，就知道這事過去了，開心地直點頭。「得記，到時候回京，找我父皇要獎賞。」

沈無咎低笑出聲，隨即想起什麼，低頭看她。他也希望，到時候回去，還能歡天喜地向景徽帝討賞。

越軍主帥還不知道他們的武器、糧草已經被送到敵方那邊，已經等不及地重整兵馬，想跟慶軍叫陣。

見領兵的是崔巍，越軍主帥便問：「你家元帥呢，怎麼不在？」

崔巍道：「越國沒了火藥武器，就是孬種，元帥打得沒勁。」

越軍主帥氣結。「仗著火藥武器便能讓慶國卑躬屈膝幾十年，以後也會持續下去！」

崔巍大笑。「你一大把年紀，該躺回床上作夢了。」

越軍主帥冷笑一聲，估算著武器到了，揮手下令。「來人，將火炮推上來。」

但良久沒人回應他，等的火炮也遲遲不見動靜。

「怎麼回事？彈藥呢?!」

去接應武器的人回來，哭喪著臉稟報。「元帥，咱們的武器、糧草都送到敵方陣地了！」

越軍主帥險些從馬上摔下，目眥欲裂地瞪向對面的慶軍。

對面突然多出一支隊伍，推著的正是一車車武器、糧草，是他們裝載輜重的車。沈無咎也在，懷裡擁著一個女子，那女子一身絳紫勁裝，似乎發現他的目光，倏地朝這邊看來。

經過斥候打探，他們知道前日突然出現在慶國戰場上的女子是誰，正是豫王說的力大無窮的攸寧公主。好好的公主不在京城享受錦衣玉食，跑來邊關做什麼？

楚攸寧見主帥是個老頭子，很有禮貌地朝他揮揮手。

越軍主帥更氣了，覺得她這是在羞辱他。當了一輩子元帥，領了一輩子兵，他何曾受過這樣的羞辱。

「元帥，還打嗎？」

「拿什麼打？都是一幫蠢貨！有人潛入軍營帶走武器不知道，有人叛變也不知道！」

越軍唯一能翻盤的武器沒了，現在對方武器強大，兵力也比他們多，自然不會以卵擊石，直接撤軍。

越軍撤走時，還從邊城搶了乾糧，說是不搶也便宜了慶軍。

邊城上一刻還是天堂，下一刻就成了地獄。邊城的百姓永遠想不到，有一天他們國家的軍隊會反過來搶掠他們。

沈無咎帶著人馬，一路殺至越國邊城，城門大開，裡面像是剛經過狂風暴雨，百姓們哭喊著、奔逃著……像是人間地獄。

一發現不屬於越國的軍隊整齊劃一地進城，他們靜了一瞬，不知是誰先喊起來——

「慶軍打進來啦！城破啦，大家快逃啊！」

百姓們逃得更急，生怕遇上更可怕的搶奪，不少人慌不擇路撞在一起，甚至發生踩踏。

沈無咎率領大軍進城，一進城門就擺手叫停，威嚴下令。「進城後，不得傷害百姓，否則定斬不饒。若遭到攻擊，才可殺。」

鏗鏘冷硬的聲音似是有意要安城裡百姓的心，也在警告他們，不許傷他的兵。

附近奔逃的百姓聽到這話後，漸漸慢下腳步，看向馬上英俊挺拔的將領。

以往兩軍交戰，城破後，城裡的東西，包括人，等於是戰利品，可以讓將士發洩地搶奪，享受他們用命拚來的戰果。

這次越國戰敗，越國將士入城肆意搶奪，善待他們的反而是敵軍，太諷刺了。

有人抱著懷疑，沒有再逃；也有人不信，見敵軍真沒對百姓下手，才慢慢平靜下來。

沈無咎不是死腦筋的人，將士們拚了那麼久，不能不給點甜頭。搶錢財可以，只能搶富戶及官家，但不能傷人性命。搶女人更不行，他最痛恨的就是欺負女人。

將士們興奮地朝城裡的富商大戶和官府衝去。就算被越軍搜刮過一次，但他們搶的是糧食，金銀財寶來不及搶，這時候就看誰手快，誰有眼力了。

崔巍沒想到他們能那麼快攻進對方的城池，而且傷兵是前所未有的少，這都得多虧攸寧公主事先潛入越國。

說到楚攸寧，崔巍往前看去，然後傻了。公主帶著她的人，人手一個麻袋要做什麼？

崔巍趕著馬，上前幾步，問沈無咎。「元帥，公主可是有何發現？」

沈無咎收回目光，一本正經地胡說八道。「公主覺得手下的人有點廢，要他們幹活。」

崔巍無言，一點也不想相信好嗎？公主如果嫌棄這些人，就不會帶他們來了。不說這裡面有個姑娘，還有個小孩，就連那三個大男人也不是能打的料，除了胖點的那個，其餘兩個面皮倒是不錯。

「崔將軍可要去考考自己的眼力？」沈無咎提議。為了不讓人覺得公主庸俗，最好的辦法就是把對方也變得庸俗。

崔巍哈哈大笑。「末將怕被公主錘。」

沈無咎頓時無言了。

接下來，趁越軍的武器還未送來，沈無咎帶著十萬兵馬勢如破竹，連破五城。沒了火藥武器的越軍就像一隻紙老虎，被打得毫無還擊之力。

最後，沈無咎不用火藥武器，便將對方打得棄城而逃，僅花了一個多月，就奪回慶國幾十年前被迫割讓出去的城池。

就在大家以為他會繼續打下去的時候，他卻停下來了。

如今越軍武器不足，後方供給沒那麼快到，按理再奪下兩城不是難事。將士們士氣高漲，還想再打下去，可沈無咎卻堅持不再往前。

他知道，越國的火藥武器累積幾十年，不是慶國剛研製出來能比的，這時守住攻下的城，養精蓄銳，積攢武器才是首要。不然，等到越國帶著大批武器反擊過來，他們武器比不上，只怕沒多久又被打回原形。

如今，他們還有平陽郡王這個俘虜在，接下來就看兩國打算怎麼談。

雁回關這邊，沈無咎也料得沒錯，慶國用天雷跟越國開戰，並且戰勝越軍的消息傳來，原本還將信將疑的綏國敬王立即下令退兵。

打了這麼多年，看到綏軍退兵，拔營回城時，沈家軍歡呼震天，有的甚至哭了，可見這些年來的堅持有多不容易。

和越軍的戰事結束，越軍主帥騎著馬，與沈無咎隔著河流相望。

越軍主帥李承器白鬚鶴髮，已是知天命之年，卻是聲如洪鐘。

「貴國皇帝還好嗎？三十多年前，老夫有幸與還是皇子的陛下前往貴國遊玩。對了，當時貴國皇帝還未出生呢。」

沈無咎皺眉，不明白李承器這麼說是什麼意思。

李承器似乎也不想明說，只道：「沈元帥，沈家雖是滿門忠烈，但也逃不過君要臣死，臣不得不死的命。你信不信，今日你攻下的城，明日你家陛下就會雙手奉予越國。」

且不說前面那話有挑撥離間之嫌，後面的話，沈無咎聽了，直接拔劍指向他。「那請李元帥保重身體，好好看看，到底是慶國皇帝雙手奉上城池，還是越國日薄西山！」

「哈哈！相較於越國亡國，老夫倒想看看，沈元帥知道沈家世代忠的是什麼君後，會怎麼做？」

李承器說完，掉轉馬頭，策馬而去。

沈無咎打馬回城，心裡一遍遍回味著李承器的話。

當年先帝在位，越國的確有皇子來挑選公主和親，只是，對方為何要特地提到三十多年前，還提到當時未出生的景徽帝？又為何一開口便是先問景徽帝是否還好？

他總覺得，有個答案就要呼之欲出了。

# 第八十九章

回到城裡，沈無咎聽說公主在廚房，挑了挑眉，扔下馬鞭，把劍交給程安拿回去仔細放好，才大步往廚房走去。

如今，他們暫時駐紮在城裡最大的官衙。攻入城後，他帶兵追擊敵軍，楚攸寧覺得沒意思，沒有跟去。

沈無咎進廚房，就看到陳子善幾個都在，正圍著一口鍋議論紛紛。

「公主，我記得炒菜需要放油，您是不是忘記放油了？」

「啊，對，放油！」楚攸寧找到豬油罐子，舀了一坨放進鍋裡，和著番茄一塊兒炒。

「公主，好像有點焦，是不是得往鍋裡添點水？」對只會加水煮野菜的姜塵來說，加水就對了。

楚攸寧用鏟子一鏟，的確變得有些焦黑，趕緊舀一瓢水往鍋裡倒。水碰到燒乾的鍋，發出滋啦聲，帶出一股怪異的味道。

楚攸寧吸吸鼻子，覺得這味道不太對，一定是還沒放雞蛋的緣故。

雞蛋需要敲破，這個她知道，她連錘子都能揮得動，還敲不破一顆雞蛋不成。

楚攸寧自信滿滿，拿起雞蛋往鍋沿上一敲——雞蛋碎開，蛋液飛濺到灶臺旁邊的陳子善臉上，還有一半隨著蛋殼流進鍋裡。

楚攸寧見狀，趕緊拿手去撿鍋裡的蛋殼，一隻大手伸過來阻止了她。

「公主在做什麼？」沈無咎拉開她，把鍋裡的蛋殼挾起來，看著切成塊、燒焦了的菜……是菜對吧？

「我在做番茄炒蛋。感覺很容易，就想試試看。」楚攸寧表情無辜。

沈無咎撩起衣襬，幫她擦去手上的蛋液。「這種事，讓廚子做就好。」

楚攸寧眨眨眼，機靈道：「我想親自做給你吃。」

這話一出，一雙雙眼睛齊刷刷看向楚攸寧。

公主，說好的想做給大家嚐嚐呢？見到駙馬，就成了想親自做給駙馬吃嗎？

接著，大家又一致看向鍋裡的東西，然後不約而同點頭。「對！公主想做一道菜給駙馬吃，駙馬可一定要賞臉。」連歸哥兒的小腦袋都點得很用力，公主嬸嬸做的菜，看起來不像是能吃的樣子。

沈無咎目光淡淡的掃過幾人的臉，一雙眼彷彿帶著洞察的明銳。

「那你們還在這裡做什麼？」

所有人一怔，然後逃也似的離開廚房。這等美味，還是留給駙馬享受吧。

等人都走了，沈無咎看看鍋裡的菜，又打量籃子裡剩的幾個鮮紅果子。他知道那個叫狼桃，他家公主又突發奇想，想煮果子吃了？

沈無咎把鍋裡慘不忍睹的東西倒掉，洗淨鍋子，看向楚攸寧。「公主說，我來做。」

「好呀！沈無咎，聽說會做飯的男人是絕世好男人哦。」楚攸寧立即跑到灶臺前添柴。

沈無咎覺得這是公主會說的話。只要能幫她做好吃的，的確就是絕世好男人。

他按照她說的，先將番茄去蒂，切成塊。儘管他也沒拿過菜刀，但是切出來的番茄，還算有稜有角。

「先放油，然後……然後我就不知道了，只知道它叫番茄炒蛋。」楚攸寧一臉無辜。她只看過菜單，上面又沒說怎麼做。

「我記得雞蛋是一塊塊的。」她邊回憶邊說。

好了，沈無咎這下能確定，這個被她叫番茄的東西，真的能做成菜，因為她見過。

這個簡單，沈無咎知道雞蛋要炒才能成塊，先炒雞蛋，然後把切好的番茄放進去炒。蛋炒番茄，番茄炒蛋，應當沒錯。

炒著炒著，鍋就乾了。兩人對視一眼，楚攸寧跑過去舀了瓢水，往鍋裡倒，水沒過菜，沈無咎叫停。

「好了，且讓它煮著。」沈無咎放下勺子，暗暗鬆口氣。

窗外，一個個堆疊的腦袋悄悄縮回去。

等走出老遠，確定廚房那邊的人看不見了，陳子善才停下來問：「裴六，你覺得公主和駙馬一起做出來的番茄炒蛋，能吃嗎？」

裴延初看沈思洛。「要是我跟我媳婦一塊兒做菜，就算做出來的難吃，也會覺得美味。」

「誰要跟你一塊兒做菜。」沈思洛紅著臉，瞪他一眼。

姜塵覺得，這件事他最有資格說話。「加了水就能煮熟，煮熟了就能吃。」

「熟是熟了，我擔心公主吃壞肚子。」陳子善後悔之前沒阻止公主親自下廚。

「你不懂。駙馬親手做出來的菜，就算吃壞肚子，公主也甘之如飴。」姜塵說。

其餘人面面相覷，總覺得公主沒那麼多心思。對她來說，大概好吃、能吃才是要緊。

楚攸寧盯著鍋裡加進去的水一點點變少，變成濃汁，將雞蛋染紅，激動得扯著沈無咎的衣服。

「像了像了！」

沈無咎見她這般興奮，心裡也生出些許成就感。

見汁收得差不多，他翻炒幾下，找到鹽罐子，加入他認為可以的量，再繼續翻炒。覺得差不多可以出鍋了，便拿筷子挾了塊雞蛋，先以身試毒。

「怎樣？」楚攸寧期待地看著他。

沈無咎仔細品了品。「有點酸，還有點甜，應該能吃。」說著，挾一塊餵她。
楚攸寧吃了後，咂咂嘴，酸酸甜甜，濃汁裡裹著雞蛋的香味。雖然鹹了點，但仍算是一道做成功的番茄炒蛋。
「你想吃飯嗎？」楚攸寧問沈無咎。
沈無咎被問住。「公主想吃飯了？」
「不是，我聽說番茄炒蛋很下飯。你吃了這個，有沒有很想吃飯？」
沈無咎笑了。「那公主想吃嗎？」
楚攸寧拿走他手裡的筷子，又挾了一塊番茄吃，然後點點頭。「吃了這個就想了。所以，應該就是這個味道沒錯。」
兩人嚐了大半，覺得味道不錯。回京城後，可以拿自家的雞蛋試試，肯定更美味。
沈無咎覺得，他的公主又為這個世界增添了一樣能吃的菜餚。
楚攸寧端著用碗裝的番茄炒蛋出來，看到歸哥兒正蹲在囚籠那邊，拿著毛筆，偷偷摸摸不知在做什麼。
如今姜塵閒著沒事，就教歸哥兒認字。歸哥兒也到了上學時候，正好遊玩、讀書兩不誤。
她走過去。「歸哥兒，你在幹什麼壞事呢？」

歸哥兒嚇得手一抖，原本想給壞人畫貓鬍子的毛筆從手中掉落，筆尖從他鼻子下劃過，留下一撇黑黑的鬍子。

睡著的蕭奕被驚醒，嚇得坐起來。「誰！想對本王做什麼?!」看到是個小孩子，立即凶神惡煞地瞪去。「好啊，連個野孩子都敢欺負本王。本王出去後，定把你吊起來抽！」

「你要是抽得到他，算我輸。」楚攸寧蹲下身。

蕭奕這才注意到楚攸寧的存在，又嚇得往裡面縮了縮，想哭。他好歹是一個郡王，就算是俘虜，也不該受這樣的待遇，慶國的人是不想善了了。

「公主嬸嬸，他太壞了，所以我想給他畫貓貓臉。」歸哥兒告狀。

「貓貓那麼可愛，他的臉不配。咱們畫別的。」楚攸寧說著，用竹籤戳了塊雞蛋餵他。歸哥兒怕被罵，完全忘了問這是什麼，也習慣了楚攸寧的餵食。公主嬸嬸餵，他就吃。

「那要畫什麼？」歸哥兒問。

「畫喪屍好了，揍起來不內疚。」

蕭奕無言，他覺得不好。

沈無咎走過來，聽到的就是這話，有些好奇公主口中的喪屍是什麼。

「喪屍是什麼？長什麼樣子？」歸哥兒問。

「我畫給你看。」楚攸寧把碗塞給沈無咎，撿起地上的毛筆，朝蕭奕勾勾手指頭。

蕭奕往後縮，死死抓著囚籠，打死也不過去。

楚攸寧繞過去，一把揪住他的衣領，將他扯上前，臉壓在囚籠上，正要往上畫的時候，忽然頓住，盯著他的下半張臉。

「我怎麼覺得他有點眼熟呢？」

沈無咎聽她這麼說，把碗遞給看守囚車的人拿著，蹲下身和她一起看。

蕭奕被關進囚車一個月，蓬頭垢面不說，連臉都消瘦不少。此刻鼻子上多了一撇鬍子，正是這一筆，彷彿畫龍點睛，讓人看出不一樣來。

沈無咎也開始覺得有些眼熟。

「放開我！」蕭奕使勁掙扎，想從楚攸寧手裡掙開。

他美滋滋地想著，定是皇爺爺出聲威脅慶國了，這女人想跟他套近乎。可惜，晚了！等他出去，一定要將這些人關進狗籠，吊到水牢裡，讓他們嚐嚐死老鼠的味道。

楚攸寧用手捏住蕭奕的下巴，把他的臉轉來轉去，最後用一隻手擋住他的上半張臉。這人鼻子下多了抹鬍子，那唇、那下巴，可不就像——

「像不像我父皇？」楚攸寧悄聲問沈無咎。

景徽帝正是留了一字鬍，看起來比蕭奕更儒雅成熟。

之前看不出來，是因為少了撇鬍子，再加上蕭奕後來被沈無咎揍得鼻青臉腫，也沒多注意。現在歸哥兒無意中幫他畫了撇鬍子，再加上下巴和嘴唇的線條，就看得出來了。

這句話彷彿一個彈藥打進沈無咎心裡，掀起驚濤駭浪。

他立即起身下令。「來人，打開！」

看守的人立即開了門，沈無咎將蕭奕從囚車裡拎出來。

沒了柱子的遮擋，這張臉被看得清清楚楚，下半張臉竟真的像景徽帝！

他想起景徽帝三緘其口，哪怕被公主逼迫，也竭力要隱藏的真相，想起最後景徽帝被逼得鬆口，要他們來邊關尋找真相的事。

以及，越國主帥離開時，對他說的那番莫名其妙的話……

這個發現好像一條線，迅速將一切串連起來，終於串出一個完整的答案！

# 第九十章

六年多前，齊王的年紀與景徽帝相差不大，在他喊出自己是越國皇子之後，沈大爺極有可能發現他長得像景徽帝，或許猜到了什麼，乾脆把人殺了。

沈大爺知曉，發現這個秘密後，殺不殺都是死罪，可能還要連累沈家被滅門，索性殺人替景徽帝掩蓋秘密，最後和父親戰死沙場，以平越國之恨，保全沈家！

沈無咎猜想，當日奚音之所以被殺，是因為發現景徽帝和當年意圖強占她的男人長得一模一樣，被暗衛滅口了。

當年父親和大哥的死，他都能看出不對勁，二哥又怎麼可能不起疑？二哥是否察覺了什麼，告知三哥，最後二哥失蹤，三哥起疑，才遭暗殺？

這一刻，沈無咎終於明白李承器離開前，為什麼會說期待他知道沈家忠的是什麼君後，會如何做，是什麼意思。

忠的是什麼君？忠的是越國的君！

景徽帝是越國三十幾年前早埋下的棋，早在埋下的那一刻，慶國就已經被越國竊走。

難怪，景徽帝登基前幾年還勵精圖治，後來不知從何時起，開始疏於政務，耽於享樂。

也因為這樣，慶國皇帝面對越國的蠻橫時，腰比其他兩國的君王還要軟。

「沈無咎，你說我父皇該不會是讓那個齊王戴綠帽了吧？然後漁網知道這事，寫信給秦閣老威脅我父皇，所以我父皇急著把秦閣老殺了。奚音在越國待了那麼久，說不定知道點什麼，也被滅口。他這是怕被人知道他睡了敵國王爺的女人啊。」楚攸寧湊近沈無咎耳邊，悄聲說她的猜測。

她越想越覺得有可能，依原主的前世記憶，景徽帝可不就是為了個美人跟越國開戰嗎？那美人八成是越國的齊王妃，這個郡王的娘。

天啊，那平陽郡王豈不是跟原主是同父異母的兄妹？

楚攸寧瞪圓了眼，看向被沈無咎扔開的蕭奕，然後扭開臉，實在太傷眼睛了。

沈無咎凝視她分析得頭頭是道的樣子，倒也說得通，有些羡慕她想得這麼簡單。

也是，誰會想到被戴綠帽的是先帝。誰會想到，慶國皇帝是越國皇室的血脈？

他不知道，公主若發現自己的血脈與越國皇室有關，會如何？以他對她的了解，八成是不在意的。哪怕這具身子流淌著越國人的血，若非景徽帝縱容她，對她好，她八成連這個親爹都不在乎。

雖然事情總有爆發的時候，但沈無咎捨不得這麼快讓她煩心，摸摸她的頭。「但願如公主所說。」

「你也覺得是這樣吧？就跟你看小黃書不肯讓我知道一樣，他也沒臉說出口，怕我瞧不起他，嘲笑他，更怕越國大軍攻打。」

公主果然不會讓人悲傷太久。只是，如果事實的真相是這樣就好了。

倘若這個秘密被揭穿，公主肯定會受到牽連，到時候少不了被慶國口誅筆伐。楚氏宗親可沒死光，要是知道景徽帝不是先帝血脈，還是越國人，恐怕拚死也要恢復正統。

片刻後，沈無咎回到暫時用來處理戰報的屋子，狠狠一拳砸在書案上，臉色陰沈。

忽然，他察覺耳邊有風掠過。

「誰?!」沈無咎飛快起身，拔出放在架子上的劍。

一道黑影從窗口躍入，出現在他眼前，躬身呈上一封信。「沈將軍，陛下密信。」

沈無咎怔住，這信來得太巧了，不由懷疑這是景徽帝事先寫好的。

他放下劍，上前去接信。

沈無咎第一次發現，一封信是如此沈重，直覺告訴他，看完這信，他將再也無法抱著僥倖的心思。

等他拿過信，那人什麼話也沒說，轉身消失。

沈無咎回到書案前，放下劍，將密封的信打開，上面的字跡，威嚴霸氣中帶著些許凌亂，可見寫信的人，心情也不平靜。

看完短短幾行字，沈無咎昂頭，諷刺地笑了。

當初他從夢裡重生，想的就是改朝換代。後來，楚攸寧的出現，讓他徹底打消這個念頭。如今，景徽帝卻叫他造反，也是為了她。

如果楚攸寧真的有越國血統，慶國人不會記得她的功勞，只會記得她流著一半越國的血，記得她是竊國賊。景徽帝認為，唯有沈無咎成為一國之主，才能改變這樣的局面，才能保楚攸寧一世無憂，保四皇子平安長大。

所以，他之前果然沒猜錯，景徽帝不怕他造反，可能在加封他為兵馬大元帥的時候，就已經想好了，要的就是他篡位！

當日他問景徽帝，父兄是否死得其所？景徽帝回答，沈家父兄死得忠烈。

是啊，為了守住這個秘密，為了沈家不被滅門，可不是忠烈嗎？

一切真相大白，就因為這麼一個荒唐至極的秘密！

或許，景徽帝沒下令讓沈家父兄戰死，可若是等到他下令，就是沈家被滅門的時候了。

所以，為了沈家，為了慶國，他的父親和大哥從容就義。

這樣的真相，遠比功高震主和被奸臣算計，還來得可悲、可笑。

當年越國逼綏國攻打慶國，也只是因為老子想逼兒子低頭罷了。

或許，景徽帝要他改朝換代，奪了楚氏江山，也有補償的意思。

可是，比起江山，他更想要他父兄回來！

沈無咎燒掉信，連火苗竄到指尖，都感覺不到疼痛。

他沒吃晚膳，入了夜也沒回去抱著他的公主睡，一個人在屋子裡枯坐。

不知過了多久，沈無咎被窗子的動靜驚到，見他媳婦抬起窗，探出一個腦袋，將食盒放好，再撐著窗口爬進屋。

她的出現彷彿一道光，照亮他此刻充滿黑暗的心。

在門外守著的程安抬頭望天，假裝沒看到偷偷爬窗的公主。

明明有大門不走，偏要爬窗戶。不知公主又玩的是哪一齣，搞得好似主子是被關起來，需要人送飯似的。

這個問題，沈無咎也想問，起身過去將人扶下來。「公主為何不走大門？」

「這樣才顯得有儀式感啊。」楚攸寧拎起食盒，拉著他的手去書案邊。

「何為儀式感？」沈無咎問。

楚攸寧眨眨眼，以前她時不時聽到經歷過盛世那一輩的人感嘆，即使身處末世，也不能少了儀式感，就是吃個地瓜，也要雕成花來吃。

「大概是隆重的意思？譬如你把自己關在屋裡不吃飯，我就從廚房打包飯菜偷偷送來，是不是很有儀式？」

沈無咎無言，這怕不是對隆重兩字有什麼誤解？他倒是認為，跟禮儀這方面的意思差不多，就是講究。

「公主的意思是，爬窗更能表現出對我的心意，對吧？」沈無咎很貼心地替她圓了話。

楚攸寧想了想，點頭。「差不多。」

她把桌上的文書全搬到一邊去，拉他坐下，打開食盒，拿出一碟碟菜，還有一碗飯。

「沈無咎，你放心，我說過，要真是我父皇因為他戴綠帽的事，弄死咱們的爹和大哥，我會幫你。」楚攸寧邊擺飯邊說。

她知道，沈無咎把自己關起來，是因為他爹和他大哥的事。

沈無咎幫忙擺菜的手一頓，望向她。原來她那時就看出來了，也想到他父親和大哥的死，可能真的和景徽帝有關。

楚攸寧把筷子塞進他手裡。「我打算去越國京城找齊王妃問清楚，如果真是那樣，就把人帶回去跟我父皇對質。」順便問漁網當時給秦閣老的是什麼信，她早就後悔當初沒把信看一看了。

沈無咎凝視和他同仇敵愾的媳婦，不忍告訴她真相，先讓她這麼以為也好。

「攸寧。」他握住她的手，開始不想喊她公主。

楚攸寧訝然抬頭。「啊？你終於不叫我公主了。」

沈無咎心中的煩亂一掃而空，勾指輕刮她的小鼻子。「那是因為公主從未告訴過我，妳的名字。」他又不想喊原來公主的閨名，只能喊封號了。

「我的名字，全天下都知道啊。」楚攸寧揉揉被他刮得發癢的鼻子。

沈無咎福至心靈，有些難以置信。「妳的名字，就叫攸寧？」

楚攸寧得意地點頭。「對呀！好聽嗎？據說霸王花媽媽們引經據典想了好幾個名字，最後由我抓鬮取的。」

沈無咎忍了忍，沒忍住，輕笑出聲。「好聽。那妳如何想到拿自己的名字來當封號？」

「我又不能改名，聽說古代公主有了封號後，都是喊封號，就拿名字當封號了。是不是很聰明？」

沈無咎把這個無時無刻能叫人開懷的寶擁進懷裡。「嗯，很聰明，一般人可想不到。」

楚攸寧嘿嘿笑，抬頭在他唇上親了口。「一般人也沒你這麼有眼光。」

沈無咎低頭親了又親。「那我以後喊妳寧寧。」

楚攸寧欣然同意。「行，媽媽們也是這麼喊我的，親切。」

沈無咎笑了。她口中的媽媽們定是性情很好，才能養出她這般率性的樣子。

「快吃飯，天大地大，吃飯最大。」楚攸寧又把筷子塞給他。

早在攻下越國邊城的時候，沈無咎就讓程安在城裡找了個廚子，專門替她做吃的，說是不能指望陳子善他們做菜給她吃，也不好還讓她去吃軍營伙夫做的飯菜。

這些菜，都是她讓廚子做的，其中有他們白日嘗試做的番茄炒蛋。行家做出來的番茄炒蛋，可比他們做的好吃多了，至少沒有一股焦味，也沒那麼鹹，還知道放糖加鮮。另外幾道，都是越國的特色菜。

即便沈無咎沒胃口，也不能白費媳婦的一番心意，挾了塊肉先餵她。

楚攸寧張開嘴啊嗚吃掉，吃得噴香。似乎只要看著她吃東西，天大的煩惱都會消失。沈無咎也挾了一筷送進嘴裡，最後兩人你一口、我一口，氣氛無比甜美溫馨。

一個多月，足夠景徽帝收到越國皇帝送來的密信。

密信送達的時候，放在御案上，景徽帝遲遲沒有打開來看。最後，他抱著小奶娃，讓小奶娃拿起信，放到燭火上燒了。

信被點燃，小奶娃看到火好玩，還想用另一隻手去玩。景徽帝抓著他的手，將信抖落在燈盞上，看著它徹底燒成灰燼。

「又……」小奶娃的身子往下探，小胖手伸出去，還想要玩。

「燒完了，要不了。」景徽帝把他抱回御案上，隨便扔一封奏摺給他玩。

自從楚攸寧離開後，小兒子就開始哭鬧不休，整日喊著要姊姊，要不到姊姊，就只有在他這裡才會消停，搞得他夜裡得抱著小兒子睡。有時早朝上到一半，聽見哭聲，還得抱小兒子上朝。

大臣們從一開始的難以接受，到現在的習以為常，每日看景徽帝旁邊坐著個白白胖胖的小皇子，也挺有喜感。自從景徽帝勤政後，便愛發火，但因為孩子在，都不好罵人了。

張嬤嬤和劉正說，那是因為這孩子怎麼也找不到姊姊，怕也一樣找不到他這個父皇，所以才整日鬧著要他。

知道自己被小兒子如此需要，景徽帝心裡多多少少欣慰了些。

他點點小兒子的腦袋。「本來你姊姊是朕的最後一個孩子，可朕見不得你母后可憐啊，結果……」要了兒子丟了命。

雖然這裡面有他寵愛昭貴妃的原因，但誰又能想到，皇后與昭貴妃的身世如此一波三折；誰又能想到皇后防了所有人，沒防住最親的人。要知道，皇后無子多年，還能穩坐后位、掌管後宮，也是很有手段的。

知道皇后的真正身世後，他倒沒覺得皇后配不上他。他和她，誰又比誰高貴？

「姊姊……」一聽姊姊，小奶娃立即扭頭找人。

景徽帝想自打嘴巴。提什麼不好，提他姊姊。

小奶娃找不到姊姊，轉回臉，滴溜溜的大眼睛看著景徽帝。「姊……」

「你姊姊在戰場上殺敵呢，等她把敵人打跑，就回來了。到時候……」景徽帝看著天真不知事的小兒子，摸摸他的腦袋。「你就乖乖跟著你姊吧。你姊說過，有她一口吃的，就有你一口吃的。雖然她說話很能氣人，但說出口的承諾，大多是可靠的。」

「姊姊……」小奶娃伸出小手憑空抓握，奶凶奶凶表示他要姊姊。

「都一個多月了，怎麼還只記得要姊姊。」景徽帝有些吃醋，捏捏他肉嘟嘟的手。「叫父皇。」

「不……噗……」小奶娃不只扭開頭，連身子都扭開了。

景徽帝鬱悶，又逗他一會兒，始終沒聽到他喊一聲父皇，哪怕是一個相似的音都沒有。

直到把孩子逗得犯睏了，景徽帝才叫來張嬤嬤，把他抱下去。

小奶娃一走，景徽帝的臉色立即變得陰鬱，看向燈盞附近的灰燼，手慢慢收攏成拳，眼裡越發堅決。

他望向外面漆黑的夜色。

沈無咎應該會按照他說的去做吧？

# 第九十一章

此刻，沈無咎摟著楚攸寧躺在坐榻上，沐浴著從窗外傾瀉進來的月光，想了又想，還是跟她說了關於景徽帝身世的猜測，包括景徽帝讓他造反一事。有了景徽帝的密信，她那個猜測的可能已經變得微乎其微，實在不想讓她白跑一趟。

楚攸寧張大嘴巴，大半天才反應過來，翻身趴在他身上。「那你想當這個皇帝嗎？」

沈無咎以為她聽完後，會追問景徽帝的身世，沒想到她先問的是他想不想當這個皇帝。

他伸手撓撓她的下巴。「皇帝這個身分，要擔的是整個天下的責任，我擔不來。我更想陪妳縱情山水，吃喝玩樂。」

他很清楚，她不是當皇后的料，也待不住。他不希望有朝一日他坐在那高高的位置上，而她卻丟下他一個人滿天下跑，極有可能還會玩得完全忘了他這個夫君的存在。

這種事，他相信她真的做得出來。

「那你是什麼想法？你說，你怎麼做，我都挺你。」楚攸寧摟住他的脖子，跟他站在同一邊。

比起景徽帝，沈無咎明顯更親，對她更好。她已經習慣有他在身邊噓寒問暖，夜裡有他當抱枕，有他籌劃一切，她只管放心衝衝衝。

沈無咎摸摸她的頭。「不管這事會不會被揭穿，如今陛下擺明不會再低頭，那麼越國容不下慶國是肯定的，免不了一戰，兩國總有一亡。」

「他們調動兵馬也需要時間吧？那就老辦法，咱們先去毀了他們的兵器庫，順便確認事情的真相。我答應了奚音，要幫她把欺負過她的那些男人欺負回去的。」她說到做到。

沈無咎就喜歡她說做就做的勇氣，親親她的臉。「好，我們先去越國的京城。」

倘若毀了越國的兵器庫，讓他們缺乏武器，慶國的勝算就更大了。

接著，沈無咎去了封信給沈無垢，要他留下足夠鎮守邊關的人，其餘兵力暗中回京，防止越國揮軍進攻，也防止景徽帝身世被揭穿後，有人謀反篡位。

他又部署好守城兵力，以親自潛入越國京城探查敵方軍力為由，命崔巍守好城池，看好平陽郡王這個俘虜，等候君命。

崔巍對沈無咎放權放得這麼輕鬆，是很敬佩的，彷彿他來這一趟真的只是為了領兵退敵，敵人一退，便瀟灑離去。

沈家真將精忠報國刻進骨子裡，他自愧弗如。

沈無咎走的這日，崔巍親自騎馬在高地上送別，卻看到公主一行人。

崔巍忍不住懷疑，沈無咎是為了公主，才決定去越國京城吧？

一行人扮成大戶人家出行，一路吃吃喝喝，看了大半越國風土人情，半個月才抵達越國京城。

這一路全靠楚攸寧的精神力，成功通過一個又一個城關。用陳子善等人的話來說，就是公主的祖宗又顯靈了。

一路走來，不可否認，越國看起來的確比慶國繁華得多，尤其到了京城，城牆修建得比慶國更氣派巍峨。但這種繁華之下，是一種糜爛，整個越國似沈浸在奢靡的享樂氛圍裡。

幾人一入城，便找了最好的酒樓吃飯。一路走來，楚攸寧覺得也算是完成四處遊歷，品嚐天下美食的初衷了。

這家酒樓的生意實在紅火，包廂全包給京中權貴。那些權貴沒在此處有個包廂，都不好意思說自己有身分。

楚攸寧對包不包廂的無所謂，和沈無咎在二樓挑了個靠窗的位置，點了一桌子菜。

陳子善他們則出去打聽消息，裴延初還特地把歸哥兒帶出去玩。

「聽聞越國要集結兵馬吞併慶國了。慶國竟如此不知好歹，若不是越國仁慈，早就沒慶國的存在，居然還敢反擊，當真是養不熟的白眼狼。」

「慶國要用平陽郡王來威脅咱們越國呢，不知陛下會如何抉擇。」

「那可是齊王的最後一條血脈，興許陛下真的會答應議和。」

「先議和，等換回平陽郡王，再揮軍直入，叫他們追悔莫及。」

「這個好！越國強大如斯，慶國膽敢不放在眼裡，就得讓他們後悔莫及。」

旁邊幾桌文人雅士都在高談闊論，楚攸寧這邊埋頭吃吃吃。

他們這一路走來，沒少聽到類似的話，越國人從上到下真的自大到了一定的地步。

越國的吃食口味似乎偏甜，沈無咎不是很喜歡，沒吃幾筷，就停下來替楚攸寧剔魚刺。明明都不缺吃的了，他媳婦還是改不掉吃東西飛快的毛病，每次吃魚，他都擔心她吃太快，也把魚刺吞下去。

為了怕人認出來，沈無咎特地不穿平時慣穿的紅衣，戴上半截面具，頎長身形套上靛藍錦袍，看起來哪裡像武將，分明是神秘的翩翩佳公子。

楚攸寧沒做任何掩飾，除了豫王對她印象深刻，大概也不會有人猜到慶國的攸寧公主跑來越國的老巢了。

大家說著說著，目光也被這一桌吸引，實在是那小姑娘的吃相過於饞人，她啃過的骨頭還整齊擺在一邊，不知是如何吃得那麼乾淨的，連一點肉渣都瞧不見。

楚攸寧見大家都往她這邊看來，覺得自己可能需要應景附和一下，猛地拍桌。「沒錯！慶國太不知好歹了，居然只奪五城！」

沈無咎輕咳一聲，掩飾笑意。其餘人懷疑自己是不是聽錯了，這小姑娘要說的是敢奪五城吧？但也不想跟個小丫頭爭論，紛紛收回目光，繼續談他們的。

「今日豫王又在拍賣美人了，行事真是越來越荒唐。」

眾所周知，豫王是所有王爺裡最沈迷美色的，其他人也投其所好給他送美人，他享用過後，膩了就拍賣來當樂子。

楚攸寧吃東西的動作頓住，那破漁網還以賣美人為樂？

她和沈無咎相視一眼，總算知道豫王為什麼到慶國的時候，會拿賣女人來羞辱慶國人了，敢情這還是他經常玩的。

這時，出去打聽消息的陳子善幾人回來了，還帶回不少消息。

越國皇帝年過六十，膝下兒子最小的也有三十歲了，除了太子外，還有幾個王爺，分別為誠王、義王、齊王、信王，還有個豫王。其中，齊王已經過世了。

或許是因為火藥製法始終握在老皇帝手裡的緣故，哪怕年紀最大的太子都快能當爺爺了，也不敢逼宮篡位。

至於福王，聽說當年福王得仙人託夢，最後提了個要求，修一座仙宮，他要住進去，以仙人的弟子身分清修。此後幾十年，很少有人再看到他出來過。

楚攸寧總算知道為什麼有的東西帶回來後，沒能發揮真正的價值，因為福王真的躲進所謂的仙宮裡，不問世事。

陳子善猶豫了下，還是說了他打聽來的消息。

「公主，關於奚音的事，我也打聽到了。不知道是誰出的主意，說是做兄弟的替齊王享受他沒享受到的女人，也算是為齊王出氣。於是，奚音被當成物件，在幾個王爺之間送來送去。豫王是兄弟裡最不爭氣的那一個，所以成了最後接手奚音的人。」

大家都見過奚音，哪怕曾經淪落在幾個男人之間才能活命，可是被公主帶回將軍府後，一直老老實實，過得小心謹慎，珍惜得來不易的日子。大家親耳聽到她的遭遇，恨不能摧毀這個荒淫的國家。

楚攸寧想到奚音的死，還有她遭受過的事，筷子喀嚓在她手裡斷成兩截。

是夜，沈無咎和楚攸寧悄悄潛入郡王府。

齊王是死後才追封的，只有封號，如今齊王妃住的還是郡王府。

楚攸寧想看看事情會不會像她猜的那樣，是她父皇把敵國王妃睡了。就算不是，也順便找一找齊王的畫像，看看有多相似。結果一找，就找到人家幽會的地方來了。

她悄悄打開窗，露出一條縫，兩隻眼睛往裡瞄，意外看到有人在滾床單，瞪圓了眼。

在旁邊把風的沈無咎見她一動不動，以為她發現什麼，彎腰湊上去看，頓時臉色陰沈。

他急忙遮住她的眼，小心把窗子放下，擁著她靠到一邊，捂住她的耳朵，黑著臉瞪她。

楚攸寧轉著烏黑眼珠與他對視，半點也沒有臉紅。他捂住她的耳朵，她還有精神力呢。

她招手，讓他低下頭，在他耳邊說：「哎呀！你輕點，就只會用蠻勁……那男的說，妳可不就是喜歡爺的蠻勁……」

沈無咎被她這突如其來的嬌聲弄得渾身一酥，急忙捂住她的嘴。想抱她離遠些，又聽屋裡歡愉的聲音停了，裡面的人還說起話來。

「陛下集結四方大軍攻打慶國，這是打算要放棄我的奕兒了。」女人的聲音還帶著微微的喘。「當初因為齊王生得像陛下，其他兄弟擔心陛下偏心他，便慫恿他領了去綏國的差事，結果一去不回。死後追封的爵位有何用？我兒還不是不能繼承。陛下封了個郡王打發我兒，這孩子還被他的幾個皇伯、皇叔哄得去邊關領兵，怎麼和他父王一樣蠢！」

「本王可沒有。」男人捏了女人一把。

「誰知道你有沒有。」女人橫他一眼。「這次陛下讓你們幾個王爺帶兵攻打慶國，你可得想法子救奕兒。」

「他怎麼說也是本王的姪子，本王自然不能見死不救。」

窗外，沈無咎和楚攸寧對視一眼，都在彼此眼中看到了震驚。

楚攸寧在他耳邊悄聲說：「我相信我父皇沒給齊王戴綠帽了，在齊王頭上種草的，顯然是他兄弟。」

沈無咎皺眉，有些後悔讓她來這一趟，污了眼睛和耳朵不說，還知道這麼腌臢的事。

沒一會兒，屋裡傳出穿衣的聲響。

楚攸寧眼睛轉了轉，把沈無咎拉下來，悄聲說：「我有一個想法。」

「說來聽聽。」沈無咎貼耳問。

楚攸寧低聲在他耳邊這樣那樣一番，沈無咎聽了直皺眉，堅定搖頭。

楚攸寧便用那雙滾圓清澈的眼睛看他，無聲堅持。

沈無咎扛不住這雙眼的注視，把她拉進懷裡，在她耳邊說：「妳想都別想。」

楚攸寧抬頭，嘟嘴威脅。「你不答應，那下次不帶你玩了。」

沈無咎哭笑不得，他媳婦怎能這麼寶氣，這是小孩過家家嗎？還不帶他玩了。

「人出來了。」

不等沈無咎再拒絕，楚攸寧已經拉著他，悄悄跟上去。

「妳要是有一丁點不適，就不許再胡來。」

楚攸寧回頭。「我從不胡來呀，我都是認認真真地來。」

沈無咎氣得捏了下她的小臉。

# 第九十二章

信王從後門走出郡王府，瞧見門外站了個正剝著炒栗子吃的小姑娘。

此時月上中天，小姑娘穿著紅色滾邊小襖，俏生生站在那兒，小腮幫子吃得鼓鼓的，煞是可愛。

楚攸寧仔細打量信王的臉，感覺年紀比景徽帝大，但長得倒是不像景徽帝。

「你待會兒要去做什麼？」楚攸寧看著他問。

信王覺得這姑娘怕是認錯人了，問得莫名其妙。剛要開口，頓時覺得腦子有剎那的混亂，然後接下來要做的事變得無比清晰。

他看著她，若非還有大事要辦，都想將她誘拐回府，好好享樂一番。

「小姑娘大半夜不要在外面玩。」信王好心勸了句，大步離開。

沈無咎將半拔出的劍插回去，從暗處走出來，上前仔細觀察楚攸寧的臉色，確認她沒事後，揉按她的腦袋。

楚攸寧拍拍手上的栗子屑。「沈無咎，咱們不能白來一趟，還是得去確認齊王妃是不是我父皇的真愛。」

兩人回到郡王府，屋裡已經被收拾乾淨，齊王妃正坐在妝檯前對鏡梳髮。

沈無咎進去，劈昏替齊王妃梳頭的婢女。齊王妃從銅鏡裡瞧見這一幕，嚇得正想尖叫，沈無咎拔出劍，架上她的脖子。

齊王妃看用劍威脅她的是個戴著半截銀色面具的男子，動也不敢動，聲音顫抖。「你們是誰？」

楚攸寧將齊王妃轉過來，看著這張平淡無奇的臉，搖搖頭，比昭貴妃差遠了，甚至連身為後宮之主，必須樸素端莊的皇后都比不上，怎麼看都不像是能成為景徽帝真愛的樣子。

沈無咎也對楚攸寧搖搖頭，不是她。

夢裡，越軍兵臨城下，敵軍帶著那個逼得景徽帝開戰的美人來炫耀，最終被景徽帝一箭射殺，隨即在宮牆上拔劍自刎，可謂死得轟烈又可笑。低了那麼多年的頭，終於抬起來，居然是因為一個女人。

倘若景徽帝的身世是那個樣子，那前世導致亡國的越國女人，是打哪裡冒出來的？

沈無咎想過，派人潛入越國，提早找出前世害慶國亡國的女人，後來也不了了之。

「妳知道齊王為什麼死嗎？」楚攸寧直接施展精神力。

「不就是管不住胯下那幾兩肉嗎？要我說，活該！可他卻連累了我兒。」受了暗示的齊王妃，似乎放大了內心的愛與恨，完全是真情實感。

楚攸寧和沈無咎相視一眼。看來，齊王妃也不知道這個秘密。或許，知道這事的人並不多，恐怕連信王也不知道，不然應該早就透露給她知曉了。

沈無咎問：「可有齊王的畫像？」

齊王妃回道：「本來是有的，但是幾個月前被盜走了。」

沈無咎猜，奚音正是因為這幅畫，惹來殺身之禍。

想來，越國皇帝沒打算讓這事公開前，會替另一邊掩蓋，就是不知知道實情的有幾人。

越國王府幾乎都在這一帶，正好方便沈無咎和楚攸寧接下來要做的事。

兩人離開郡王府，又去了義王府。

這位倒是沒有夜夜笙歌，而是在寫信給早已投靠他的京十三營將領，倘若京城有何變動，要將領聽世子指示。

楚攸寧雖然很想揍他一頓替奚音報仇，但明天的好戲還得他登場，遂用精神力將人刺昏，讓他和奚音在夢裡相見，然後壞笑著用精神力照他的筆跡改了信的內容，最後把信密封好，再用精神力把人刺醒。

義王從噩夢中驚醒，冷汗涔涔。他只是打個盹，居然夢見那個被幾個兄弟輪流享用的女人滿臉血絲，眼睛全白，眼球凸出，跟個怪物似的，張牙舞爪咬上他的脖頸，生生被嚇醒。

看到桌上還沒送出去的信，義王皺了皺眉，命人趕緊送出去。

接著，沈無咎和楚攸寧去了誠王府，但誠王不在，楚攸寧暗暗記下誠王府的地形，就出來了。

再來，他們直奔李府，也就是越軍主帥李承器的家。

要說誰對當年的事最清楚，除了越國老皇帝外，就是當年隨越國老皇帝去慶國的李承器。

兩人悄無聲息潛入院子，本來想直接找到李承器，用精神力控制他說出真相，只是他們沒想到會有客人，沈無咎趕緊拉著楚攸寧躲在暗處。

「李將軍，您這一大把年紀，也是時候享享清福了。您覺得慶國皇帝那個位置如何？」

「誠王這話是何意？」

「等攻下慶國，李將軍助本王登上皇位，到時本王可以讓李將軍當慶國的王。」

楚攸寧眨眨眼，這是撞破現場？

沈無咎冷笑，還沒開始打呢，就將慶國視為囊中之物了。越國會敗，也是敗在他們的自負上。

聽說誠王是除了太子之外，最有可能登上皇位的人，的確有腦子，知道來找統率大軍的李承器支持他。

「眼下大敵當前，誠王該好好想的是，如何打好這場仗。」李承器的口吻威武不屈。

誠王謙恭地拱手。「李將軍說得對，等打敗敵人，本王靜候將軍佳音。」

李承器送走誠王，回到屋裡，看到坐在書案上的少女，嚇了一跳，正要張嘴叫人，一把寒光閃閃的劍架在他的脖子上。

「李老頭，你好呀。」楚攸寧朝李將軍友好地揮揮小手。

李將軍瞬間想起這人是誰。當時兩軍隔得遠，他沒看清攸寧公主長什麼樣，但還是看見她跟他揮手羞辱他。

他扭頭看了眼戴著面具的男人。「想必這位就是慶國的鎮國將軍吧？」

沈無咎摘下臉上的半截面具。「久仰大名。」

饒是得到確認，李承器還是很震驚。「你們好大的膽子，居然敢潛入越國京城。」

「越國京城也不是什麼可怕的地方，不需要膽子。」楚攸寧跳下書案，走上前。「說說吧，我父皇和皇宮裡那老頭是什麼關係？」

「放肆，那是越國皇帝！」

楚攸寧抬手，一巴掌拍向他腦袋。「難道他沒老？讓你說話就好好說話，放什麼四，尊重一點五和六。」

李將軍活了大半輩子，一隻腳都踏進棺材了，還是第一次被人如此不敬，怒得臉紅脖子粗，眼睛瞪得比銅鈴大。

楚攸寧再次抬手，李將軍把頭一昂。「士可殺，不可辱！」

知道楚攸寧又想用精神力，沈無咎將刀子往前一壓。「我們既然來這裡，就已經有了答案，李將軍可以選擇說與不說。想來，你們陛下也不是非你領兵不可。」

這話戳到李承器的痛處。如今越國皇帝讓幾個王爺領兵，分明是在分他的兵權，他若是死了，就真沒戲了。

「反正這事很快就要昭告天下，告訴你們也無妨。」李承器也覺得沒有再瞞著的必要。「三十八年前，我有幸隨當時還是皇子的陛下前往慶國挑選公主和親。參加宮宴當晚，陛下遇見當時不受寵的後宮妃嬪，誤以為是宮女，便將人拖進荒廢的宮殿春風一度，直到離開當日才知道，那是慶國皇帝的妃子。

「回國十年後，陛下奪得皇位，順利登基，得知當年在慶國的春風一度留下孩子，便暗中派人照應，還助他登上皇位。

「可惜啊，你們慶國陛下知道自己的身世後，便開始犯蠢。你說，身為兒子，向父親低低頭，或者服個軟，父親能不照應著嗎？可他講骨氣，本該是令其他兩國羨慕的對象，結果變得還不如他們。」

楚攸寧聽完這話，突然有點同情景徽帝。他既想保住慶國不亡，又不想對越國低頭。身世已經夠對不住楚氏的列祖列宗，再對越國低頭，那是真的背叛祖宗。於是，在這種極大的痛苦中，他乾脆撒手不管，醉生夢死。

難怪問他死活都不說呢，這事真說不出口，比睡了敵國王妃還難以啟齒。

沈無咎不知道該不該感到慶幸，慶幸沈家忠的這個君還有點骨氣，從沒承認過自己的血脈，沒與越國一家親，耍弄慶國文武百官，還一直掙扎著沒讓慶國滅亡。

「這事還有誰知曉？」沈無咎問。

李承器冷笑。「怎麼？沈將軍想殺人滅口？怕是得殺盡天下人才行。這次越國發兵討伐慶國，便是要讓天下人知曉，這不過是一場老子教訓兒子的戲。兒子不乖，打打就乖了。」

「行啊，那就看誰教訓誰吧。」楚攸寧閉上眼，用十級精神力，下最強大的精神暗示。

這跟藉由催眠篡改人的記憶一樣，可以將一件事烙在腦海裡，讓他一想起來，就是那麼回事。

離開李府，已是夜深人靜，偶爾有打更聲傳來。

沈無咎擔心楚攸寧今夜用腦過度，執意要揹她。

楚攸寧自懂事起，還是第一次被人揹在背上。哪怕小時候出去打喪屍，為了不拖累大人，再累都是自己撐著回到車上。遇到大批喪屍，逃亡時是被人夾在腋下，或者扛起來跑，誰有那工夫蹲下來等她爬上去。

原來被人揹著的感覺這麼好，心裡甜甜的、暖暖的，還有滿滿的安全感。她決定，以後多賴著沈無咎，要他揹她。

「你說，他到底孬不孬呢？你說孬吧，他又有骨氣不低頭；你說他不孬吧，明知道是那樣的身世，卻連女兒都交得出去。」楚攸寧蹭蹭沈無咎的肩膀，納悶道。

沈無咎知道她說的這個「他」是景徽帝，想到景徽帝得知自己的身世後，還能把公主交出去和親，心裡也很不舒服。

「幸虧皇后有遠見。」才能避免這樣的悲劇發生在她身上。

「他也可以將皇位扔給楚姓血脈的人，說到底，還是捨不得。你看，我要他拿皇位發誓，他都沒捨得。」楚攸寧可記得讓景徽帝拿皇位發誓他沒殺奚音的時候，他氣得跳腳的樣子。

沈無咎搖頭。「一旦坐上那個位置，就身不由己了，他要用何理由退位讓賢？臥榻之側，不容他人酣睡。退位之後，新帝容得下他和他的孩子們？」

還有，越國皇帝會輕易讓他退位嗎？他退位之後，只怕越國就會說出他的身世，並且以替兒子出頭為由，直接吞併慶國。如此，景徽帝能落得什麼好？不堪的身世被揭開，受人唾罵，慶國還是亡在他手裡。

「你不恨他嗎？」楚攸寧捏捏他的耳朵。

沈無咎被問住，停下腳步，好一會兒才回答。「自然是恨，但我更恨越國。歷來得知宮廷秘辛的人，無一例外被滅口，我父兄正是清楚這一點，才以戰死沙場的方式保住沈家。但我二哥和三哥什麼都不知道，倘若他們是陛下下令所殺，等滅了越國，我自會討個公道。」

楚攸寧聽得出他內心無處安放的恨，摟住他的脖子蹭蹭。「到時候，我們把他關起來，不給他吃的。」

沈無咎輕笑，把她往上提了提。對她來說，餓肚子就是最可怕的懲罰。

楚攸寧忽然從他身上跳下來，回頭看向皇宮。「最噁心的，還是越國老皇帝。明知是自己播的種，還搞內鬥。」

沈無咎擔心她一個衝動，就往皇宮衝，趕緊把她轉回來。

慶國皇宮她可以隨便闖，那是她的家，又有景徽帝縱容，禁衛不敢下死手。越國皇宮可不會手下留情，宮牆上的垛口還擺著火炮呢，她的異能再厲害，也控制不了那麼多火炮。

「等明天炸了他們的武器，咱們回去就揮兵攻打越國。」楚攸寧握拳，儘管她也想現在就把這噁心的王朝給滅了，但她沒狂妄到以為憑自己的本事，就能跟一國武力對抗。

在別人的地盤得收斂些，這個她還是懂的。她不能只圖自己爽，忘了身後的小夥伴。

沈無咎摸摸她的頭。「還去豫王府嗎？」

楚攸寧搖頭。「已經從李老頭那兒得到真相，去不去都無所謂了。」

當初豫王給秦閣老的那封信，說的無非就是這件事。主要是她不知該怎麼面對四公主，要是四公主知道真相，不知道還有沒有活下去的勇氣。末世再怎麼葷素不忌，也沒這種事。

兩人又往前走了幾步，楚攸寧拉著沈無咎停下來。「要不，還是去吧。」

其實沈無咎信不過四公主，尤其當初調查楚攸寧時，還知道四公主有不少小心思。倘若她得知真相後，受到刺激，做出什麼事，供出他們就不妥了。

「寧寧覺得四公主信得過嗎？」沈無咎問，比起阻止這樁亂事，他更擔心她的安危。

「信不過，但是有我在呢。」楚攸寧拍拍胸脯。

沈無咎知道不讓楚攸寧去這一趟，她心裡過不去，尤其白日在酒樓聽說豫王經常賣美人作樂，他就觀察出來，她想去看看四公主。再加上他們今夜已決定要做的事，明日就得離開，再不去便沒機會了。

兩人都是果決的人，決定好後，轉道去豫王府。

# 第九十三章

夜已深，豫王府各處燈火早已熄滅，沈無咎抱著楚攸寧翻牆而過，避過王府守衛，一路來到後院。

「人如何了？」

「只剩半條命。」

「用好藥養著，精心伺候，別讓人死了，說不定日後王爺還會想起來。」

四公主躺在貴妃榻上，單手支額，半閉著眸聽人回話，聽完起身，打算卸下頭飾歇息。她轉過身，只覺一根髮絲拂過臉頰，停下腳步，回頭發現方才跟她說話的婢女已經倒在地上，眼前是有大半年不見的楚攸寧。

楚攸寧還是那個樣子，彷彿可以永遠爛漫天真，可以任性非為，小臉紅潤，可想而知這大半年過得有多好。

以前那雙眼睛高高在上，自覺比他們這些庶出的高人一等，如今這雙眼目光清澈，倒是把人放進眼裡了，卻好像能把人看得一清二楚。

「妳怎麼跑來越國了，慶國要亡了嗎？」四公主走向妝檯。

楚攸寧一路走來，聽多了越國人篤定慶國會亡的話，這還是第一次皺眉。

她掃了眼屋內陳設，憑著打……嗯，收債的經驗，她也算是有眼界了，看得出這裡面的東西價值不低，無不精美，看來四公主嫁來越國後，日子過得還挺舒坦。

白天在酒樓聽到豫王賣美人是常事時，楚攸寧還替四公主擔心了一把，擔心她被欺負到睡柴房。如今看來，她過得不錯，至少比當初在宮裡有派頭多了。

沈無咎不方便進屋，就在外面守著。楚攸寧也施展精神力，有人靠近，她會知道。

她看向四公主，道：「不是慶國，是越國很快就要亡了。妳要跟我走嗎？」誰的女兒誰負責，她還是把人帶回去，讓景徽帝解釋吧。

四公主怔了怔，嗤笑一聲。「就憑妳那身蠻力嗎？妳也太小看越國了。等我下次再看到妳，妳大概已經成了越國的俘虜。」

「豫王變成妳的真愛了？」不然四公主怎麼嫁來不到一年，就叛變得這麼徹底？要真是這樣，可就難辦了。

四公主像看傻子一樣看她。「他是我夫君，妳覺得呢？」

楚攸寧覺得等不到景徽帝親自解釋了，人家不肯走，只能實話實說。「我是來告訴妳，咱們父皇是越國老皇帝的兒子，妳自己想想豫王和妳是什麼關係，還成不成得了夫君吧。」

她說完，仔細留意四公主，以防四公主做出傻事。只是，這反應和她猜想的不一樣啊。

四公主手上的玉梳啪的被捏斷，呆了好一會兒，緩緩轉過頭，表情出奇的平靜。

「所以，妳是親自來告訴我，我嫁給了自己的親叔叔，順便看我如何痛苦嗎？」

對於這種不識好歹的人，楚攸寧上前就是一巴掌，拍上她的腦袋。「我是要妳及時回頭，少給我陰陽怪氣。」

打完，楚攸寧就後悔了。這女人大半夜還插了滿頭珠釵，是不是有病？

四公主被這巴掌打得心裡有些酸軟，見楚攸寧悄悄把手收到背後揉，莫名有些後悔頭上滿是珠翠。

她移開目光，阻止自己被她這小模樣弄得心軟。「那妳要失望了，豫王根本不行。」

楚攸寧瞪圓了眼，不會是上次被她嚇的吧？她來的路上，還跟沈無咎說，很後悔當初顧慮著四公主的性福，沒把人搞廢呢。

四公主沒有解釋，只是加快卸頭飾的動作。「妳來告訴我這件事，打算做什麼？」

楚攸寧道：「自然是帶妳一塊兒回慶國。難不成妳還想繼續當豫王妃？」

四公主沒回答這話，而是看著她，以一種複雜的口吻說：「真羨慕妳，有一個哪怕到死都為妳打算的母親，還有一個……」

她的話說到一半，就沒再往下說了。「當初，妳怎麼不繼續蠢下去呢？要是這樣，今日坐在這裡，得知真相的人就是妳了。」

楚攸寧沒接話。要是她沒穿過來，今天坐在這裡得知真相的還真是原主。不，未必會得知，因為沒有她，慶國還安穩龜縮著，直到景徽帝衝冠一怒為紅顏。

她能理解四公主得知真相後的鴕鳥心態，希望事情發生在別人身上，但不代表能認同。

「所以，妳要不要跟我走？」楚攸寧直接讓她選擇。

四公主卸下最後一支釵子，嗤笑道：「我能去哪兒？從我成為四公主開始，豫王妃就是我的歸宿。」

楚攸寧皺眉。「天大地大，哪裡不能去？妳還想將錯就錯？」

「有何不可？」四公主挑眉，帶著淡淡的挑釁。

楚攸寧覺得這人有病，明知道這種事必須阻止，她居然還要繼續，圖什麼？

「如果妳怕被人說，大可放心，只要自己足夠強大，就沒人敢說妳。」這可是她身為過來人的經驗。

四公主冷冷扯了扯唇角。「楚元熹，妳站著說話不腰疼。幸好今日是我，換成別人，妳信不信，她已經一頭撞死了。」

楚攸寧點點頭。「所以妳很強大，既然妳知道自己這麼強大，還怕什麼流言蜚語。」

四公主無言，又來了，這人能不能有點正常的反應？是聽不出話裡對她的譏諷嗎？

她起身走向楚攸寧。「妳就不怕我告訴豫王，妳來了越國京城？」

楚攸寧笑了。「我敢來，就能讓妳沒辦法說。走不走？」

「跟妳回去等慶國被滅，然後和妳一起變成俘虜？」

楚攸寧搖搖頭，她想過四公主會崩潰，但沒想過她會留下來。而留下來的原因，是篤定慶國會亡。

對於一條路走到黑的人，楚攸寧不會浪費工夫，看著四公主，凝聚起一絲精神力送過去。「妳沒見過我。」

四公主剛想笑她天真，這話卻好像烙進腦海裡，並且令人堅信不移。

一恍惚，眼前沒了人影，她搖搖腦子，居然想不起是誰來過，卻能清晰地知道那人告訴了她什麼。

楚攸寧躍窗而出，守在外面的沈無咎將她抱了個滿懷，摟著她避開王府裡的守衛，在黑暗中躍上院牆，離開王府。

路上誰也沒再提四公主的事，他們已經盡到告知的責任。對方要作死，他們不會阻攔。回到客棧，程安已經在等著了。

不管有沒有楚攸寧突如其來的想法，沈無咎都打定主意，連夜部署，準備去炸越國製作火藥武器的地方，但因為她突然有了新想法，才耽擱了下。

慶國探查越國多年，自然早已摸清越國製作火藥武器的地方在哪裡。以前有重兵把守，不好靠近，但如今他們有了火藥武器，就不一樣了。

他們來的時候，帶了不少天雷、火箭，正是為了能派上用場。此次出來，沈無咎還挑了包括邢雲在內的十幾個精兵，當作護衛跟著。到越國京城，便讓他們分頭去忙。

沈無咎不放心楚攸寧一個人待在城裡，又捨不得讓她跟他去奔波冒險。

楚攸寧知道他的顧慮。「明天我帶著歸哥兒他們趁亂出城，咱們在城外福王寺見。」

福王寺是越國先帝以福王命名，越國人知道越國能如此強大，是福王得仙人託夢，所以，福王寺可是香火鼎盛。

沈無咎總覺得他媳婦不會那麼乖，把她抱起來放到桌上，捧住她的臉，盯著她的眼睛。

「寧寧，妳會乖的對吧？」

楚攸寧差點又轉起眼珠子，認真點頭。「我一向說到做到，你又不是不知道。」

沈無咎看著她笑。「做是做到，但這中間會去做點什麼事，就不知道了。」

楚攸寧一聽，目光閃爍起來，撲上去親住他，試圖矇混過關。

沈無咎哪受得住這誘惑，再加上兩人一路行軍打仗，來越國京城的路上，又帶著歸哥兒，已經好久沒好好親過了。

他抱住不停往身上拱的媳婦，托著她的脖子親了個饜足。

「好了，我該走了。」沈無咎依依不捨地結束這個吻，抵著她的額頭。「不管妳做什麼，不許讓自己受傷，不許過度使用異能，我可不想要個傻媳婦。」

「你也不許讓自己受傷，你身上有多少道疤，我都記著的。多一道，我就不要你了。」楚攸寧不甘示弱。

沈無咎見她噘起被他親得紅腫的唇，忍不住又湊上去親了親。

他不會說他沒用，讓她一直施展異能之類的話，他媳婦顯然不喜歡聽，也不會當被人保護的那一個。異能也是她的本事，他不可能不讓她展現。
最終，沈無咎還是留下程安。知道楚攸寧不會聽程安勸阻，但程安主要是保護歸哥兒姑姪倆。真要發生什麼事，他不希望他們拖累，害得她無法脫身。

天光乍亮，今日是越國大軍開拔的日子，誓師結束，分別由幾位王爺各領一萬兵馬，分成幾路前往慶國，沿途與集結的大軍會合。
客棧裡，大家用完早膳，聚在楚攸寧房中。
楚攸寧拿著一盤花生米，一顆顆擺在桌上，見所有人都來了，道：「大家抄麻袋。」
眾人一愣，是他們沒睡醒？
裴延初拍拍臉，讓自己清醒過來。「公主，您方才說什麼？」
楚攸寧拿出放在一邊的大刀，擱在桌上。「我掐指一算，今天適合打劫。」
眾人啞然，公主不但能讓祖宗顯靈，還能算命了。
「公主，那您能替我算一算，我何時當爹嗎？」陳子善趕緊捧場。
楚攸寧看他一眼，隨口安慰道：「還是有希望的。說不定這次回去，你就當爹了。」
「噗！」裴延初噴笑。「公主，您這是在咒陳胖子被戴綠帽。」
楚攸寧瞥向陳子善。「難道你出來前那幾天，沒跟你媳婦睡？我記得你知道雞的奇效後，沒少往家裡帶雞。」

饒是陳子善臉皮厚，聽見這話也不住紅了臉。「公主，這個您算得還真不準。我這病看了不少大夫，都說唔……」

裴延初忽然上前捂住陳子善的嘴，把他拖開。「公主，他是被繼母下藥壞了身子，才說您算不準。」

說完，他咬牙在陳子善耳邊低聲道：「那是能跟公主說的事嗎！張嬤嬤在，不抽死你。就算張嬤嬤不在，駙馬回來，能讓你跑著回慶國信不信。」主要是，他媳婦也在呢，這種事是姑娘家能聽的嗎？

陳子善卻好像被人打通了腦子裡堵塞的某根筋，喃喃道：「你說得對！也許我就是被那毒婦弄壞身子的。」

「可你不是看過大夫，大夫說你精水太弱，是天生的……」裴延初脫口而出，說到一半，渾身僵住，緩緩回過身，就見兩個姑娘豎起耳朵，聽得認真。

「裴叔，精水是什麼？好喝嗎？」歸哥兒天真無邪地問。

沈思洛忙捂住歸哥兒的耳朵。「裴延初，就你瞎說，教壞歸哥兒！」

裴延初被罵得心虛。媳婦跟著公主久了，也學公主動不動就連名帶姓喊，還挺帶勁的，至少沒跟著公主喊他小黃書。

楚攸寧慢悠悠瞥向沈思洛。「說得好像妳聽懂了似的。」

沈思洛臉色一紅，悄悄湊過去問：「公主，妳聽懂了嗎？」

楚攸寧點頭。「懂了啊，不就是精水太弱嘛，不都說咱們養的雞精神旺盛嗎？說不定吃了，就能刺激到了。」

陳子善和裴延初大吃一驚，居然真的知道？

「咳！你們是不是忘了一件事？」姜塵出聲。

兩人回頭。「什麼？」

「公主成婚了。」

陳子善和裴延初有默契地對視一眼，他們還真忘了駙馬存在的作用，都怪公主太強大，整日往外跑。

陳子善聽楚攸寧說得很像那麼回事，忍不住心頭火熱，搓搓手。「所以，公主真學會算命了？」

「公主嬸嬸，您算算我父親什麼時候回來呀。」歸哥兒也上前湊熱鬧。

楚攸寧想到二夫人去邊關迎回沈無恙屍骨的事，摸摸歸哥兒的腦袋。「等歸哥兒回去，就看到父親回家了。」

「真的嗎！找到我二哥了？」沈思洛激動起來。要是二哥還活著，二嫂就不用再癡癡地盼，歸哥兒也有父親喊了。

楚攸寧看向她，沈重點頭。

沈思洛見楚攸寧沈重的眼神，臉上的笑容漸漸消失。從公主沒有笑容的表情裡，她讀懂這所謂的「回來」是什麼意思。

她想起，那日二嫂去見了四哥後，過來說要去邊關尋二哥的事，眼睛紅得不得了。當時她以為，那是二嫂捨不得大家，捨不得歸哥兒，原來……

歸哥兒拍拍他掛在胸口的小木劍。「到時候我把劍拿給父親看，跟父親認錯，說我把劍弄壞了，這是公主嬸嬸另外做給我的。」

這次出來，歸哥兒特地帶上他的小木劍，上戰場怎麼能沒有劍呢？他還讓管家用繩子幫他編了劍套，沒事就可以斜揹在身上。

這裡的大人都聽懂了楚攸寧沒說透的話，看著歸哥兒期待的眼神，不知該如何接話。

「嗯，到時候歸哥兒好好跟父親說。」楚攸寧看得開，在墓前說也一樣。這件事，歸哥兒遲早都是要接受的。

# 第九十四章

說完這事，言歸正傳。

楚攸寧招呼大家圍到桌子前。「來，談正事。」

眾人齊齊看過去，公主來真的？

楚攸寧指著桌上已經用花生米擺好的京城地形。「京城馬上要亂起來了，咱們趁亂幹一票大的，再出城跟沈無咎他們會合。」

眾人傻了。公主，您知不知道自己的匪氣越來越明顯了？您還記得自己是個公主嗎？

「公主怎知要亂起來？」程安不由懷疑昨夜主子和公主的行蹤，兩人大半夜才回屋。

楚攸寧一本正經。「當然是祖宗說的。」

程安語塞。想到連主子都沒辦法反駁公主的話，這時候他可以選擇沒腦子。

「陳胖胖和姜叨叨一組，小洛洛和小黃書一組，兩兩照應，把對方的命當成自己的命看待。」楚攸寧擔心有照顧不到他們的時候，就只能靠他們自己了。

每次聽到陳胖胖這個叫法，陳子善便覺得很自豪，因為在公主這裡，胖就是福氣，這綽號比裴延初的小黃書好。

每次姜塵聽到姜叨叨這三個字就皺眉，覺得羞恥。他也不知道自己什麼時候給公主他愛嘮叨的印象了，明明他平時比陳子善和裴延初都要話少。他抗議過，奈何公主堅決不改。

「程安幾個，馬上找幾輛板車去這裡。」除了程安外，沈無咎還另給她留了五個人，正好派上用場。

大家看著桌上擺成線條的花生仁，有點眼花，暗暗咋舌。看來昨兒半夜，公主出去探路了，顯得他們這些屬下好沒用。

昨天程安剛探過整個越國京城的地形，認得出公主標的地方是哪兒，心裡一跳。

「公主，這是越國戶部。」

楚攸寧咧嘴一笑。「對啊，他們能炸咱們的國庫，咱們當然要以牙還牙。」

「那準備車子是……」

「收點辛苦錢再炸，別浪費了。」

眾人不敢接話，越國怕是一點也不想付這辛苦費。那是越國國庫啊，公主是不是想得有點美？

「公主，劫別人家的國庫跟劫自己家的不一樣。」陳子善趕忙說。

「當然不一樣，前者更爽，後者就是左右口袋倒騰的事。」

似乎，有那麼一點點道理。

另一邊，越國的大朝會剛開始沒多久，下面的朝臣在討論打下慶國後如何安排，上頭的老皇帝正在考慮，要不要將慶國皇帝的身分公諸於世。

大半個月過去，他那兒子早就收到他的密信，卻遲遲沒有動靜，對放了平陽郡王的要求也置之不理，想來這次是要跟他頑抗到底了。

當真是不見棺材不掉淚，以為打了一、兩場勝仗，慶國就能重新凌駕越國之上了嗎？

「眾卿且停一停，朕有件事要說。」

老皇帝出聲，見大家都停下來，正要繼續講，宮門方向突然響起爆炸聲，大殿上所有人的心為之一顫，齊齊回頭望向殿外。細聽還能聽到兵戈碰撞的聲音，好似千軍踏來。

一名禁軍衝進來。「陛下，信王帶兵折回造反！」

金鑾殿上的朝臣皆是不敢置信，信王是腦子進水了嗎？陛下放兵權給幾位王爺，敏銳點的都知道，這是一種試探。

太子暗喜，有些懷疑信王身邊的謀士叛變了，不然怎麼會選擇在這時候造反。當了一輩子的太子，他甚至期待，此次信王造反，最好能讓他父皇元氣大傷。

越國老皇帝微瞇著的老眼忽的睜開，眼裡是為帝半生的威壓和狠戾。

「好個信王，朕不過試試，還真試出來。命火炮手準備，膽敢再進一步，直接炸了。」

眾人倒抽一口涼氣，他們知道當今皇帝的狠辣，卻沒想到他對自己的親兒子也是半點猶豫都沒有，說炸就炸。

這人剛退下，又有人匆匆跑進來。

「陛下，義王世子率領京十三營驍騎衛，前來平判。」

老皇帝聽完，冷笑道：「好一個平叛，平完應該是直登金鑾大殿了吧。」

「眾卿隨朕上宮城！」老皇帝大步往外走。

兩方人馬由兩邊城門直入，在皇城外狹路相逢。

信王有些恍惚，昨夜離開郡王府後，他怎麼跟著了魔似的，一回府就連下命令要逼宮？明明這會兒他應該在領兵征討慶國的路上，怎麼會變成逼宮呢？

信王見對方帶兵的是自己的姪子，還是打著平叛旗號。義王打的好主意，先讓十三營的兵力來跟他打得兩敗俱傷，之後再帶兵趕到。

事已至此，只能一條道走到底。父皇向來不是仁慈的人，如今更是越老疑心病越重，對覬覦他皇位的人，豈能心慈手軟？

義王世子則是因為他父王臨行前讓他見機行事，信王一造反，右驍騎將軍來得太及時，以為是父王算準信王會造反，將計就計來著。

兩方兵馬在馬上衝殺起來，誰能先奪得宮牆上的火炮，誰就勝出。

因為大批兵馬突然進城，整座城徹底亂了，尖叫不絕於耳。

豫王是幾個王爺裡唯一一個只管尋歡作樂的，所以領兵打仗這種事，並沒有他的份。

聽說信王帶兵折回造反，他猛地從床上坐起，覺得哪裡不對。

信王怎麼可能會這麼蠢，在這當頭逼宮？就算逼宮，也該是誠王逼宮才對啊，信王不是能逼宮的料。

又聽義王也打著平叛的旗幟，勾結京十三營的兵和信王打在一塊兒，豫王懷疑自己根本沒清醒。

他想了想，倒回榻上，摟著被子裡的溫香軟玉繼續睡。反正誰贏，他都礙不了他們的事，不至於敢打進豫王府。

老皇帝站在宮牆上，看著打得不可開交的兩方人馬，那些本該用在攻打慶國的火器，被他們不要錢地炸，一個個全殺紅了眼。

爆炸聲不斷，老皇帝知道自己出聲，對方也聽不到，便讓人點燃一口火炮，沒有特地朝空放，而是對著底下的人，炮口對準哪裡就炸哪裡，炸到誰算誰倒楣，可見他的心狠手辣。

轟隆一聲巨響，比火雷還要大的聲音瞬間震住雙方人馬。火炮在地上炸出一個大坑，炸飛一大片人，宮門前的戰場瞬間變得安靜。

信王也被火炮的威力震出老遠，趴在地上。這一炸，將他的腦子徹底炸醒，抬頭看到宮牆上的老皇帝，哪怕臉色被硝煙熏黑，也能看得出他的驚懼。

老皇帝正要開口，又有人快馬來報。

「報！陛下，李將軍率領五萬兵馬，打著匡扶正統的名義，正朝京城而來，並對天下發了檄文。」

老皇帝的臉色終於變了，他之所以不懼幾個兒子造反，就是因為有李承器帶兵鎮壓，萬萬沒想到連李承器也叛變。

「什麼匡扶正統，匡的是哪門子正統?!」老皇帝暴怒，臉上的青筋比褶子還明顯。

「李將軍所發的檄文上說，陛下是被當年的慶國公主狸貓換太子，非先帝親生，乃慶國皇室血脈，混淆越國皇室血脈多年，是該歸位於正……」

那人還未說完，老皇帝便奪過一旁禁軍的弓箭，就地射殺他。

朝臣面面相覷，掩飾不掉臉上的震驚。他們忠了一輩子的帝王，居然是慶國血脈？有兩朝元老的大臣想起，當年先帝的後宮的確有慶國公主，不免疑上了。

早有人暗地裡說，自從當今皇帝上位後，福王就被軟禁起來，是不是因為陛下早就知道自己的身世，才軟禁福王。

看著老當益壯的老皇帝手裡的弓箭，朝臣們心裡發顫，哪怕有懷疑也不敢說，生怕下一支箭就射到他們身上。

越國老皇帝沒想到，慶國那小兔崽子，竟敢先一步顛倒黑白。

李承器有本事，居然造反了。

然而，更糟糕的事情在後面，城外某方向響起一陣陣爆炸聲，天上升起一團蘑菇雲。

老皇帝看著那個方向，目眥欲裂！

那是製造火藥武器的地方，為了防止配方洩漏，不但派重兵把守，還特地選在軍營附近，居然被人潛進去炸了！

信王見狀，也傻了，忙道：「父皇，這可不關兒臣的事。」

「陛下，戶部燒起來了！」有人指著戶部所在的位置，驚喊。

老皇帝看過去，這時候要是還不知道有人潛入京城炸毀軍器重地，毀掉國庫，就白當這個皇帝了。

仗著火藥無敵了一輩子的老皇帝，哪怕這個時候，也沒有多少慌亂，陰沈著臉下令。

「封鎖城門，派人沿路挨家挨戶搜查，將那些人揪出來！」

城裡爆炸聲不斷，百姓們知道火藥武器的威力，瘋了般往城外逃。

楚攸寧趕在城門封鎖前，帶著人，混進人潮順利出城。

方才皇城上演逼宮大戲的時候，不斷炸響的聲音分了不少守衛的神，藉此機會，楚攸寧帶著人悄無聲息將他們控制住，直通越國國庫。

越國的國庫真不是慶國能比的，可以想像其他三國貢獻了多少，才累積得這般多。

楚攸寧還是習慣奔糧倉，被陳子善等人拉住，勸她搬金子更划得來，一錠金子能買好幾袋米，搬出去後，要買多少有多少。

楚攸寧這才被說動了，忍痛割愛，讓人將一箱箱金子往麻袋裡倒。

一袋袋裝滿金子的麻袋放到板車上，整整裝了五輛。

出了城，楚攸寧回頭看了動盪的城裡一眼，想了想，讓大家把車趕進林子裡等著，又用精神力豎起一道精神屏障保護他們，若有人注意到這邊，看到的只會是一堆石頭，便打算回城救四公主。

程安不放心她一個人回去，死活要跟。楚攸寧直接嫌他累贅，到時還要她救他。

程安頓時像被霜打了的茄子，蔫了。

豫王府這邊，因為京城突然亂起來，王府後院的女人個個惶恐不安。

四公主剛打發走一群鶯鶯燕燕，就看到楚攸寧提著刀，明晃晃地走進來，步伐跟回自家一樣悠閒。

她驚得站起身，原本腦子裡模糊的臉，在看到楚攸寧的瞬間變得清晰，立即明白，昨天半夜來的人就是楚攸寧。

「越國大亂，我馬上就撤了，妳要不要跟我走？」楚攸寧拿了塊桌上的糕點吃。

四公主不由懷疑，越國京城突然變得這麼亂，跟楚攸寧有關，她還能聽到外頭有大批人馬在挨家挨戶搜查。這時楚攸寧還能冒著風險來帶她走，讓她心裡有些異樣。

這糕點有點乾，楚攸寧又拿起小茶壺，往嘴裡倒了口茶，伸手抹嘴，看向還沒做出決定的四公主。「放心，不收妳的錢。」

四公主無言，這舉止之豪邁的，還有沒有一點公主樣了。

她坐回椅子上。「用不著，瘦死的駱駝比馬大，慶國已無我的容身之處。何況，妳這一路，怕是少不了被追殺，逃不逃得回去還難說呢。」

楚攸寧打量她一會兒，確定她說的是真話，乾脆俐落地轉身就走，不忘再拿一塊糕點。

她認為在看到越國亂了之後，四公主可能會樂意跟她走，看在四公主為慶國來和親的分上，她順便捎四公主回國。但人家不願意，她也不能強行把人扛走。

「妳可以帶一個人走。」四公主忽然說。

楚攸寧停下腳步，訝然回頭。「誰？」

「妳大姊。」

楚攸寧眨眨眼，大公主不是已經死了嗎？

四公主沒解釋，只說：「出了院子，右轉，往裡面走有間荒廢院落，下面有座地牢。」

楚攸寧也不多問，提著刀，朝她說的方向走去。

# 第九十五章

楚攸寧施展精神力，還沒進院落，就找到地牢所在的位置。

她很快找到地牢入口，用精神力往裡面一探，一腳踹開地牢的門。

門被踹飛，掀起一陣灰塵，地牢內昏暗且透著股霉味，靠牆處有一具打滿釘子的屍骨。

她小臉一沈，立即掃遍這個狹窄空間，地牢裡除了桌上的刑具和這副屍骨，再無其他。

四公主說的大姊，指的是這具屍骨？

楚攸寧忽然想起，原主是被嚇死的，又回頭看看入口，很顯然，原主前世記憶裡的地宮並不是這裡。

「妳以為豫王是被妳嚇到才不舉的嗎？那是被大公主傷的。」四公主出現在地牢入口。

不用多說，楚攸寧已經猜到豫王從此走上變態之路。難怪愛收集美人，又愛賣美人作樂。越是不行，越要掩飾。

「但凡收進府的女子，一旦被看上，皆受豫王百般虐待取樂，不少人被他折磨死。」

楚攸寧上下打量四公主，用精神力穿透衣物，很確定她身上沒有傷，不禁有些佩服她的手腕，居然能哄得豫王沒對她下手。

四公主明知道豫王這麼變態，還捨不得離開，難不成真是真愛？

她並不想知道，脫下外衫，將那副屍骨小心撿起來，放進衣衫裡，包起來綁在身前，拖著刀往外走，神色殺氣騰騰。

原主記憶裡，並沒有多少大公主的記憶，但大公主長什麼樣子，還是記得的。端莊雍容，才情兼備，不知有多少人惋惜這樣一個公主竟然要嫁去越國和親。可就是這樣的好姑娘，被活活在異國他鄉折磨死，死後連骨頭也要遭罪。

四公主看著那個嬌小挺直的背影，若非看她冒險來帶她走，她也不會跟她說大公主的事，畢竟過去的楚元熹，可是恨不得宮妃所出的孩子都去死。

難道是鎮國將軍府的剛正之氣，將一個人變得如此講義氣了？

楚攸寧一出荒院，不再用精神力當掩飾，直接拖著大刀明晃晃示人，絲毫不在意自己的行蹤被發現。

在王府下人的眼中，有個提著刀的陌生女子走來，穿著一身交襟白色紅邊衣裳，腰間繫了用外衫包的包袱，仔細看的話，隱隱能看到形狀，竟好似……人骨?!

「啊！」婢女尖叫跑開，驚動了王府侍衛。

楚攸寧用精神力掃到豫王所在，目標明確，路上遇到來攔她的侍衛，第一次毫不留情，出手刀刀見血，侍衛還沒來得及近身，便已倒下。

一路殺到主院，楚攸寧踹開房門，往裡間走，站在床前，將冰冷的刀拍在豫王臉上。

被豫王摟在懷裡、壓根兒不敢睡的女人，聽到動靜睜開眼，嚇得尖叫滾下床，也顧不上衣衫整不整，就往外跑。

「叫什……」豫王不耐地醒來，發現貼在臉上的冰涼居然是一把刀，差點嚇尿，看清楚站在床前的人是誰後，那股來自於靈魂深處的恐懼，真的讓他失禁了。

「來人！快來人！」豫王嚇得聲音都破了。

楚攸寧手上銳利的刀鋒往他脖子壓了壓，拍拍腰間的屍骨。「認出來了嗎？我大姊說，她想你了。」

豫王終於知道這殺神為什麼找上門，目光僵硬地移向她腰上那包人骨。不知道是不是那句想他的效果，他總覺得慶國大公主真的在盯著他，渾身直冒冷汗。

「妳不能殺我，我是妳親叔叔！」豫王驚恐地說。

「你平時不照鏡子的嗎？我長這樣，你長這樣，像是出自同一個祖宗？」楚攸寧指指他，又指指自己，告訴他最新消息。「現在全天下都知道，越國皇帝是當年從慶國抱來的皇室血脈。」

「不可能！妳父皇明明就是……」豫王覺得，這一覺醒來，他都不認識這個世界了。

當年他第一次去慶國娶大公主時，看到景徽帝的臉，要不是身上那身龍袍，他還以為看到了自己的皇兄。後來回越國，沒等到他有機會開口問父皇，就被大公主弄傷了命根子。

好好一個爺兒們變成這樣，他哪能不恨，即便大公主死了，他也恨不得將她的屍骨釘滿釘子，要她死後不得安寧。

楚攸寧注意到他看向屍骨時露出的恨意，刀尖抵上他的腦袋。「你在娶大公主的時候，就知道了？」

「猜、猜到一點。」豫王不敢亂動腦袋。

「那你還敢娶？」

「你們慶國人敢嫁，我為何不敢娶？」

所以說，不是做不了男人後才這麼變態，而是骨子裡本身就是個變態！

「知道釘子鑽入骨頭是什麼聲音嗎？會嗡嗡響，一點點、一點點鑽進去。」楚攸寧用刀尖模仿著那動作。

豫王好似真的聽到有鑽骨的聲音，好像鈍刀子割肉，痛得很，也恐怖得很。他已經被無限放大的恐懼占據心神，完全忘了腦袋上抵著刀尖，抱著頭，連跌帶爬跑出去。

豫王瘋了，覺得有人拿釘子在釘他的骨頭。他跑出去，說自己在慶國出的醜，還承認為掩藏這樁醜事，命人殺了兩位世子和大臣。

往後的日子裡，他見到哪個女人，都覺得像慶國大公主，一見就失禁。

楚攸寧剛離開豫王府，消息立即傳進皇宮，老皇帝迅速派兵捉人。

說到攸寧公主，老皇帝忽然想起豫王從慶國回來時說過的事。火雷點不著，連想放火箭燒慶國戶部的人，也莫名其妙跳下來，攸寧公主實在有些邪門，卻推託說是越國有仙人託夢，慶國也有祖宗顯靈。

如果沒有發生仙人託夢一事，讓越國強大起來，這種事情，老皇帝壓根兒想都不會去想，甚至覺得荒謬。

可是，李承器回來稟報，當時負責運送武器的部將跟中了邪似的，搬空武器、糧草，送到敵方陣地，當時攸寧公主也在。再加上如今她能如入無人之境般進入越國，還讓越國元氣大傷，莫非是真的？

據信王哭訴，他是糊裡糊塗生出謀逆之心的，好似被蠱惑了般。老皇帝也有些懷疑，這件事與那丫頭有關。

算起來，這個天生神力，還疑似有祖宗幫忙的丫頭，是他的孫女。

「父皇，國庫金子失了大半，糧食全被燒了，製造火藥的營地也被炸毀。二弟和四弟要帶著集結的兵馬回京平叛，而自李承器發出檄文後，各路兵馬有不少前去支持。」年長的太子憂心道，話裡存在著試探。

在父皇心中，就算他兒子全背叛他，最不可能背叛的人就是李承器，沒想到這是一隻會咬人的狗，而且一咬就要人命。

連太子都暗自懷疑李承器說的是真的了，可惜當年嫁給先帝為妃的慶國公主，早已死在後宮傾軋裡，無從查起。

見老皇帝不說話，太子繼續道：「如今兵馬全召回來平李承器這支叛軍，火器營地也被炸掉了，若這時慶國揮軍而來，越國恐是危矣。」

老皇帝深思熟慮後，才發話道：「你讓太孫去晏國傳達朕的意思，越國有意與晏國聯手，屆時獻上火藥製法當作答謝。」

太子大驚失色。「父皇，不可！」他當這個太子當了一輩子，從不敢有不臣之心，是因為什麼？就是因為火藥製法只掌控在老皇帝手裡。即便奪來皇位，沒有可以稱霸的武器，很快就會滅亡。

「是到百花齊放的時候了。」老皇帝說。

「請恕兒臣不敬，父皇不怕又養了一隻白眼狼？」太子這話也是暗罵李承器不是人，父皇有多看重他，從寄望他，命他在幾位王爺造反的時候帶兵鎮壓，就可以看得出來，可惜他還是辜負了父皇的信任。或許，擁兵自重，李承器早想造反了。

「無妨，即便其他三國都做出火藥，越國也會有更強大的武器對抗。」

太子眼裡閃過訝然，又是不解。莫非，越國又做出比火炮還厲害的武器？要真是這樣，他這個太子當得真是可笑。

楚攸寧一出豫王府，剛騎上馬，就被一批趕到的禁軍追殺。她施展精神力，策馬拐進一條小巷裡，穿過小巷就是正街。

她算準時機，趕到巷口時，那隊出現在精神力探查範圍裡的隊伍正好經過，她直接策馬過去，連人帶馬像一支箭，嗖的躥進這隊人馬當中，一起往城門方向疾奔。

有精神力加持，在這隊人眼中，她就是自己人，再加上忙著趕路，誰會有閒工夫懷疑。

而追出巷口的人只覺得邪門了，好好的人，怎麼跑著跑著就不見了呢？

「太孫奉陛下之命出城辦事，速開城門！」有人先一步，上前對城門守衛出示腰牌。

楚攸寧眨眨眼，默默在心裡捋了捋。皇太孫也算是她的弟弟，要不，送個見面禮好了。

今天京城之所以這麼亂，就是因為她對信王下了暗示，放大他的野心，讓他回去連夜部署，帶兵逼宮。

義王那封信原意是，有什麼變故就聽世子調遣，她用精神力模仿義王的字跡，改成讓他盯著信王，只要信王一有動靜，立即帶兵進城平叛。

至於誠王，那就簡單了，兩個王爺造反，老皇帝沒理由不擔心誠王，還會立即控制誠王府。昨晚她可是在誠王府裡看到了龍袍，一搜一個準。

她這樣，也算是替奚音報仇了吧？

城門打開得及時，楚攸寧和這支隊伍策馬疾奔而出。

出了城，太子派給皇太孫的謀士出聲道：「太孫殿下，此次陛下派您去說服晏國聯手，一來一回，最少也得半年。這半年裡，足夠發生許多事情了。」

聯手？跟在他們後面的楚攸寧耳尖，總算聽明白了這行人匆忙趕出城的原因。

越國大軍在邊關被他們打得落花流水，武器全都被繳，回到京城重新集結兵馬，也需要時間。何況她和沈無咎又搞了這麼一通，越國終於發現，自己不是宇宙無敵了。

楚攸寧轉轉眼珠子，想到一個絕妙的法子。沈無咎要是在，肯定也會誇獎她。

與此同時，另一邊，城外林子裡，陳子善等人發現有一夥人正在靠近，就停在他們前面不遠處。

所有人瞬間提高警惕，程安幾人已經慢慢拔劍。

「你說這叫什麼事啊，咱們好不容易搶到一個大肥差給豫王府送禮，卻遇上逼宮造反的大事。咱們老爺可是好不容易才搜尋到這麼一件大禮，就指望著能靠豫王買個官呢。」

「依我看，咱們壓根兒不需要躲。」

「怎麼不需要？你沒聽說在捉拿反賊嗎，到時候大箱子能不被打開搜查，箱子裡的大禮保得住？」

「城門被封了，一時半刻進不去，進林子裡躲躲也好。」

大家聽到是給豫王送禮的，極有默契地對視一下，從彼此眼中看到相同的意思。大概是和公主相處久了，他們也養成見著能收入囊中的好東西，就絕不放過的習慣。

尤其聽說這是給豫王的，想起當初豫王到慶國時所幹的事，大家心中燃起一股火焰，第一次感受到公主喜歡搶搶搶的爽快。

對方有六個人，看起來只是普通的管家跟護衛，程安很快帶著人繞到後面，把他們打昏綁起來，陳子善和裴延初上前扛箱子。

只是，還沒等他們扛起，楚攸寧就策馬而至。

「公主嬸嬸！」歸哥兒從沈思洛懷裡跑出去。他怕公主嬸嬸去了，就不回來了。

楚攸寧撤掉精神屏障，把歸哥兒拎到馬背上。「快走。」

大家也顧不上向公主邀功了，趕緊趕著一輛輛車子走出林子。至於送給豫王的那箱大禮，也被他們連箱帶車趕走。

出了京城，這時前往福王寺的路上又多了不少人，多是有權有勢，有幾分聰明的人。

福王寺是先帝在位時所建造，所以，非不得已，不會對其動用火器。大家都知道，無論諸王如何爭位，都不會輕易將戰場轉到福王寺來。至於打著要匡扶正統旗號的李家軍，更不可能毀了先帝的威名，毀了福王的福澤。

沿路遇到不少官兵，尤其是推著車子的人，更要嚴查，楚攸寧都用精神力矇混過關。要麼輪到他們時，讓搜查的人以為已經查過，直接放行；要麼讓他們認為摸到的是糞土。不是有句話叫視金錢如糞土嗎？這麼一來，打開麻袋看到糞土的人差點吐了，趕緊揮手趕人。

小半個時辰，經歷過好幾次搜查後，大家終於抵達福王寺。

福王寺裡供奉的是福王的雕像，楚攸寧用精神力掃了眼，覺得沒什麼好玩的，讓大家將車子趕進旁邊的林子裡，等沈無咎來會合。

不知道他那邊怎麼樣了，脫身沒有？對她來說，那是沈無咎帶隊出任務，她不能插手，但她可以在京城製造混亂，分散敵人的注意力，讓他在另一邊瞅準時機開炸。

「公主嬸嬸，您又有大收穫啦？」歸哥兒下來後，上前戳戳楚攸寧背在身前的包袱。

楚攸寧及時抓住他的小手指。「這個可碰不得。」

聽楚攸寧這麼說，大家趕緊圍過來。公主最疼歸哥兒了，到哪裡都護在眼皮子底下，就怕出了閃失，更別提歸哥兒提出什麼要求，她幾乎都答應，甚至配合。

「公主又順手帶了什麼回來？」

楚攸寧沒明白告訴大家，她折回去是去接四公主，大家便以為她是為這包袱回城。

「大公主。」楚攸寧解下包袱，放在剛抬下來的箱子上。

眾人沒反應過來，是他們以為的那個大公主嗎？可是大公主不是……

這時，大家的目光總算注意到，這包袱的形狀不太對勁。

陳子善和裴延初不約而同想到了什麼，只覺腳底發涼，默默後退。

# 第九十六章

「公主，大公主不是已經……」

「對，這是她的屍骨。」楚攸寧打開包袱，讓大家看。

大家看到之後，恨得直攥拳。「畜生，也不怕遭報應！」

「已經遭了，他早就不行了。好了，給你們看一眼，是要讓你們見識見識這種變態的手法。我要收起來，帶回去給父皇。」

大夥點頭，真怕公主下一句是要拿這個回去向景徽帝討賞。

收拾好，楚攸寧看看車上堆得滿滿的金子，拿著那包骨頭，放到半道劫來的馬車上。

「哎呀！」

陳子善忽然想起他們劫來的大禮，還沒跟公主說呢，趕緊上前指著馬車裡那口大箱子。

「公主，這是要送給豫王的大禮，我們剛好遇上就劫了。公主說過，送到嘴邊的肉，先吃了再說。」

楚攸寧想用精神力去看，但瞧見陳子善求誇的眼神，以及大家等待驚喜的樣子，便放棄了，親自拿出她的大刀，朝箱子劈下去。

咯噹！

鎖被劈開，楚攸寧在大家期待的目光下，用刀挑開箱蓋。因為箱子還在馬車上，箱子又深，大家都沒看到裡面裝的是什麼。

「公主，是什麼寶物啊？能送給一個王爺的大禮，必定不一般。」陳子善問。

楚攸寧看著箱子裡的人。「對豫王來說，的確是大禮。」跳下馬車。「你們自己看吧。」

陳子善和裴延初幾個立刻明白，這禮沒入公主的心。不過，除了錢和糧食，其他東西在公主眼裡，好像都是沒什麼價值的。

裴延初先將沈思洛扶上車，再把歸哥兒送上去。

姑姪倆往前一探，驚呼出聲。「是個人！」

陳子善等人一聽，趕緊也爬上馬車，湊過去看。

占據整個車廂的箱子裡，蜷縮著一個活生生的睡美人！

美人雙手雙腿被綁縛，只是人還昏睡著，穿著薄紗紅裙，膚如凝脂，像是枝頭上初熟的粉桃，顯然被精心打扮過。一看這皮相，要麼是被家裡精心嬌養出來，要麼是被一些專門賣美人給達官貴人的地方培養的。

「說好的大禮呢？」陳子善懷疑人生。公主最不喜歡撿人，因為撿人意味著又多一個人要養，多一份責任，他們卻還搶了一個人回來。

姜塵想了想。「不都說豫王好美色嗎？對豫王來說，美人就是最好的大禮。」

陳子善一手拍上腦門，把這事給忘了！敢情他們好不容易在不需要公主幫忙的情況下，搶回個戰利品，居然是個女人！

「這明顯是被擄來的，真不是人！」沈思洛剛見過大公主被釘滿釘子的屍骨，又見到被綁在箱子裡的女人，氣得咬牙切齒。

這時候，箱子裡的美人嚶嚀一聲，閉合起來的長睫輕輕顫動了下，緩緩睜開眼。這雙眼，如同雨後的湖面，清澈得像是一面鏡子，將所有人倒映在裡面。

時已入冬，微涼冷風吹進來，身上只穿著一件薄紗的美人打了個哆嗦，徹底清醒了。

她看著這一張張陌生的臉，瞬間想起自己的遭遇和處境，嚇得驚叫，不由想跑，但四肢全被綁住，動都沒辦法動。

她的眼睛漸漸蒙上一層水光，又驚又怕地看著這些人，像隻誤入獵人陷阱的小兔子。

「你……你們是誰？」美人連聲音都是溫溫軟軟的。

「這話應該是我們問妳才對，妳是誰？」裴延初問。

美人看裴延初眼帶風流，抿緊了嘴不回答他，怯怯地打量圍著她的人。

她的目光先停在沈思洛臉上，猶豫了下，覺得沈思洛同是姑娘做不了主，繼續看下一個。這人倒是胖得和氣，但是越和氣越可惡，她就是被一個胖大嬸騙了。

最後，她看到被陳子善擋得只探進半個身子的姜塵，這人身上有股書卷氣，瞧著也斯文溫和。

「我姓許，名琀玥，我是被人擄來的，他們說要將我送給越國的豫王。」
大家早將美人的神情變化一一看在眼裡，見她最後選擇看著姜塵回話，忍不住起鬨。
陳子善退後，把姜塵推上前。「以後再分組，就剩我孤零零一個，突然想我媳婦了。」
姜塵突然被推出來面對這麼個活色生香的美人，眼睛有點不知該往哪裡放，偏偏這美人就盯準了他。
「妳……」
「哈啾！」
姜塵剛開口，對方就打了個噴嚏。
他看了看她的穿著，再看看自己身上穿的，趕緊把外衫脫下來，給她披上。
「我們是不是該先幫她鬆綁？」沈思洛問。
「姜先生，你順便幫她鬆綁吧。」裴延初說。
「你是教書先生呀，難怪我覺得你是好人。」美人似乎在為自己眼光好感到高興。
陳子善幾個沈默了。
這姑娘是不是有點傻？這麼容易就相信人，被人擄走，好像也沒什麼奇怪的了。
「沈無咎！」
外面忽然響起公主歡喜的聲音，大家眼睛一亮，歡呼著下了車。
人瞬間走得一乾二淨，只剩下姜塵走不了，因為他還在替箱子裡的美人鬆綁。

楚攸寧看到沈無咎大步走來，立即把剛要上手剝的栗子放回荷包裡，朝他飛奔而去。

大夥看到這一幕，才知道公主原來這般擔心駙馬，一見人平安回來，興奮得直撲過去。

「你回來啦！」

楚攸寧快撲進沈無咎的懷裡時，忽然停住，目光落在他的肩背上。「受傷了哦。」

沈無咎把她拉進懷裡。「只是輕傷。」

這次炸對方的火藥營，除了毀掉材料，還有越國長年累月做出來的武器庫。

那裡四周駐紮著軍隊，火藥營外又是重兵把守，裡面還有死士。這次他帶了十個人去，只回來五個。其實，能回來五個就不錯了，其中還有幾個受了傷。

火藥營是做爆炸武器的，一旦爆炸，方圓幾里都能感覺得到震顫，他躲避不及，才被炸開的鐵片扎入肩背。

楚攸寧用精神力掃了眼他的傷口，還好傷得不深。「會留疤哦。」

沈無咎早想好了措詞。「那是在舊疤上，不算。」

「你果然沒我不行，才放你出去一下，就帶傷回來了。」楚攸寧一得意，就喜歡把手背到身後，昂起小下巴的樣子可愛得不得了。

眾人聽到這話，吃吃偷笑。讓人聞風喪膽、名震四國的玉面將軍，在公主面前，也是個怕媳婦的男人。

「妳現在才知道，我沒有妳不行嗎？」沈無咎抬手撫上她披散在後的秀髮，意味深長地反問。

楚攸寧聽出他話裡的表白，開心地抓著他的手搖了搖。「我沒有你也不行的。」

沈無咎扭頭瞥向堆得滿滿的車，難怪會選擇躲到林子裡，原來從城裡帶出那麼多東西。他低頭看她，似笑非笑。「我看妳很行。」

楚攸寧剛要得意，就想起昨晚對他保證會乖的話，目光又開始閃爍起來。「如果有你在的話，我相信一定會更行，你肯定有法子把敵人的糧食也搬走。」

沈無咎突然想慶幸自己沒在，不然他搬不走，豈不是得讓她失望。

「越國的糧食好多好多呢，比慶國的國庫都多，陳胖胖他們還慫恿我把糧食炸了。」楚攸寧自然而然地告狀。

她想起來還是好心疼，要是放在末世，能吃好久啊。可是他們說，大捨才能大得，就是得燒了，給越國製造更多麻煩。

京城糧倉的糧食沒了，得從別處調，光這個就夠麻煩。等李承器揮兵打過來，城裡沒糧食，就是個大難題，說不定到時候不用慶國攻打，越國自個兒就玩完了。

沈無咎掃陳子善等人一眼，果斷地幫著罵。「連這點難題都解決不了，要他們何用？」

眾人無言，不是這樣哄媳婦的吧？

「公主，駙馬回來了，咱們走嗎？」陳子善趕緊岔開話頭。

「得馬上走，很快就會有人順著車輪的痕跡找過來，這些……」沈無咎又掃向那幾大車東西，目光忽然頓住，緊緊盯著被姜塵從馬車上扶下來的女人。

大家順著他的目光看去，心裡一跳。

駙馬該不會是看上這姑娘了吧？這姑娘的身段的確好，長得也美，不然也不會被擄來當成大禮送給豫王了。

許琀玥一接觸到沈無咎的眼神，嚇得縮到姜塵身後。

這人的眼神好可怕，跟刀子一樣鋒利，好像會吃人似的。

「駙馬，是不是外頭有追兵追過來了，那咱們快些啟程吧。」陳子善趕緊上前，用胖胖的身子擋住沈無咎的目光，奈何沈無咎比他高，擋了個寂寞。

沈無咎一把推開他，大步上前，將那女人從姜塵身後扯出來。

「公主，駙馬都上手了，您還沒反應？」陳子善跑到楚攸寧跟前乾著急，公主是不是腦子裡少了根筋啊？

楚攸寧懷疑地看向他。「陳胖胖，你這麼著急，是瞧上人家姑娘了？別忘了，你還有個媳婦在家等你呢。」

陳子善想轉身去撞樹，他這是為誰急的？

「你看上也沒用，人家看不上你，她看上的是姜叨叨。你過去納那麼多妾，是想睡出個崽來，我不怪你，但現在你跟你媳婦有感情，就別想了。」
「公主，我的意思是，駙馬看上她了！」陳子善氣得把話挑明了說。不明說不行，公主壓根兒聽不懂。
楚攸寧眨眨眼。「沈無咎喜歡那款的？」
她低頭看看自己的胸，這大半年明顯長了些，但跟對方比，還是有點小。再看看臉，對方長得溫柔可人，她是可軟可萌，跟柔搭不上邊。
「你喜歡這款的？」楚攸寧走過去直接問。
眾人暗驚，很好，不愧是速戰速決的公主。
沈思洛心裡也急，上前悄聲道：「四哥，你可別糊塗啊。」
沈無咎瞪她一眼。「瞎說什麼呢，滾一邊去。」
他轉頭看向楚攸寧，懲罰似的揪了下她的臉。「我只喜歡公主這款。」
楚攸寧點點頭。「證明你的眼光還在。那你繼續看吧，眼睛就是用來發現美的東西。」
眾人頓時無言。他們錯了，是他們的想法跟不上公主。
沈無咎就喜歡楚攸寧看待事情的與眾不同，低聲在她耳邊說了這女子的身分。
儘管他那個夢來得莫名其妙，夢裡也只是遠遠看了一眼，但能導致亡國，間接讓沈家落得那般下場的女人，他不可能不印象深刻。
沒想到，他們昨夜還想著那個女人會不會是齊王妃，今天就誤打誤撞撞落到他們手裡。

楚攸寧瞪圓了眼，目光重新落在許玲玥身上。

沈無咎說，這就是原主前世裡，那個讓景徽帝衝冠一怒跟越國開戰的紅顏！

一個在越國，一個在慶國，而且她父皇也沒來過越國，是怎麼和人家認識，並且成為真愛的？這姑娘的年紀，好像跟她差不多吧？

楚攸寧又從上到下把人看了個遍，點點頭，也悄聲跟沈無咎說：「的確是我父皇會喜歡的樣子。」

大家看公主和駙馬盯著許玲玥說悄悄話，忍不住跟著打量。

許玲玥躲在姜塵身後，只偶爾悄悄探頭看一眼，然後又縮回去。

沈無咎得知這女人本來是有人送給豫王的，被陳子善他們誤打誤撞劫來，也沒急著審問。反正人是肯定要帶回去的，眼下得先趕緊離開這裡。

「公主打算帶著這一車車沈重的金子奔逃？」沈無咎問完，還責怪地瞪向陳子善等人。跟著公主久了，是連腦子都沒了嗎？公主圖一時爽，但是能一路帶回去？

這麼重的東西，路上留下的車輪痕跡會很明顯，哪怕有程安在後頭抹掉痕跡，仔細點還是能發現。

他們來時可以慢悠悠，回去可是驚險重重，帶上幾大車金子，公主的異能再厲害，也很難逃得掉。

楚攸寧眨眨眼，在末世出去搜集物資，無論如何也要把東西帶回基地，她忘了眼下他們完全不用跟金子死磕。

「要不，就地挖坑埋了？」裴延初出主意。

陳子善覺得不可靠，這得挖多大的坑，才能埋那麼多袋金子。

楚攸寧想到鬼山上的糧倉密道，這個世界的人好像很喜歡挖密道、地室什麼的，既然帶不走，那找個地方先藏起來好了。反正日後肯定能攻下越國，到時候再把金子帶回去。

楚攸寧越想越覺得這個想法好，閉上眼施展精神力，方圓百里的地形盡在腦海裡。

「找到了！」

「找到什麼？」沈無咎也正在想法子。這些金子是他媳婦好不容易弄出來的，要是就這麼扔了，媳婦會心疼死。

「找到藏金子的地方，大家跟我來。」楚攸寧揮手，大步往林子裡走。

# 第九十七章

福王寺的林子在福王寺山腳下，是特地種在平地上的，可供過往香客歇腳，或停駐馬車。

一行人往裡面走，沒多遠，便看到地上立了塊石碑，碑上寫著兩個朱紅大字——禁地。

楚攸寧完全無視，繼續帶人走進去。

很快，一座圓形石墓出現在眼前。墓用磚石砌成球狀，會把墓修成這樣的，可見墓主人不是普通人家。

楚攸寧忽然擺手讓人停下，看向前面的某棵樹。

沈無咎一躍而起，將藏在樹上的人殺了，另外一個也被程安解決掉。被沈無咎殺掉的那人，他手裡的信炮掉落在地，幸虧阻止得及時，才沒來得及爆開。

「居然還有守墓人，這裡埋的，該不會是哪個越國的皇族子弟吧？」陳子善納罕。

「這裡是福王寺，能埋在福王寺山腳下，還把墓修得這般氣派，又有守墓人，會不會是那個福王？」沈思洛猜測。

這時，一聲鴉叫響起，許玲玥啊的一聲，嚇得躲到姜塵身後，緊緊拉著他的衣袖，姜塵想抽都抽不開。

她身上披著姜麈寬大的外衫，還用一截麻繩當腰帶紮緊腰間，看起來像是偷穿了大人衣服的小孩。

姜麈好幾次叫她跟著沈思洛和歸哥兒走，但她非要賴在他身邊，莫怪有句老話叫最難消受美人恩。

大家聽到動靜，不由有些責怪地看過去。許玲玥也知道自己差點壞事，趕緊捂住嘴，使勁搖頭，表示再也不出聲。

就算沒人跟她說，她也知道這行人不簡單，因為大家都喊那個看起來乖甜嬌軟的女子為公主，喚那個眼神可怕的男子為駙馬，而且好像來自慶國。

「許姑娘，想必妳也看出來了，我們這行人正在逃亡，接下來妳若是再一驚一乍，我也保不住妳。」姜麈少不了事先警告一句。雖然駙馬沒有明說，但他知道，駙馬是打定主意要將這姑娘帶回慶國審問的。

許玲玥捂著嘴，用力搖頭，眼裡又泛起水光。

姜麈見了，忍不住懷疑，方才的話是不是說重了？

陳子善在一旁偷笑。姜麈愛引經據典說大道理，以後有法子治了，只要他一說之乎者也，就把這姑娘往他面前一推，看他對著那雙水光瀲灩的眼眸，還說不說得出來。

許玲玥的驚叫，楚攸寧並不放在心上，已經過去繞著石墓走。

裴延初心裡有種不好的猜測，走到沈無咎身邊。「公主該不會想將金子埋進墓裡吧？」

這話一出，大家渾身起雞皮疙瘩，雖說這是個好辦法，但挖人家墳墓是很缺德的事，尤其這墓還有守墓人，就知道墓裡埋的人不一般。

「想什麼呢，公主都能把大公主的屍骨從豫王府搶回來，還能幹出挖人墳墓的事？一定是這墓有什麼玄機。」沈思洛堅決不讓人說公主半點不好，裴延初也不行。

這一路走來，她對公主的崇拜與日俱增，無論在什麼時候，公主都將他們放在第一位。好比這次，如果沒有他們跟來，公主肯定就跟著四哥去炸敵人的火藥營了。

楚攸寧站在墓碑前，把手放上去，輕輕拍了拍，看著像是在緬懷墓主人。忽然，她的手使勁往後一推，只聽喀嚓一聲，墓碑後移，地上露出一個洞口，洞口有臺階往裡面延伸。

所有人瞪大雙目，饒是知道公主找密道跟玩似的，看到這一幕，還是不敢置信。

「我就說吧，公主才不是會挖人墳墓的人。」沈思洛得意道。

楚攸寧抬腳就要往洞裡走，沈無咎趕緊拉住她。「公主，當心有詐。」

楚攸寧眨眨眼，雖然已經用精神力確認裡面沒什麼危險了，但還是乖巧站在他身後。

嗯，得滿足沈無咎想保護她的心。

不用交代，程安已經飛快找棍子紮好火把，點燃了遞給沈無咎。

沈無咎先往洞裡擲了塊石子，傳來石子落地的聲音，等待半晌，確認沒什麼機關暗器後，才牽著楚攸寧的手，舉著火把走在前頭。

兩人拾級而下，走了有十幾個臺階才到底，上面的光線從洞口投射進來，裡面連副棺材都沒有，更別說墓穴，光禿禿的，更像是一個地窖。

「寧寧，妳覺不覺得這座墓有些蹊蹺？外頭有兩個守墓人，可墓裡卻是空盪盪的。」沈無咎皺眉不解，他已經再三確認四周，還上前敲了石壁，都沒發現不對勁。

「沒事，咱們先占用這裡，反正也沒別的地方合適。要是東西被搶走，頂多到時候再加倍搶回來。」楚攸寧心大地說。

沈無咎點頭，比起就這麼把幾車金子扔了，有個地方放也好。他抬頭，讓程安帶人把金子搬下來，越快越好。

楚攸寧盯著某處石壁，把沈無咎叫過來。「沈無咎，這後面還有路，要探一探嗎？」

沈無咎聞言，上前敲敲石壁，沒覺得有什麼不一樣，問道：「能看出後面是什麼嗎？」

「一條超出我探查範圍的路，我站在這裡，看不到頭。」所以她才問他要不要探一探，要探的話，可能金子搬完了，他們還沒走到一半。

「妳想探嗎？」沈無咎問。

楚攸寧盯著石壁。「我有種感覺，我們應該走這一趟。」

「行，咱們就進去探一探。」沈無咎牽住她的手，只要她想做的，他都願意陪著。何況看她這神情，也不是奔著她所謂的物資去的。

「那陳子善他們呢？」
「讓他們先走，我們後頭再追上去。」
楚攸寧有些不放心，沒有她的精神力，這些人甩得掉追兵嗎？
「妳無須擔心，程安和邢雲知道怎麼做。而且，妳不可能時時刻刻都將他們護在羽翼下。」沈無咎知道，她見不得她的人有半點閃失，但這樣也不利於成長。
楚攸寧也知道這個道理。在末世，不逼著人成長就沒辦法活，但在這個世界，只要護著他們度過危險，就能好好活下去，所以她沒想過，要讓夥伴們獨自面對危險。
「行吧，你跟程安說一下，咱們抓緊工夫。」她也不是磨嘰的人。
正好，程安帶著人搬金子下來。金子太重，陳子善和裴延初合抬一袋。
楚攸寧說要和沈無咎暫時脫隊的事，要程安等人護著他們先走。
「公主，我們可以在外頭等您和駙馬。」陳子善不太願意，沒公主這個主心骨兒在哪行。
「不可。」沈無咎嚴厲道：「我與公主不知何時能出來，你們在外頭等不是法子，萬一追兵追過來，不就逮個正著？我讓程安護著你們先走。」
陳子善和裴延初相視一眼，對楚攸寧點頭。「好，把金子全搬下來後，我們就撤。」
楚攸寧難得臉色嚴肅。「你們的任務只有一個，就是保護好自己，一個都不能少。」
「公主放心，這一路，咱們可沒跟公主白學。」陳子善拍胸脯，信心十足。

楚攸寧點頭，看向裴延初。

裴延初也對兩人保證。「我會護好洛洛和歸哥兒。」

「你們只管往前走，我和公主會追上你們的。」沈無咎說完，又交代程安和隨他過來的邢雲保護好大家，便和楚攸寧走向那處石壁。

楚攸寧抬腳踹了幾腳，門沒被踹開，四周也找不到機關，證明這門只能從裡面出來，不能從這裡進去。

就在沈無咎考慮要不要等人撤走後再用天雷炸時，楚攸寧閉上眼，調動精神力去轉動石壁後面的機關。沒一會兒，只聽喀嚓的一聲，石門被打開了。

楚攸寧和沈無咎趕緊進去。

陳子善看著兩人迅速消失的背影，心跳得有些快。「我怎麼有點不安呢，這裡面到底會通往哪裡？公主不但不帶咱們進去，還要咱們先走。公主連去打劫越國國庫，都敢帶咱們一塊兒，證明她和駙馬去的地方，比搶越國國庫危險得多。」

「別多想了，不過是追兵將至，公主和駙馬怕耽擱，錯過逃跑的最佳時機，才讓我們先走。不然，到時候帶著咱們一大幫人，如何逃得掉。」裴延初拍拍陳子善的肩膀安撫，其實心裡也是擔心的。

陳子善點點頭。「那咱們得快點搬，搬完趕緊走，絕不能扯公主後腿。」

大家把一袋袋金子往墓口搬，再從臺階上往下滾，下面有人接應，搬到一處放好。

沈思洛則帶著許琀玥去找她的衣裳換上，總披著男子的外衫，也不是個事。

歸哥兒小小一個，幫不上忙，就在一邊玩。沈無咎生怕有追兵追來，早早便安排人警戒，其他人搬著金子來來回回，倒也不用擔心他出事。

歸哥兒拿著他的小木劍，嘿嘿哈哈揮舞，每一下都帶出力氣，看起來越發像樣了。揮累了，他就地坐下，把劍放一邊，從小包包裡掏出一包肉乾來吃。這是楚攸寧讓人替他做的斜挎小包，專門裝吃的，他餓了就能拿東西吃。

忽然，前面有棵大樹後響起窸窸窣窣的聲音，歸哥兒以為是兔子，拿著小木劍起身，放輕腳步靠近那棵樹。

他貼近大樹，悄悄探出腦袋去看樹後藏著什麼東西，結果對上一張毛臉，嚇得低呼一聲，倒退幾步。

半晌，見後面的人沒有動靜，他回頭看看在不遠處忙的沈思洛，又大著膽子，悄悄上前偷看。

樹後面藏著一個臉上長滿鬍子的人，頭髮亂糟糟地披散著，衣服破爛，連鞋都沒有，還用四肢走路，好像鬼山上的老虎。

不是兔子，歸哥兒有些失望。

因為附近都有人在，歸哥兒倒不怕這個人，而且這個人還躲起來，應該是怕他們才對。

他看著這個像乞丐的人，放下小木劍，從包裡拿出肉乾，小心放到地上。「給你吃。」

那人走過來，低頭對著那包肉乾，張嘴就咬。

「不是這樣吃的。」歸哥兒趕緊過去，把肉乾搶過來，但乞丐把手壓在上面護著不放，油紙被撕破，肉乾散了一地。

乞丐匍匐下去，張嘴就吃。幸好地上積了厚厚的落葉，肉乾是掉在葉子上的，這人連葉子都一塊兒吃進去了。

歸哥兒覺得他餓壞了，又把包裡的果脯拿出來。這次他學會先打開紙包，放在地上，給這個乞丐吃。

那人看他一眼，低頭用鼻子嗅了嗅，用舌頭捲了一大塊入口。

歸哥兒蹲在地上看著他吃。「你為何不用手拿起來吃呀？」

乞丐當然不會回答他，連頭也不抬，眼裡只有吃的。

「你吃東西的樣子好像老虎和黑熊，牠們吃東西也不需要用手，用嘴吃就行。」

乞丐很快就把東西吃完，連油紙都想吃進去，被歸哥兒及時阻止。「這是不能吃的。」

乞丐看看他，突然咬起地上的小木劍就跑。

那人明明是用四肢行走，卻跑得飛快，一下子就竄到樹上，還會從這棵樹跳到另一棵樹，靈活得跟隻猴子似的。

# 第九十八章

事情發生得太突然，歸哥兒完全傻住，反應過來時，怪人已經跑得沒影了。

「我的劍！」歸哥兒想去追。

「歸哥兒，你做什麼？該走了。」沈思洛過來拉住他。

「二姑姑，公主嬸嬸給我做的劍……」歸哥兒指著乞丐消失的方向，焦急得直跺腳。

沈思洛知道，歸哥兒把楚攸寧做給他的劍看得很重要，連當初偷偷跑出來的時候，也沒忘記帶上。

她在地上找了找，沒發現小木劍，便問：「劍呢？」

「被一個乞丐叼走了。二姑姑，我們快去追呀！」歸哥兒扯著沈思洛的衣袖。

「乞丐叼……」沈思洛不知道歸哥兒為何要用叼來形容，只有野獸才用叼的。

方才她一直注意著這邊，只看到歸哥兒躲在大樹後探頭探腦，還蹲在地上，以為他是在撿樹葉玩，原來是碰上乞丐了嗎？

「洛洛，該走了。」裴延初見他們還不過去，趕緊過來拉著歸哥兒就走。

「可是……我的劍。」歸哥兒不停回頭，忘著乞丐消失的方向，期待那個乞丐把他的劍送回來。

「歸哥兒說，他的劍被一個乞丐拿走了。」沈思洛幫忙解釋。

裴延初一怔，這裡怎麼會有乞丐？是在公主離開後才進來的嗎？不然以公主的本事，不可能沒發現。

想到這裡，裴延初擔心那是敵人的探子，連忙扛起歸哥兒，大步去跟大家會合。

「歸哥兒，你公主嬸嬸和你四叔有重要的事要做，咱們得先走。聽話啊，等咱們回到慶國，你想要多少把木劍，我都做給你。」

歸哥兒一個個看過去，果然沒看到楚攸寧，剛丟了小木劍的他更加難過。他想哭，但他記得公主嬸嬸說過，他是小男子漢了，不能哭。

「那不一樣。」他低頭咕噥。

「歸哥兒，我們先走，等公主嬸嬸追上來，你如實告訴公主嬸嬸，公主嬸嬸不會怪罪你的。」沈思洛摸摸他的腦袋安慰。

歸哥兒知道不是自己能任性的時候，乖乖點頭。「嗯，我知道，我會聽話的。」

可是，那個乞丐為何要拿他的小木劍啊？又不能吃。早知道，他就不給乞丐吃的了，這樣他的小木劍就不會丟。

一行人出了林子，便聽見到處在搜捕慶國攸寧公主的消息，通緝令上畫的是八男二女一男童。大家喬裝打扮一番，加上多出邢雲幾個，歸哥兒還被打扮成女娃模樣，如此一來，他們這一行人就和通緝令上的徹底不符了。

剛喬裝完，大批官兵忽然衝過來，直奔林子裡。

陳子善等人低著頭，等那群官兵過去，暗暗慶幸他們出來得快，不然真會被抓個正著。

「他們應該是得到消息了，才會直奔目的地，咱們得趕緊走。」裴延初懷疑他之前的猜測是對的，那乞丐是敵人的探子。

「萬一他們推開那塊無字碑，看到裡面藏著的金子，先不說咱們白忙活一場，就怕他們守著出口，對公主他們來個甕中捉鱉。」姜塵不由得擔憂。

「我們得留下，萬一他們炸了出口，公主和我四哥就出不來了。」沈思洛急道。

裴延初搖頭。「不行！我們這些人，敵得過那麼多官兵嗎？公主和駙馬肯定有法子從另一邊跑掉，但咱們要是困在這裡，公主知道了，肯定會跑回來救人，咱們不能扯後腿。」

「可是……」

「公主說走就得走，這是命令！公主臨走前，交代我們的任務就是保護好自己，一個都不能少！」陳子善難得拿出氣魄來。

聽到任務，大家都不做聲了。好歹也跟公主混那麼久了，知道任務對公主意味著什麼，誰也不想讓公主失望。

刻不容緩，大家趕緊跟著人群離開福王寺。最初覺得福王寺安全的人，見到大批官兵湧入，也覺得福王寺不安全了。

陳子善不知道，他們剛離開一會兒，林子裡的官兵便衝出來攔下所有人，說是要搜查反賊，誰都不許離開。

為了不引人注意，程安這些人扮成護衛，分成兩批。中間的馬車裡是沈思洛和歸哥兒，由裴延初和程安當車伕。

前面的馬車是陳子善和邢雲駕車，姜塵充作高深莫測的先生坐在裡面，還有許琀玥。雖說許琀玥是他們誤打誤撞救下的，也是沈無咎要帶回去的人，但沒確認是否有危險之前，大家不放心她跟歸哥兒姑姪倆一起坐。姜塵也得了沈無咎暗中交代，負責看好許琀玥。每輛車兩邊都跟著護衛，看起來像是毫不相干的兩批人馬。

離開福王寺，不光是追捕他們的消息，越國大將軍李承器匡扶正統，撥亂反正的消息也傳得沸沸揚揚，和他們來時一路看到的安寧和樂完全相反，整個越國已然大亂。

沒走多久，就見前頭有官兵設了關卡，攔住所有人的去路。駕著馬車走在最前頭的陳子善和邢雲見了，頓覺不妙。

聽到前頭傳來百姓的抗議聲，他們大概明白是怎麼一回事了。

程安眼尖，發現地上有血跡，以及停在路邊的幾輛馬車，地上還有一些散亂的包袱，臉色越發得沈。

這是誰要過去就得死，看這樣子，只怕已經殺了不少人。

不愧是喪心病狂的越國皇帝，屠殺自己的百姓，像殺隻雞似的。

程安和裴延初交換眼色，對陳子善那邊打個手勢，趁人不注意，悄悄點燃一顆火雷，往關卡扔去。

砰！

一聲巨響，現場瞬間一片混亂，人仰馬翻。

「有火雷！反賊在後面殺過來了，大家快衝過去！」陳子善大喊一聲，猛甩馬鞭，駕著馬車，朝方才炸開的路直衝而去。

周圍的人聽到這話，自然跟著亂起來，生怕晚一步就被炸個粉身碎骨，瘋了一樣跟著人群往前衝。

爆炸聲一響，官兵嚇得躲開，再加上慌亂的人群，陳子善很快便帶頭闖開一條路，一行人如離弦的箭般衝過去。

然而，他們低估了越國老皇帝的狠辣，寧可錯殺絕不放過，早早在前頭設下埋伏，誰能過來，就繼續殺，一個也不放過。

邢雲見狀，搶過陳子善手裡的韁繩，緊急勒住馬，馬高高後仰，險些讓整個車廂翻倒。

「別過去！」邢雲喊住跟他們一起衝出來的人。

然而，沒人聽他的，只見前方十步的地方響起爆炸聲，離得近的直接被炸飛。

大家趕緊拉住受驚的馬。

爆炸聲一過，兩邊山林裡衝出一群官兵。

陳子善臉色變了又變，好不容易安撫下來的馬，焦躁不安地原地踢踏。

「只能硬衝過去了。」邢雲說，幸好埋伏在地上的火雷已經炸了。

陳子善點頭，看著這些人，心裡對他媳婦默唸了聲對不住，發狠地抽馬兒一鞭，帶著慷慨就義的心朝前衝。今日他就是死，也得替後面的車子開出一條道來。

「放箭！」為首的官兵揮手下令。

幾乎是同時，程安點燃天雷，扔向高處的弓箭手，倒也炸掉一批人。

對方見這群人有火雷，就知道是他們要找的人，下令繼續放箭射殺，點火雷扔去。

陳子善駕著馬車，躲過對方的火雷，卻沒躲過射來的箭，插入他的手臂。

摔得東倒西歪的姜塵瞧見，趕緊爬出去，將陳子善往車裡拖，自己取代他的位置。不就是駕馬車嗎，使勁揮鞭子就對了。

許玲玥被威嚇後，便打定主意，再大的驚嚇也不出聲，死咬著唇克制內心的恐懼，緊緊抓著車子，不讓自己被甩出去。見陳子善受傷抓不住護欄，還伸手幫忙抓住他。

後面的馬車裡，沈思洛一手緊緊將歸哥兒抱在懷中，另一手緊抓車廂。

就在這時，護在馬車兩邊的護衛倒下，而程安不但要顧著前頭拚殺，還得護住裴延初，一時沒顧上這個缺口。

眼看一支支利箭就要射進馬車，一道身影從馬車底下鑽出來，也不知他是怎麼做到的，趴在馬車上，手一抬就抓住射來的箭。他看了眼，隨手往射來的方向扔去，命中敵人。

他像動物一樣，四肢一撐，人就躍上車頂，雙腳勾在車頂上，探出長長的身子，要麼用手抓，要麼用嘴，靈活得不像個人。但凡朝馬車射來的箭，都被他一一擋掉。

邢雲見突然冒出個怪人，還把他們想要護的馬車護得密不透風，趕緊讓大家殺出去。

怪人接了箭也就算了，還往射來的方向扔，一扔一個準，敵人的弓箭手一個個倒下。

程安瞧見這一幕，愣了下，好似在這個人身上看到公主的影子，公主可不就是這樣強大無敵嗎？

有了怪人的幫忙，一行人終於衝出重圍，但大家都受了傷，肯定沒辦法再走，於是尋了處隱蔽的山洞，打算邊治傷邊等公主。

經此一次，越國定然又會在下一個地方設關卡阻攔他們。這次他們冒險衝出來，已經折損幾個人，也有不少人受傷，再來一次，肯定衝不過去。

「我的劍！」

歸哥兒一下馬車，看到車頂上不願下來的怪人，立即歡喜地喊。

沈思洛本來還擔心這怪人會傷害歸哥兒，聽他這麼說，有些詫異。「歸哥兒，你是說，拿走你小木劍的人就是他？」

「對！我給他吃肉乾和果脯，他還搶走我的小木劍！」歸哥兒氣呼呼告狀。

裴延初上前拱手。「多謝這位壯士出手相救，可否請壯士下來說話？」

那人趴在馬車頂上，姿勢看起來好像野獸要準備攻擊時的樣子，嘴裡發出沙啞的低吼聲，連那雙眼都充滿了獸性，怎麼看、怎麼怪。

見他一直不下來，大家也不能一直待著不走，裴延初的目光落在歸哥兒身上，將他一把抱起來放在肩上。

「歸哥兒，你請他下來，咱們還在逃命呢。」

歸哥兒突然被抱高，嚇得低呼一聲，一手抱住裴延初的頭，另一隻手朝這個奇怪的乞丐招了招。

「你下來呀，我給你肉乾吃。」

怪人看著伸過來的白嫩小手，眼裡的防備漸漸退去，抬起一隻手，緩緩伸向那隻小手。

沈思洛緊緊揪著裴延初的衣服，見怪人朝歸哥兒伸出手，心快要跳出嗓子眼，生怕他傷害歸哥兒。

就在手快要搆到的時候，裴延初突然把歸哥兒放下。「你想跟歸哥兒玩，就下來吧。」

歸哥兒急著想拿回小木劍，也朝怪人揮手。「你下來，我跟你玩，還給你吃的。你把小木劍還給我。」他可是看到了，小木劍就別在這個怪人的腰帶上。

那人似乎沒聽懂，依然趴在馬車頂上，一動不動。

裴延初記得，這個怪人是從馬車底下鑽出來的，也就是說，從福王寺離開的時候，他可能就一直跟著他們，或者說，跟著歸哥兒。

因為急著要撤到山上，他想了個法子，直接抱起歸哥兒就走，還悄聲吩咐歸哥兒幾句。歸哥兒忙對馬車頂上的人招手。「你快跟上來。」

車頂上的人見歸哥兒離他越來越遠，忽的一躍而下，在眾人的驚呼中穩穩落地，用四肢行走，去追歸哥兒。

大家又是一驚，這是人吧？怎麼跟野獸似的？

怪人一下來，程安要大家先走，他帶人在馬車上放了幾塊大石頭，讓馬馱著離開，好吸引追兵順著痕跡去追。

這怪人怎麼說都是他們這一行人的救命恩人，自是見不得他這樣糟蹋自己，姜塵試著上前想讓他正常行走，卻又沒法靠近，一靠近他就吼。

「我在話本上看過這樣的事，說人若從生下來就在山林裡生活，一直與野獸為伍，長大後便跟野獸一般，會像野獸一樣走路、吃東西，只會吼叫，不會說話。」沈思洛緊緊跟在裴延初身邊，對後面飛快跟來的野人，還是害怕的。

這人赤手赤腳走在路上，好像不怕疼，頭髮散亂披著。可能是因為不會梳髮，就將頭髮弄短了，跟狗啃過似的，隨著他每一次躍起，凌亂的頭髮就掃在他臉上，蓋住本來就長滿鬍子的臉，只露出一雙野獸般的眼睛。

「也許他就是這樣的。」裴延初道。不然好好的一個人，怎麼會活得跟野獸似的。

「無妨，可以慢慢教，總能學會如何做人的。」被扶著走的陳子善，捂著受傷的手臂出聲，又笑了笑。「等公主回來，知道這人救了大家，應該不會嫌棄咱們又撿人回來了吧？」

眾人聽了這話，也不由笑了，臉上有了劫後餘生的輕鬆。

# 第九十九章

另一邊，楚攸寧和沈無咎進了密道。

這密道修得格外講究，青磚砌成拱形，牆邊每隔一段距離，就有燈盞。

他們走了足足小半個時辰，還是在沈無咎摟著她急掠，完全沒停住的情況下才到底。

沈無咎估算路程，懷疑他們已經回到越國的京城裡。

快要拐彎的時候，楚攸寧拉住沈無咎，站在拐彎處。

沈無咎看看通往另一邊的路，再看眼前的石壁。「這又是一道門？」要不是有楚攸寧的異能，他還真不知道這密道裡暗藏那麼多機關。

「妳的異能還能用嗎？若不能用，別勉強，可合妳我之力試試毀不毀得掉。」她一直在用異能，他擔心會枯竭，但真毀了這道門，又會驚動人。

楚攸寧搖搖頭，她好歹是十級異能，探探路，給人精神暗示什麼的，比在末世跟同樣是精神異能的喪屍搏鬥，輕鬆太多了。

就在她想調動精神力，和剛才一樣打開石門時，忽然臉色微變，將沈無咎拉到一邊，抱著他緊貼牆面，迅速罩起精神屏障。

石門從裡面打開，一個個身穿黑色勁裝的暗衛走出來。

沈無咎神色一緊，屏息，低頭抵著楚攸寧的額頭。幸虧她有這探查的能力，不然就撞個正著，少不得一番廝殺。在密道裡動手，一不小心就引起外頭注意，極有可能被前後夾擊。

這也是他們不願帶上所有人的原因。一條望不到頭的密道，不知通往哪裡，盡頭等待他們的又是什麼。若是半路出了意外，兩個人還能想法子衝出去。

「兩人去那邊找找，其餘人跟我來。」為首的做了安排，帶著人快步朝楚攸寧他們來時的方向去，另外兩個則是朝拐彎的另一邊走。

等人走遠，楚攸寧捏捏沈無咎的腰，小小聲地說：「他們走遠啦。」

沈無咎退開，有些擔憂。「寧寧，妳說會不會是程安他們被發現了？」

楚攸寧搖搖頭。「追兵應該不至於來得那麼快，但他們擺明是篤定有人進了密道。難道除了我們，還有其他人進來？」

沈無咎看看拐向另一邊的路，他們只有那邊沒走，如果真有人進來，應該就在那邊。

「不管尋的是不是我們，先出了這道石門再說。」沈無咎拉著楚攸寧繼續往前走，石門被人打開，正好省了她的異能。

穿過石門後，眼前又是一條長長的路。大約走了一里，他們終於走到路的盡頭。

盡頭有十個往上的臺階，顯然是出口。臺階下來後右轉，有道石門，門前兩邊分別立著兩尊小獅子，門外還有兩個暗衛守著。

兩人費了好大一番勁，跑那麼遠，自然不可能只是為了出口。

就在他們要對暗衛出手的時候，臺階上的出口被打開，楚攸寧及時用精神力掃到，趕緊拉著沈無咎躲到暗處，熟練地豎起精神屏障。

下來的人是穿著龍袍的越國老皇帝，年過六十的他，臉上已經留下歲月溝壑，白眉鶴髮，是個精神矍鑠的小老頭。一雙老眼渾濁且凌厲，一看就是狠角色。

「人還未找到嗎？」老皇帝問。

「尚未。屬下已經讓人封鎖福王寺，他應該是從密道逃出去的。」暗衛統領道。

「能從暗道逃出去？也就是說，他已經恢復人性了。」

「有這個可能，陛下不如問問福王。」

老皇帝點點頭，手在小獅子上輕輕一轉，石門打開，等人進去後又自動關上。

就這一開一合的工夫，楚攸寧彷彿嗅到一絲熟悉的腐臭味，這一閃而過的味道，比喪屍的腐臭味更奇怪。

她和沈無咎相視一眼，確定了之前在暗道裡遇上的暗衛不是衝他們來的，證明陳子善等人沒被發現，只要聽從命令，應該已經及時撤退。以及那個得仙人託夢，閉關多年，傳言被軟禁的福王就在這扇門後面。

因為出口還沒封上，上面又有人把守，光線照亮了路，楚攸寧和沈無咎不敢貿然亂動。

楚攸寧將沈無咎的手按在胸口，貼在他耳邊，悄聲說：「我覺得我的心跳得有點快。」

掌下一片綿軟，若非知道他媳婦不是那種性子，他都要以為她在不分場合同他調情了。

「又是不好的預感嗎？」沈無咎握住她的手捏了捏，也貼著她耳朵，用呵氣的聲音說。

楚攸寧點頭，之前她有種不好的直覺，到這裡後更明顯了。正想用精神力穿牆查探，卻見石門再度被打開。

老皇帝負手而出，神色陰沈，好似在裡頭受了氣。

「派人去找，李承器那裡，沒打到京城門口就不用管，追捕慶國公主的人也撤回來，改尋那人。掘地三尺，也得找出來！」

楚攸寧和沈無咎沒想到事情會這般發展，不管越國老皇帝要找的人是誰，只要分散兵力，陳子善他們要逃出去不難。

老皇帝一走，沈無咎和楚攸寧同時出手，將那兩個暗衛放倒，轉開石門。

石門開啟，一股陰涼氣息混合著怪異的味道傳出來，楚攸寧終於確定，剛才聞到的腐臭味不是錯覺。

她站在門口，呆呆看著出現在眼前的東西。

這裡是一座用青石建成的地宮，裡面擺滿各種不屬於這個時代該有的東西，實驗臺上躺著一個身上接了一隻熊掌的男人，旁邊的架子上是一管管血液和不明液體，左右配殿時不時傳出獸吼和人聲。角落的冰棺裡，則是不知是死還是活的人。

儘管看起來很簡陋，但是這一切彷彿將她拉回那個看不到希望的末世，看到某些打著研究喪屍病毒，卻暗地裡抓活人，甚至抓異能者做實驗的研究所。

楚攸寧終於想起來，為何原主會被嚇死了，這裡就是嚇死原主的地宮，一個人的胳膊上接了一隻熊掌，能不嚇人嗎？

沈無咎看到這等衝擊的畫面，雖是震驚，但他更記得先殺了對他們有威脅的人。

「都說了，別來打擾我！」在一排玻璃儀器前忙活的老人，頭也不回地怒吼。

負責打下手的兩名小太監聽到石門打開，以為是老皇帝去而復返，因為這裡只有越國皇帝進得來。

等他們抬頭看去，發現兩個完全陌生的人，還沒來得及喊出聲，沈無咎便急掠上前，寶劍半出，從兩人的脖子前抹過，直接殺了。

這時候，頭髮花白的老頭不知對實驗臺上的人注射了什麼東西，只見那人忽然睜開眼，整個人發了狂似的，想掙開鎖住他四肢的鐵圈，痛苦嘶吼。

「快過來將他按住！」老頭頭也不回地喊，一心沈浸在實驗中，完全沒發現兩個手下已經死了，或者說，他壓根兒不在意誰給他打下手。

不等沈無咎和楚攸寧上前，實驗臺上的男人慢慢放棄掙扎，臉上出現黑色血絲，隨即身子抽搐，口吐白沫，不一會兒就瞪大眼睛，嚥了氣。

老頭猛地將桌上的器具掃落，抓起一張張寫滿數據的紙，臉上全是癲狂之色。「為什麼還是不行?!

「一定是這些人體質不夠好，承受不了我的改造。對！一定是這樣！」老頭抬起頭，指著沈無咎。

「你，去讓皇帝將慶國的沈家後代抓來！」

沈無咎渾身一震，瞳孔緊縮，不敢相信自己聽到了什麼。

慶國沈家，是他的家嗎？他看向四周堪比人間地獄的景象，如果不是親眼所見，根本不知道，世上還有把獸掌接到人身上這種事。

他重新收回目光，面容緊繃，緊咬牙關，才能克制住想拔劍殺了這老頭的衝動。

「你說的慶國沈家，可是受封鎮國將軍那家？」沈無咎問話的同時，手已按在劍柄上。

「對，你去跟皇帝說就行，皇帝知道怎麼做。」老頭說完，又轉過去察看實驗臺上已經宣告失敗的實驗體。

沈無咎聽了，把老頭拎到眼前，聲音急切。「為何是沈家人?!」

不管在現代那個世界還是來到這個世界，福王一直是被敬著的，這會兒被人這麼不客氣地拎住領子，即便滿腦子都是實驗，也知道這兩個人不對勁了。

「你們是誰，怎麼進來的?!來人！」實驗室除了替他打下手的人之外，不允許其他人隨便出入，能讓皇帝進來，是因為他需要的東西得找皇帝幫忙。

楚攸寧也沒料到，在這裡除了看到不可能出現的人體實驗外，還涉及沈家。

她知道沈無咎心急，也不廢話，直接用上精神力逼供。「說！為什麼要沈家後代？」

福王滿心滿腦都是實驗，楚攸寧問的又不與他思想相悖，沒什麼抵抗，就接受了暗示。

「因為我做出的唯一一個成功的實驗品就是沈家人。後來我又按照同樣的方法、同樣的數據去嘗試，全都失敗了。所以我懷疑，問題出在沈家人身上，沈家人適合做改造啊！」福王越說越瘋狂，認為自己掌控了成功的關鍵。

沈無咎如遭雷擊，目眥欲裂。「哪個沈家人？是誰？」

「我不知道他是誰，是皇帝送來的人，沒想到就實驗成功了。要不是懷疑成功與他的基因有關，我也不會問他的來歷，知道他是慶國沈家人。」

「人是什麼時候送來的？」沈無咎雖這麼問，但心裡已懷疑那人是三哥沈無非。

沈無恙的屍骨已經尋到，而當年沈無非死的時候，是重傷倒地的近衛親眼看到他被一劍貫穿胸口，一掌拍下懸崖。後來，他帶人去找時，只找到被野獸撕碎的殘骸，以及掉落在地上的玉珮。

沈無非是被越國派人暗殺，說不定那時候是故意留近衛一命，好讓他們確定沈無非死了，以至於這麼多年，他一點也沒有懷疑過。

福王搖頭。「記不清是什麼時候了。」

沈無咎焦急地向楚攸寧求助。楚攸寧還是第一次看到沈無咎用祈求的眼神看她。她也想幫忙，可是，這老頭腦子裡只有實驗，說記不清就記不清，也無法鑽進他的記憶裡找答案。

「你別急，只要人還活著，不管二哥還是三哥，都是好事。」楚攸寧安慰他。

沈無咎紅著眼眶點頭，看到臺上人不人、獸不獸的遺體，不敢想像他三哥被折磨成什麼樣子。

沈無咎忽然想到什麼，扔開福王，匆匆跑去偏殿。

既然成功了，那人一定在這裡。只要看到人，就知道是二哥還是三哥了。

楚攸寧看他著急的樣子，剛才她已經用精神力掃遍整個地宮，除了白老鼠、兔子跟豺狼虎豹外，還有個關在鐵籠裡、等著被當實驗品的人，再無其他，成功的實驗品並不在這裡。

「人呢？現在在哪兒？」楚攸寧同樣拎起福王。

「跑掉了。是我大意，沒注意到他對麻藥產生抗體，也開始學會思考，被他逃了。」福王後悔自己大意，那可是他實驗多年才成功的一個，說不定之後的實驗還用得上他，而且對麻藥產生抗體，這又是一個新的研究方向。

楚攸寧沒想到，越國老皇帝下令竭盡全力找的人，就是這一個。

「除了這個，還有其他沈家人嗎？」楚攸寧想起沈無咎的二哥和三哥，一個屍骨無存，一個失蹤，興許都被抓來這裡了。

福王仔細想了想，搖搖頭。「我只記住成功的那一個。沒成功的那麼多，全都交給皇帝的人處理掉，我怎麼可能記住。」

也就是說，不管是沈無非還是沈無恙，只有一個活下來，另一個就算被擄來做實驗，沒成功，便意味著已經死亡。

楚攸寧扔開福王，上前察看實驗臺上的人，剛才這人死前臉上浮現的黑色血絲，有幾分像喪屍，又不像。

她又瞥向眼前身披白色大褂的老頭，大褂是用白布做成的，可能是為了方便打理，他的頭髮剪得很短，用髮帶綁在後面，臉上不光戴了麻布做的口罩，還戴了副厚實的眼鏡。可能是因為材料不足，眼鏡比不上她在末世見過的輕便。在末世擁有異能後，視力也能得到進化，但霸王花隊裡還有不少戴眼鏡的人，因為戴習慣了。

這人自身裝備齊全，看樣子應該是需要什麼就創造什麼，對於滿心滿腦只有實驗的人來說，難怪沒把心思放在番椒、番茄、火鍋等吃食上。

在末世，她見過不少研究所的博士一心搞研究，明明有更好的伙食，但他們為了節省時間，只服用營養液。若非人體需要睡覺休息，他們恨不能不眠不休。

楚攸寧又抬頭望向頂上的玻璃天窗，再打量四周的燈盞，整座地宮亮如白晝。

如果福王四十多年前就穿過來，就算準備這些器皿設備可能花個十年，開始做實驗也有幾十年了，有多少人被他用來試驗？

慶幸的是，他還沒搞出發電機，儀器設備也不足，所以搞了幾十年都沒成功。

她依稀記得，霸王花媽媽們說過，人類的劫難來自於一間實驗室，而那實驗室實驗的東西，來自一座古墓。

看來這老頭也活不了多久了，這裡的設備不夠，再給他十年、二十年都未必能成功。以他對人體實驗的瘋狂程度，最後極有可能會讓人把他跟隕石埋在一起，還會把自己當實驗品，含恨而終。

千年後的世界，有人發現他的墓，也發現這塊陪葬的隕石。而經過上千年，老頭的屍骨發生變異，形成病毒，有人拿這些進行秘密研究，弄出了可怕的喪屍病毒。

會這麼巧合嗎？如果是這樣，是不是只要她毀了這一切，就能阻止末世發生？

末世沒有發生，霸王花媽媽們不會遭受那些凌辱，隊長媽媽也不會死，很多隊員都不會犧牲，很多很多人依然活在太平盛世。

末世不來，也就沒有她的出生，也不會被霸王花媽媽帶回去收養。但那又如何？她記得她們就好。

不管末世是不是從這裡開始，毀了總沒錯。

# 第一百章

「你是怎麼來的？」楚攸寧開始問老頭的來歷。

「我來自現代，因為偷偷做人體實驗，被國家槍決。可是老天有眼，讓我重活一回，這就證明連老天都支持我做這個實驗！這次我學聰明了，讓這個國家變得強大，強大到整個世界都是它說了算，然後奉我為神，我再做實驗，便沒人反對了。」

福王滔滔不絕，神情激動，臉色脹紅，似是打了興奮劑，急著要跟人分享他多年來實驗的心得和成果。

「不單如此，我還發現了一塊天外隕石。這裡沒有各種精細儀器，沒有電，可是我有隕石，不用儀器探測，都能感覺到裡面包含巨大的能量。我可以利用這些能量，讓人變得更強大，超能力不再只存在於傳說中。」

他越說越瘋狂。「我成功了，我從隕石裡提取出能量液，分別注入人和猿猴體內。後來發狂的猿猴咬了那人一口，他就被同化了，力量和速度都有所提升。」

楚攸寧皺眉，怎麼像末世裡被異獸咬過後可以獸化的異能？這個被同化的人，應該只是半成品。至於所謂的天外隕石，她早用精神力看到了，就放在地宮裡的房間，用玻璃箱罩住。進來時，她就感受到熟悉的能量波動，和太啟劍一樣，太啟劍的材料應該就是這塊隕石。

她覺得，這才是沈家人成功的關鍵，那個人或許和沈無咎一樣，能駕馭太啟劍。

「我想，興許是猿猴是所有野獸中與人類的基因最相似的，才會成功，又讓牠咬了其他實驗體，甚至提取牠的血液，注入實驗體裡，卻沒有再成功。沒多久，那猿猴承受不住體內那股能量，爆體身亡了。」

福王激動地分享他的實驗過程。「後來，我退而求其次，將野獸的肢體和人類融合，比如這隻熊掌，如果成功，這人就擁有熊鋒利的爪子當武器，也許還能擁有熊的力量。可惜，這人也承受不了能量液。」

楚攸寧看他興奮得好像發現了特大糧倉一樣，氣得一掌將他拍到地上。「老天瞎了眼沒關係，還有我呢。」

她按著他，讓他跪著，動彈不得。「你知不知道，或許就是因為你，未來人類走向滅亡！就是你們這些瘋狂的研究人員，讓人變成喪屍。知道什麼是喪屍嗎？就是死了又活，只要被咬，病毒就會人傳人，將人類全變成喪屍的怪物！

「不光是喪屍，連動物、花草樹木也發生異變，水源和土壤被污染，沒有吃的、沒有喝的，人類活得有多絕望，你知道嗎？到最後，喪屍還有了智商，要將人類取而代之。這些，全是你弄出來的！」

楚攸寧眼前浮現出死在高階喪屍手裡的隊長媽媽，以及出任務沒再回來的隊員。對末世的人來說，每一次出任務，都得做好可能會死的心理準備，能活著回來，代表他們的命又延長一天。

沈無咎找遍整個地宮，都找不到那個沈家人，回來就看到楚攸寧按著福王的肩膀跪下。

他還是第一次看到她紅了眼眶，哪怕上次奚音死去，她也只是氣沖沖去皇宮逼問。

一直以來，她都是率性灑脫，整日跟個小暖爐似的，說出的話、做出的事，常常叫人啼笑皆非。

他從她字字泣血的話裡，了解了她的來歷。

原來，她的過去比他想像中的還要慘烈，一身比血還濃的殺氣就是這樣殺出來的，殺那些死了又活的喪屍。整個世界都是喪屍，意味著她無時無刻活在驚險之中，還沒吃沒喝的，難怪她對糧食這麼在意、這麼護食。他無法想像，那是怎樣絕望的世界。

「真的嗎？這是不是證明我成功了？我造出了非人類的戰士，有智商，就代表是個新物種啊。」福王聽完，整個人陷入瘋狂裡。

楚攸寧伸手掐他脖子，把他摜在實驗臺上。「人類滅絕，世界被喪屍統治，這叫好？」

她用精神刃割開福王的手掌心，將實驗臺上已經死去的人的血滴到他的傷口上，然後把那屍體推到地上，將福王鎖在實驗臺上，她得看看這是不是喪屍病毒。

「妳有超能力?!」福王看楚攸寧隔空將他的手割傷，激動得想掙開手上的鐵鎖。「妳讓我抽一管血，我保證一定能成功，不用等上千年後。」

都這時候，還惦記著用她的血做實驗，比末世那些著急實驗的研究博士還癡狂。

楚攸寧冷笑一聲。「沒錯，是超能力。你不是想創造出超能力戰士嗎？我讓你領略領略所謂的超能力，讓你看看你造出了什麼東西！」

楚攸寧用精神力造出幻象，讓福王在喪屍世界裡逃亡，親身體驗被喪屍啃咬的滋味。

福王看著一個個殘破不全的喪屍僵硬地朝他走來，有的沒了半張臉，有的沒了眼睛，有的少了胳膊……饒是長年解剖切割人體的他，也被這血腥的一幕弄得吐了。

他想逃，可是他的手被鎖著，怎麼也逃不掉，只能眼睜睜看著那些噁心玩意兒朝他撲過來，咬他的脖子，撕扯他的四肢，感覺血肉被一口口咬掉，感覺手腳被撕開。

這樣的畫面一直重複，無論他逃到哪裡，都躲不過被咬、被撕扯，然後成為渾身上下坑坑窪窪的喪屍，見到活人就撲上去大快朵頤。

「不，我要造出來的不是這麼噁心的東西！別咬我，滾開！」

楚攸寧讓他陷入幻象裡發瘋，走向沈無咎。「你還記得咱們來時聽到那些暗衛說要找的人嗎？他們找的，應該就是那個不知是咱們二哥還是三哥的人。」

沈無咎更加著急。「那我們得趕緊出去找他。那個樣子，很容易被當成妖物。」

「沈無咎，我問過了，他渾身上下沒有被接亂七八糟的東西，但動作可能有點像野獸。」沒見到人，楚攸寧也不敢保證他是不是還正常，萬一跟末世獸化異能一樣會獸化呢？

半成品的話，半人半獸也是有可能的。

沈無咎拿劍的手有些不穩，怔了怔，聲音艱澀。「只要活著就好。不管變成什麼樣，他都是我兄長，是沈家人。」

「對，不管變成什麼樣子，都是咱們的哥哥。」楚攸寧用力點頭，打量四周。「我們毀掉這裡，就去找人。這裡一旦炸毀，勢必會驚動上面的人，到時候可能得冒死逃亡。」

沈無咎來的時候，特地揹了兩個天雷，就是以備不時之需。想到楚攸寧的來歷，他心疼地握住她的手。

「是不是只要毀掉這一切，妳所經歷過的那個世界，就不會再出現？」

楚攸寧看著地宮裡用來做實驗的各種器皿。「我也不確定。不管是不是，咱們都得毀掉它，這些始終是禍害。」

沈無咎點頭，神色堅決。「妳說得對。即便今日逃不出去，咱們也得將這裡毀掉。這種喪心病狂的事，絕不能傳出去讓後人仿效。」

知道沈無咎也是同樣想法，楚攸寧就放心了。「對了，裡面不是還關著一個活人？他還正常嗎？」

「那人是被我打敗的綏國將軍柳憫，聽說因傷解甲而去，沒想到會在這裡。我見到他的時候，他已經離發瘋不遠了，我生怕他聽到什麼不該聽的，便把他打昏。」

方才他進去，看到唯一的活人，自然急著想確認是否為他的兄長，沒想到卻是熟人。

「看來越國老皇帝和綏國老皇帝做了交換。這麼一想，突然覺得我父皇跟他們比，好太多了。」得知沈無恙和沈無非出事與景徽帝沒多大關係，楚攸寧暗暗鬆了口氣。

撇開父兄的死，沈無咎也不得不認同這話。儘管景徽帝自我唾棄不管朝事，累得沈家軍在戰場上糧草不足，傷亡加重，但是跟越、綏兩國不把人當人的皇帝相比，的確好一些。

「那我們趕緊處理這裡，努力逃出去找人。」

楚攸寧說著，要沈無咎看住福王，順便將實驗室裡的屍體，不管是人還是獸，全堆在一起。她則跑進放隕石的小房間，破開玻璃罩，打算把裡面的能量吸收掉。

隕石有籃球大小，呈橢圓形，無稜無角，表面有大小不一、深淺不等的凹坑，看起來黑漆漆的。

楚攸寧把手放到隕石上，發現裡面的能量並不是很純粹，含有負能量。當年鍛造太啟劍的鑄劍師，應該是在反覆鍛造後，誤打誤撞剔除了不好的能量，不然沈家人手持太啟劍多年，早被負能量影響。

幸好，她有精神力，可以看得見那些負能量，甚至可以用精神力隔開，只吸收她能吸收的。等會兒他們還要逃亡，帶上這麼大塊的石頭，饒是她力氣大，也會很麻煩。

她閉上眼，開始專心吸收裡面的能量。

沈無咎總擔心她的精神力會枯竭，其實沒用多少。在末世，除異能耗盡需要嗑晶核補充外，其他嗑晶核的時候，更多是為了升級。她吸收完這個，異能大概能成功進入十一級。

沒想到，她升至十一級，居然是在這個用不上異能的世界。要是在末世，十級的精神力喪屍已然不是她的對手。據她所知，最高的異能者也才十三級。

楚攸寧吸收完能量後，隕石外表看起來沒什麼變化，但已經沒那麼堅不可摧，她大掌一拍，隕石瞬間碎成好幾塊。接著，她用精神力將這些碎石騰空，用精神力壓成齏粉，飄落在地。如果這樣還能有人從中提取得到能量，就算她輸。

楚攸寧回到實驗大殿，沈無咎已按照她說的，做好一切。

實驗臺上的福王沒出聲，一動不動。她走過去看，發現他早已斷氣，真是便宜他了。這老頭五十多歲，這些年一心沈迷實驗，身體實在算不上硬朗，被她的幻象這麼一嚇，竟活生生被嚇死。

她掀開他的眼皮看看，確實沒有喪屍化的可能，又放血確認不是黑的，這才將他拎到屍堆那裡。

「寧寧，這些妳打算如何？」沈無咎想到的是將他們燒掉，但這裡沒有足夠的火油，燒也燒不著。

楚攸寧環顧四周，在貼牆的架子上看到擺得滿滿的玻璃瓶，瓶子上貼著標籤，上面寫著酒精兩字，瓶口用木塞堵住。想來這裡沒有消毒水，福王就做出酒精代替。

酒精可以燃燒這個知識，楚攸寧還是知道的，用精神力讓瓶子飄浮起來，並切開瓶子，讓裡面的酒精均勻地灑在屍堆上，其餘的灑在各處。

沈無咎也沒閒著，將實驗室裡能毀的東西都毀掉，幸好這裡的聲音傳不到上面，或者因為福王的霸道，外面的人又自信沒人進得來，即便聽到動靜，都不會覺得是出事了。

做好這一切，兩人相視一眼。

「準備好了嗎？」楚攸寧問。

沈無咎撥開她額前散亂的髮。「待會兒若是顧不上我，有機會逃就只管逃，知道嗎？」

「不。」楚攸寧扠腰，凶巴巴的。「這也是我要跟你說的。現在，我是隊長，你得聽我的。倘若我讓你跑，你只管跑，我有法子逃出去。」

沈無咎無奈地抱住她，抱得緊緊地。「那我們誰都不逃，要生一起生，要死一起死。」他做不到拋下她逃走，哪怕知道她比他厲害。既然這樣，他能做的就是陪她，生死一起闖。

「沈無咎，要是在末世，你就不是個合格的隊員，你知道嗎？」楚攸寧摟著他的脖子。

「我不是隊員，我是妳夫君。」沈無咎摸摸她的頭。

楚攸寧想了想。「也對，批准了。」

兩人打定主意後，往偏殿走去，一個去放人，一個去放獸。擔心冰棺融化會影響爆炸，楚攸寧還將冰棺推到裡面去。

冰棺裡的人，沈無咎和楚攸寧確認過，已經死得透透的，身上有縫合過的傷口，還有不少針孔，不知冰起來有什麼用，反正一樣燒了就是。

柳惘被一巴掌打醒的時候，就看到對面獸籠裡走出一頭頭猛獸，井然有序從他眼前跑過，嚇得渾身打顫。這些可是在山林裡稱大王的猛獸，平日若是遇上一頭，都未必逃得掉，如今卻是全放出去。

「柳將軍，你能走的話，就跟著我走；若是跟不上，我也不會管你。」沈無咎沈肅著臉。他和楚攸寧都不確定逃不逃得出去，可沒多餘精力去救曾經是敵人的人。

柳惘被關進來一年多，跟他關在一起的人被帶出去後，再也沒回來過，日日夜夜伴隨著獸吼，還有外面傳來的恐怖嘶吼，人已經在崩潰邊緣。

方才被人抬起臉的時候，他還以為輪到他去受那非人的折磨了，沒想到會看到沈無咎，沒等他問沈無咎為何在這裡，沈無咎就劈昏了他。

此時他醒來，聽到沈無咎這麼說，頓時知道沈無咎不是跟他一樣被抓來的，連忙點頭，抓著鐵欄站起來。一年多沒活動，且還瘦得有些不成人形，力氣一時跟不上，但那又如何，只要給他逃出去的機會，他拚了這條命，都要試一試。

沈無咎看他能走，拔劍砍下兩根鐵棍遞給他。「將就用吧。能不能活，看你自己了。」

兩人出了牢籠，楚攸寧也放完最後一隻野獸，過來和他們會合，快步往外走。

柳惘沒想到跟沈無咎一起來的是個嬌嬌軟軟的姑娘，瞧著還是能拿主意的人。但他什麼也不敢問，只管握緊手裡的鐵棍，做好廝殺的準備。

到了實驗大殿，柳憫看到堆在一起的屍體，哪怕身為走過屍山血海的將軍，看到屍堆上人不人、獸不獸的屍體，還是嚇到了。

他不知這裡做的是這樣駭人聽聞的事，更叫他震驚的是，方才被放出來的豺狼虎豹等猛獸全乖乖站在石門前，明明狂躁得不行，卻又按捺住了。而沈無咎和那姑娘半點不怕的走過去，和那些猛獸站在一起。

柳憫知道這不是他能置喙的時候，他想活，就只能跟緊他們。

楚攸寧過來時，順手拿了一瓶酒精，從沈無咎手裡取過火摺子。火摺子已經被沈無咎吹得燃燒起來，她拔掉瓶塞，倒出一些酒精，將火摺子點向瓶口。

如此嚴肅緊張的時刻，柳憫還是想說這姑娘的行為有些兒戲，世上哪有火能點得著水？然而，下一刻，一絲火苗在瓶口燃起，慢慢往裡面蔓延，透明瓶子中燃起藍色妖焰。

沈無咎的手放在開啟石門的開關上。

差不多了，楚攸寧對沈無咎點點頭，一人去開石門，一人將裝滿火焰的玻璃瓶扔向那堆屍體。被潑了酒精的屍體轟的燃起巨大火焰，飛快延燒。

「走！」楚攸寧大喊一聲。

石門同時開啟，沈無咎將早準備好的天雷扔進去，然後被楚攸寧拉著跑。

柳憫差點被爭先恐後的猛獸擠倒，但顧不上害怕被咬了，跟上大家的腳步，才能活命。

# 第一百零一章

楚攸寧想也沒想，放棄最近的出口，拉著沈無咎往來時的路跑。

之前她用精神力往上探過了，這所謂的地宮，應該就是傳說中建給福王靜修的仙宮，位在太廟旁。

越國太廟守衛森嚴，平時除了祭祀大典，無人能靠近。她還看到上面站了兩排禁軍，設有幾臺火炮對準出口，顯然是擔心有人闖入，一旦出來，就用火炮轟炸。

若這時候往上跑，那就是自投羅網，幸好他們沒選這裡走。

實驗室裡易燃的東西太多，火一著就能熊熊燃燒起來，裡面的玻璃瓶不停發出爆破聲，很快就有黑煙往上冒。

上面的守衛瞧見黑煙從地宮裡冒出來，立即衝向出口。

沒等他們打開出口，沈無咎扔進去的天雷爆炸，加上實驗室裡還有其他會爆炸的東西，使得天雷的威力更為凶猛。

強大的氣浪掀開出口的石板，也掀開靠得最近的、正想衝下來的那批人。

身後傳來爆炸巨響，哪怕楚攸寧他們已經跑出一段距離，還能感受到一小波氣浪沖來。

楚攸寧用精神力阻擋，才沒被沖倒，甚至還將這股氣浪灌至腳下當助力。

他們必須趕在身後的追兵追上來以前，在越國老皇帝讓人封鎖各出口以前，逃出密道。不然，一個火炮轟炸下來，可能就要玩完。

密道裡除了猛獸狂奔的腳步聲，還有人發出的濃重喘息。

柳憫覺得自己的腳連地都沒沾，兩邊的牆好似殘影掠過。

與此同時，越國老皇帝還未回到他的宮殿，就聽到後面傳來爆炸的聲音，差點從龍輦上摔下來。

「可是福王做實驗又出差池了？」老皇帝安慰自己。福王那兒，時不時會弄出大動靜。

貼身太監戰戰兢兢順著他的話說：「王爺這次鬧的動靜有些大。」

「狗東西！那看起來像福王鬧的嗎？快，折回去！」老皇帝氣極，一巴掌打過去。

福王比他小四歲，當年這個弟弟突然弄出一齣仙人託夢，吸引所有人的目光，得先帝看重。在眾多兄弟以為皇位必定會落在福王頭上時，福王卻說要建仙宮靜修。

於是，繼火藥武器和派人出海尋找他所說的高產作物後，福王緊跟著又造出了玻璃，用玻璃將仙宮點綴得美輪美奐。

所有人都相信了福王閉關靜修不出的消息，直到他繼位後才知道，福王所謂的靜修，其實是想打造超強大的戰士，甚至比火藥武器更厲害。

幾十年下來，做了那麼多次實驗，他都不抱希望了。直到六年前，他抓回沈家子給福王做實驗，兩年後竟真的造出來，沈家子沒了做人的意識，還是人的模樣，行為舉止卻和猛獸如出一轍。

這不是最重要的，最重要的是，那獸人有超出普通人的力量，動作極快，能徒手接住射過來的箭，力量也變大，還隱隱有號令群獸的能力。

他的心變得火熱起來，若能造出這樣的軍隊，就算其他國家弄出火藥又何懼。哪怕造不出來，只要這個獸人能號令群獸，越國就能擁有一支猛獸戰隊。

沒等老皇帝回到仙宮，已經有暗衛落在龍輦前，跪地稟報。

「陛下，仙宮遭人入侵，現已炸毀，通往仙宮的入口崩塌。」上面的玻璃已經炸裂，裡面的大火還在熊熊燃燒，黑煙滾滾，空氣中瀰漫著怪味，根本進不去。

老皇帝急得從龍輦上下來。「福王呢？可救出來了？」只要福王在，仙宮炸了就炸了。

暗衛支支吾吾。「回陛下，事情發生得太突然，福王……沒救出來。」

聽到這個結果，老皇帝差點一口氣上不來，老太監從後扶住他，幫他順氣。

「陛下息怒。」

「福王沒救出來，你們還活著做什麼？朕要你們何用！」老皇帝推開老太監，抬腳去踹暗衛，沒踹得多重，卻差點害自己摔倒。

他的超能力戰士，居然就這麼沒了！

沒有福王，一切都成空。他不是沒想過，生怕福王有個萬一，得派人跟福王學。可是派進去幫忙的小太監說，那不是看看就能明白的東西，實驗只能由福王來做。

所以，福王用的那些東西，即便他能請人重新打造出一模一樣的來，也派不上用場。

這時候，有暗衛匆匆來報。「陛下，在福王寺另一頭的出口，發現國庫被盜的金子。」

老皇帝幾乎可以肯定，炸掉實驗室的，就是慶國攸寧公主一行人。

他神色陰狠地說：「料她跑得再快，也還沒跑到出口。放出信號，立即炸掉密道。」

搶了他的國庫，炸了他的火藥營都無妨，這些還可以再擁有，但會造出強大戰士的，只有福王一個！她膽敢殺了福王，他就敢讓她有來無回。

自從有了信號炮後，暗衛之間會用各種顏色的信號炮來傳達命令，如此省了跑來跑去的工夫，一見到信號炮，便執行命令。

暗衛立即拿出一筒信號炮往天上放，砰的一聲，在天上炸出紫色煙霧。

「增派人手找那個人，活成獸樣的，普天之下也只有這一個。再找不到，你們都不用活了！」越國老皇帝唯一能慶幸的，是那獸人逃出去了，不然也會被炸死。

同時，他在想，如果獸人在，或許就能阻止那丫頭炸實驗室，福王也不會死。

老皇帝這念頭一起，立即甩掉。聽說這丫頭從豫王府離開後，豫王瘋了，只要是女的都能看成是慶國大公主，還滿街嚷嚷，承認自己殺了兩個世子和大臣。若說這裡面沒有什麼邪門的事，他可不信。

那丫頭算起來也是他的孫女，倘若能為他所用，就好了。

楚攸寧要是知道越國老皇帝這麼想，大概想讓他長睡不醒。

氣浪一消失，大家又恢復正常，全靠雙腿奔跑。

見這些猛獸跑得飛快，楚攸寧只恨牠們太瘦，不能騎。

沒跑多久，楚攸寧看到六個暗衛出現在她的精神力範圍內，可能是他們奔騰的腳步聲惹來的。

「前面有六個暗衛朝這邊來，大約三分……」三分鐘在古代怎麼說來著？楚攸寧腦子卡住了，機智地換個說法。「大概默數到一百八十後到達。」一分鐘六十秒，沒毛病。

沈無咎很容易就能解讀出她要表達的意思。這麼驚心動魄的時候，他真的很想緊張嚴肅的，但媳婦不讓。

柳憫落後兩步，跑得跟隻狗似的。這裡面就數他最喘，聽到楚攸寧用數數來表達敵人還有多久到達，差點因為笑而喘不上氣。

幾個暗衛就在石門後面，石門只能從密道裡開，所以他們算是被堵個正著。

跑在最前頭的猛獸對著石門吼叫，用爪子去撓，有的焦躁走動，似乎很不安。

楚攸寧以為牠們是感受到石門外的殺氣，想著與其開門被打，不如開門讓人衝進來挨打，於是在距石門還有一段距離的時候，用精神力轉動石門機關。

「準備動手。」楚攸寧提醒沈無咎兩人。

落後一步的柳惘下意識握緊手裡的鐵棍。兩個大男人總得護住這個小姑娘，雖然不知道小姑娘是如何判斷出敵人距離的。

石門開啟，暗衛們迎面遇到的就是幾頭猛獸，好在那些猛獸只管往前衝，大家發現這點，及時閃開，然後一心抗敵，結果看到從十步開外衝過來的人，瞬間傻住。

人沒靠近，石門如何打開？難不成是那些猛獸開的？

柳惘正想操著鐵棍衝上去，眼前便是一花，以為需要保護的小姑娘已經跟狗見了肉包子似的，飛快衝上去。

原諒他這麼打比方，真沒見過哪個姑娘家遇到敵人這麼激動的。

楚攸寧想試試十一級的精神力。升至十一級後，她發現自己操控實物更信手拈來，如果再攔截發射出的火炮，肯定不會腦疼。

她試著將精神力凝成刀刃，朝那幾人的脖子精準抹去。

沈無咎見他正要傷的人突然倒下，無形中好似有什麼劃過對方脖子，知道楚攸寧又用了異能，趕緊配合，假裝揮劍。

昏暗的密室裡，寒光閃爍，沈無咎的劍所過之處，就有一個暗衛倒下。

柳惘看得頭皮發麻，這一劍過去，就抹了人脖子，跟喝水一樣簡單，太可怕了。他摸摸自己的脖子，敢情打仗時沒死在沈無咎手裡，是對方手下留情。

此時此刻，他只想說一句——感謝不殺之恩。

「走！」

將幾個暗衛解決掉，楚攸寧和沈無咎有默契地選擇之前沒走過的路走，見那些猛獸一直往前狂奔，楚攸寧也沒阻止。

她放牠們出來，就是為了分散敵人的注意，讓人以為他們往前面跑了。

他們剛要拐彎，跑過去的猛獸又往回跑，身後還傳來陣陣爆炸聲。

楚攸寧瞳孔一縮。「快跑！」這是點燃內置炸藥，炸也要把他們炸死在裡面啊。

不用楚攸寧催，聽到斷斷續續的爆炸聲，沈無咎和柳憫都拚命往前跑，若是跑不過，就要被炸死在仙宮裡了。

幸好這條路並不是很長，快到出口時，那裡還有一間屋子大小的空地，堆滿一袋袋糧食和銀子，有些還能瞧出被火燒過，一看就知道是搶救來的。

她之前居然沒想到用精神力搜索國庫裡有沒有密道，果然金子迷人眼。

此時楚攸寧顧不上垂涎那些糧食了，因為他們到的時候，已有人點燃埋在牆裡的火藥，還不只一個。火藥的引線已經燃到底，不可能用精神力切斷；要是想用精神力轉移，還得先破牆。

眼看爆炸只是在一瞬間的事。

「寧寧，妳快出……」

沒等沈無咎說完，千鈞一髮之際，楚攸寧反抓住沈無咎的手，將他整個人往出口扔。至於柳憫，是直接一腳踹上去的。

「寧寧！」沈無咎嘶喊的聲音隨著爆炸聲響起。

他被氣浪沖出好遠，重重落在地上，身後響起爆炸聲，出口被徹底炸毀、掩埋。

# 第一百零二章

「寧寧！」

沈無咎完全不顧自身，像瘋了一樣撲過去徒手挖，想將他媳婦從碎石泥土裡挖出來。

柳憫也被踹了個狗吃屎，因為落後沈無咎一步，氣浪沖得更重，後背火辣辣地疼。

他甩甩身上的塵土，耳朵已經聽不到沈無咎在說什麼，但他知道，爆炸聲一過，勢必會有人過來察看，他們得趁著漫天塵土時逃掉。

可惜，無論他怎麼拉都拉不動沈無咎，而且他的力氣也沒有沈無咎大。

短暫失聰讓他聽不到沈無咎在說什麼，但他知道，一定是在喊那個力大無窮的小姑娘。

如果他自私一點，這時候可以自己跑掉，可是他做不到，只能拔出沈無咎落在地上的劍，抵擋住已經朝這邊衝過來的官兵。

「寧寧……」

沈無咎不相信他媳婦就這麼死了，她那麼厲害，定有法子避過去。他判斷出媳婦之前站的地方，繼續挖，連指甲斷裂都沒有感覺。

「沈將軍，我快撐不住了！」

柳憫揮開不停朝這邊射來的箭。箭還好說，就怕這些人又丟個火雷。

火雷的威力，他切身體會到了，當時要不是那小姑娘力大無窮一扔一踹，把他們當蹴鞠投出去，他們倆已經沒命了。

沈無咎扭頭看了眼，加快速度，甚至想到媳婦留在他體內的那一絲能量，甚至想自傷來得到媳婦的回應。

這念頭剛起，他忽然抓到一根軟乎乎的手指。

沈無咎以為出現幻覺，整個人僵住，動都不敢動，直到那根手指動了下，調皮地勾勾他的手指，他才重新活過來。若說方才只紅了眼眶，此刻卻是含了淚光，笑著瘋狂用手刨地。

沒等沈無咎刨多少，那堆廢墟動了動，隨即有股力量從裡面衝出來。

楚攸寧頭頂一袋糧食破土而出，呸掉嘴裡塵土，看著沈無咎笑，像個傻子似的。

之前把人扔出去的時候，她同時調動精神力，將一袋袋糧食堆起來，層層圈住自己，再加固一層層精神力，這才幸運地沒被炸死。

也幸虧這密道出口設在國庫後方空曠處，萬一設在屋裡，底下密道一塌，上面也會跟著塌，就算她把沈無咎他們扔出來，也會遭活埋。

比起他們渾身塵土，楚攸寧臉上還算乾淨，也沒受傷，沈無咎頓時放下心。

眼下不是說話的時候，他上前，赤手空拳奪過一個兵卒的長矛，橫掃一遍。

楚攸寧把頭頂上的糧袋扔向弓箭手，弓箭手瞬間倒了一大片。

柳憫得到支援，耳朵也恢復正常，回頭發現小姑娘好好地站在那裡，那袋糧食就是她扔的，暗呼真乃神人也！

不知為何，見她好好出來了，他總覺得要逃出去不是什麼難題。要是知道他這麼想，楚攸寧肯定會說他有眼光。只要不是被困在密道裡，天高海闊，她又可以天不怕、地不怕了。

她凝起精神力，砸了掉落在地的碎石，天上頓時好像下起石頭雨，中間還夾著刀子。場面一度靜止，所有人都被嚇住。

楚攸寧想著，如今她已有十一級異能，便試著凝出一個分身幻影，沒想到還真成了。接著，她凝出三個人的分身幻影，讓它們分散朝反方向跑，引開衝上來的敵人，同時用精神屏障將幾人罩住。

「跟緊了。」楚攸寧出聲提醒柳憫，幾人就這樣在裡三層、外三層圍捕中，悄悄跑掉。

今日的越國京城大街上一片蕭條，先是信王造反，再來國庫被炸，然後官兵到處搜尋慶國公主。

柳憫覺得跟作夢一樣，他們居然就這樣旁若無人地走在大街上，時不時有搜尋的驍騎衛和禁軍經過，可那些人像是瞎了般，看不見他們。

路上經過一家剛出攤的燒餅攤，楚攸寧五指往笸籮裡一伸，抓了幾個燒餅，銅錢則順著指間，落在笸籮裡。

柳惘拿著分到的燒餅，再次懷疑人生，這是能吃燒餅的時候嗎？看沈無咎那麼自然接過就吃，柳惘沒話說了，他也餓得很，低頭就是一大口，差點喜極而泣。

被關起來的一年多，不是饅頭就是地瓜，比坐牢還慘，這會兒吃上一口熱呼呼、香噴噴的燒餅，只覺得再沒有比燒餅更美味的了。

幾人吃完燒餅，剛好到達城門口，楚攸寧發現牆上還張貼著她的畫像。她悄聲對沈無咎說：「沒你畫得好。」

面對媳婦突如其來的誇讚，沈無咎收回四處張望的目光，握住她的手，也低頭小聲說：「得空我幫妳畫一張。」

楚攸寧笑問：「畫一張我的通緝令嗎？」

沈無咎狠揉了下她腦袋。「對，誰叫公主不聽話。」

楚攸寧說：「放心，沿路打探來的消息我都聽著呢，確定咱們的哥哥沒在城裡。」

沈無咎一怔，突然後悔狠揉她腦袋的那一下了，又輕輕把被他揉亂的髮絲撫順。媳婦的心可大可細，一眼就知道他在擔心什麼，還先逗他開懷才說出來。原本只是在他心上放了一顆糖，後面的話就像把他心上的糖燙化了。

柳惘緊跟在後面走，看著兩人十指緊扣，交頭接耳，不知道是不是燒餅吃多了，突然覺得有點撐。

城門自從封鎖後，就沒打開過，只有持腰牌的人才能出城。百姓們不敢鬧，只盼著城裡盡快穩定下來。

楚攸寧可以用精神力讓守城官兵開門，但眼下那麼多雙眼睛盯著，他們就這樣走出去，即便豎起精神屏障，讓人把他們當空氣看，可城門無緣無故開啟，豈不懷疑他們出城，到時候一番轟炸可不得了，能避免硬拚的時候還是避免吧。他們還急著去找人呢，陳子善一行人不知道怎麼樣了。

「要不，我去引開他們，你們往外衝。」柳棡湊過來。他的命是他們救的，是該報恩。

楚攸寧拍拍他的肩膀，柳棡頓覺肩上有千斤重，把他的身子一點點往下壓。

「還沒等我們衝到城門口，你大概已經被射成刺蝟，或者炸得粉身碎骨。」

她早注意到了，四周布滿弓箭，地上埋了火雷，城上架了幾口火炮，還有人站在一筐筐火雷旁邊，就等著隨點隨扔。

柳棡語塞，他有這麼弱嗎？

沈無咎點頭，還真就這麼弱。

就在楚攸寧考慮要不要去控制一隊禁軍混出城的時候，大批人馬滾滾而來，一個個身披黑色鐵甲，連臉都戴上黑色面具，整個隊伍的氣勢像是死神收割人命的鐮刀，煞氣沖天。

「是陛下的黑煞軍，開城門！」守城門的將領揮手下令。黑煞軍都是死士組成，出現時代表的是皇帝，如朕親臨，誰敢攔著不讓他們出城。

楚攸寧用精神力掃到黑煞軍的時候，已經帶著沈無咎和柳棡悄悄摸到城門位置，城門一開，就率先溜出去，不然落後那麼多，兩條腿肯定跑不過四條腿的。
幾人剛出城門，後面的黑煞軍就衝出來了，他們靠邊，等這支隊伍過去。
楚攸寧還擔心黑煞軍是被福王那老頭弄出來的，精神力一掃，還好還好，只是武功厲害了些，殺氣重了些。
在這支黑煞軍衝出城門的時候，為首的黑煞衛突然勒住馬，朝他們的位置看過來。
楚攸寧挑眉，這人可真敏銳，不愧是能代表越國老皇帝的狗。
不過她也不怕他能看穿她的精神屏障，還對他下了命令，讓他對屬下說出此行的目的。
「陛下說獸人出現在雀山附近，幫慶國人逃走，命我們前去將人帶回。其餘人，殺！」
沈無咎渾身一震，彷彿驚喜從天而降，目光灼熱地看向楚攸寧。這肯定是她的功勞，不然，一個死士是不可能當眾說出任務的。
黑煞軍首領說完，皺了皺眉，下令繼續走。
黑煞軍也覺得他們的首領今日有點怪。
楚攸寧幾人趕緊遠離城門，找了處山林停下來。
「沈……沈將軍，方才我沒看錯吧？還有，這一路走來，別人都看不到我們。」
柳憫不敢置信就這麼順利出了城，如今終於能說話了，迫不及待地出聲問，眼神火熱地看向楚攸寧。這哪裡是個嬌滴滴的小姑娘，這分明是會法術的小仙女。

沈無咎擋住他的目光，表情嚴肅，冷聲道：「是慶國的祖宗顯靈。」

柳憫無言，他也讀了不少書，別騙他了吧。

他看向楚攸寧，楚攸寧用力點頭。「沈無咎說得對，慶國祖宗看不慣越國有仙人託夢，所以就忍不住顯靈了。」

柳憫想到方才的情景，想像一群鬼朝敵人扔碎石刀劍的模樣，渾身打了個哆嗦。

「你怎會落得如此下場？」沈無咎岔開話頭。

「我被其他王爺陷害通敵判國，以為會被砍頭，孰料醒來卻身在那座地宮裡。我倒寧願被砍頭呢，逃也逃不掉，他們手裡有個針筒，往人身上一扎，就渾身沒力氣，毫無知覺。」

如果不是今日沈無咎來了，他已經離發瘋不遠。

柳憫知道，沈無咎在戰場上失蹤的二哥可能也被送來地宮，看向他的目光充滿同情，頗有同病相憐之感。

「綏國狗皇帝殘害忠臣，慶國皇帝也不是明君，沈兄可有什麼打算？」柳憫問。

楚攸寧眨眨眼。「你是在慫恿沈無咎造反，幹掉我父皇嗎？」

柳憫打了個激靈。「父皇？姑娘是……」

沈無咎輕笑，摸摸楚攸寧的頭。「這是攸寧公主，我媳婦。」

這是公主？公主會跑到越國京城，還專去危險地方?!柳憫頓時尷尬得不知如何是好。

「這個，哈哈……我腦子被炸糊塗了，公主就當沒聽到啊。」

楚攸寧擺手。「沒事，反正我父皇也讓沈無咎造反，只是沈無咎覺得當皇帝實在太累，就沒幹。」

柳憫瞪大眼，他聽到了什麼？這世上還有皇帝要臣子造反的，這是什麼奇葩皇帝？更奇葩的是，有人嫌當皇帝太累！

沈無咎覺得話說到這裡，也差不多了，對柳憫道：「當下敬王應是在爭奪皇位，柳將軍趕回去，興許還能得個從龍之功，越國皇帝大概會要綏、晏兩國聯手攻打慶國。」

楚攸寧瞪大眼睛。「沈無咎，你好厲害，居然猜中了。」

沈無咎笑了笑，這並不難猜，如今越國火藥營被炸，做好的武器都沒了，也沒有材料，李承器又帶兵造反，原來派出去攻打慶國的兵馬掉頭打反賊，越國老皇帝自然會想利用綏國和晏國牽制慶國。

他想著，心思一轉，反應過來，楚攸寧的話裡有另一層意思。「公主怎知我猜中了？」

「我遇到越國皇太孫了啊，還蹭了一路，順便給他送了份大禮。」楚攸寧得意扠腰。

沈無咎知道她的能力，越國皇太孫怕是要倒楣了。

他轉向柳憫，拱手道：「柳將軍即刻啟程吧，你我後會有期。」

柳憫自然也想馬上回去為自己討公道，只是他看得出來，這兩人好像在找人，他就這麼一走了之，太不講義氣了。

「你們救我一命，我柳憫這條命便是你們的。有何需要的地方，儘管吩咐。」

「啊？你這是要叛國嗎？」楚攸寧問。

柳憫臉色一變。他不是！他沒有！別瞎說！

沈無咎笑了笑。「柳將軍無須如此，他日你我興許還會在戰場上相見。」

柳憫心頭一凜，他怎麼忘了，綏國攻打慶國多年，不是換個皇帝就能當什麼都沒發生。

這一路走來，他聽到越國出那麼多兵力，都是在找攸寧公主一夥人，還知道他們將越國製造火藥的地方炸了，足以證明這是慶國在為攻打越國做準備。

此時柳憫還不知慶國已經打了兩場勝仗，整個越國被楚攸寧搞了個天翻地覆。

他想著，若敬王坐上那個位置，會重新考慮和慶國的關係；若是其他王爺坐上去，八成會願意和越國聯手。

雖然有些食言而肥，但柳憫還是深深躬身拱手。「沈將軍說得對，我得趕回去助敬王登基，順便規勸一二。相比來日在戰場上相見，我更希望是舉杯同慶。」

沈無咎抱拳。「保重！」

「保重！」柳憫也用力回以一揖，轉身對楚攸寧抱拳。「多謝公主救命之恩，希望來日有報答公主的機會。」

「嗯，等下次見面，你給我送點吃的就行。」楚攸寧也學著拱了拱手。

攸寧公主當真會體諒人，救命之恩只讓送點吃食償還。柳憫帶著感慨，轉身大步而去。

「我們也趕緊走吧。」沈無咎擔心他們去晚了，歸哥兒他們有危險。柳憫不跟他們在一起，反而沒人會注意到他。

楚攸寧點頭，邊走邊說：「沈無咎，我覺得那不知是二哥還是三哥的人，已經知道回家的路了。」這下可好，不用糾結先找哥哥，還是先去跟歸哥兒一行人會合。

沈無咎以為這話是在安慰他，笑著握住她的手。「很快就能知道是三哥還是二哥了。」

# 第一百零三章

另一邊，裴延初一行人已經在山洞裡安置妥當。

這山洞應該是附近村民上山打獵時用來避雨的地方，裡面還有一捆柴禾，收拾一下，鋪上一些雜草，就能休息。

安置好後，程安帶人出去打獵，好做晚飯。若是主子還未尋來，他們就得在這裡過夜。

陳子善靠在火堆前，手上的傷已經被沈思洛包紮好，他很慶幸自己肉厚，沒傷到骨頭。

沈思洛為陳子善包紮好後，又忙著照顧其他受傷的人，許玲玥在旁邊幫忙。之前在戰場後方時，她就學過怎麼幫傷兵包紮傷口，如今已經越來越熟練，沒繃帶就撕衣裳來用。

陳子善盯著許玲玥，她看到血肉模糊的傷口，臉色瞬間慘白，卻是緊咬牙關，強忍著不適，看起來比沈思洛和公主還嬌氣，有理由懷疑她是被家人嬌養長大的，沒經過什麼事。

方才在車上，她明明害怕得牙關打顫，卻還是伸出手，用弱小力氣緊緊抓住他，不讓他被甩出去。他感激她，卻不能因此對她卸下防備，這可是逃亡的關頭，出不得半點差錯。

陳子善移開目光，看向洞口。

剛到山洞的時候，怪人怎麼也不肯進來。按理說，長年跟野獸待在一起，最熟悉、最習慣的地方是山洞才對，可是他好像很抗拒，最後好不容易才被歸哥兒哄進山，也只待在洞口，似乎做好隨時逃跑的準備。

因為他是救命恩人，姜塵想幫他打理打理，可惜這人只讓歸哥兒靠近。

裴延初不放心讓歸哥兒獨自跟怪人待在一起，就在旁邊護著。

歸哥兒繞著怪人走了好久，想要回小木劍，可是怪人好像聽不懂他的話，怎麼也不給。

「我現在沒有肉乾了，等會兒程安帶回獵物，烤好了就給你，你先把小木劍還我好不好？」歸哥兒蹲在怪人面前，好聲好氣跟他商量。

怪人坐在地上，兩手抵著地，瞪著歸哥兒，眼裡毫無感情。

歸哥兒的目光落在他插在腰側的小木劍上，見他聽不懂，就伸出小手，想悄悄拿回來。

「歸哥兒住手！」陳子善看得心驚肉跳。

就在歸哥兒的手快要碰上小木劍的時候，怪人忽然按住木劍，對他齜牙。

「啊！」歸哥兒嚇得跌坐在地。

裴延初沒想到，他轉頭看媳婦一眼就出事了，趕緊上前把歸哥兒抱起來，隨時準備出手制止怪人。

感覺到對方的不善，怪人弓身做出攻擊姿勢，還威脅地吼了聲。

「歸哥兒，這是怎麼了？」裴延初抱著歸哥兒慢慢後退。怪人是救命恩人，除非他暴起傷人，否則他們是不會主動傷他的。

「我想拿回我的小木劍。」歸哥兒讓裴延初放下他，小脾氣也上來了，小嘴嘟得老高。

他走到怪人面前，扠腰指著小木劍。「這是公主嬸嬸做給我的！你不還我，我讓公主嬸嬸揍你！」

稚氣聲音在山洞裡輕脆響起，大家提心弔膽盯著，邢雲和裴延初已經做好拔刀的準備。

怪人慢慢卸下防備，背過身去，不理他了。

眾人傻住了，為何怪人看起來像個賭氣的孩子？

「裴叔叔，我的小木劍。」歸哥兒快哭了，他還等著拿這木劍向父親認錯呢。

「等公主嬸嬸回來治他。」裴延初果斷祭出公主。

歸哥兒眼睛一亮，隨即又暗下來。「公主嬸嬸何時才會來啊？」

「應該快了吧。」此時他們離京城已有幾十里路，不知道公主和沈無咎那邊順不順利。

片刻後，程安帶著獵物回來了，是一頭小野豬，還有兔子跟野雞，都處理好，放上火直接烤就行。

他們抬著獵物經過怪人時，怪人一見到肉，撲上去張嘴就咬，嚇了他們一跳，程安憑著本能反應拔刀。

這下，大家更加肯定，怪人的習性是跟野獸學的，只有野獸才生吃獵物。

歸哥兒張大嘴巴，眼睛瞪得溜圓，趕緊上前擋在怪人面前。「這個得烤熟了才能吃。」

怪人對他低吼，看起來有些凶，歸哥兒有點怕怕的揪住裴延初的衣服，但是沒有退縮。

「他是不是餓了？」沈思洛把放在火堆旁烤得黑糊糊的地瓜拿過來，放在地上，用手推過去。因為馬車沒丟，所以他們之前準備的乾糧還在。

歸哥兒把烤地瓜放到他面前。「你餓的話，先吃這個。」

怪人低頭嗅了嗅，張嘴就咬。

「呀，不是這麼吃的。」歸哥兒急得伸出手撥開地瓜。

所有人嚇了一跳，怕怪人暴起，結果他沒生氣，抬頭看著歸哥兒，似乎有點委屈。

歸哥兒把地瓜拿來，熟練地剝皮。「剝開這層燒焦的地方，裡面就是甜甜的地瓜了。」

他耐心地教怪人怎麼吃烤地瓜，地瓜還有些燙，燙到手他就捏捏耳朵，然後繼續剝皮。

歸哥兒剝了一半，露出黃澄澄的地瓜，拿起怪人的手，把地瓜塞給他。「這樣拿著吃。」

「歸哥兒……」沈思洛擔心怪人會傷人。

裴延初抓住歸哥兒的衣領，做好隨時將他拎開的準備。

怪人手上髒兮兮的，指甲裡也填滿污泥，可能需要用手走路的關係，斷裂指甲參差不齊。

他低頭張嘴要啃，歸哥兒拿小手去擋，固執地教他用手拿。「拿著吃。」

怪人不耐煩地拍拍地面，似乎在說到底給不給他吃。

「拿呀。」歸哥兒扳開他的手指，把地瓜塞進去，再收攏他手指，也不嫌他髒。

怪人呆呆看著歸哥兒不動。

怪人的手很僵硬，歸哥兒費了好大的勁，才把地瓜移到他嘴邊。

「啊……張嘴，這樣吃就可以了。」

怪人見歸哥兒小嘴張得大大的，也學他張開嘴，歸哥兒就將地瓜往他嘴裡塞。

嚐到地瓜的香甜，不用歸哥兒說，怪人已經咬掉一口，咀嚼起來，還掙開歸哥兒的小手，拿著地瓜背過身去，大口大口吃。

起初他用手拿著吃的時候，還不習慣，動作很僵硬，後來或許是因為與生俱來的本能，自然而然學會抓握。

「欸，後面還要剝皮的呀！」歸哥兒繞過去，就見沒剝皮的那一半已經入了怪人的嘴。

怪人的嘴唇黏上地瓜皮，蓬亂鬍子也沾了不少碎屑，一雙眼睛可憐兮兮的，似乎在說還要吃。

沈思洛趕緊回去，又拿來兩個烤好的地瓜給他。這次，她試著靠近些，結果怪人突然扭過頭對她齜牙，嚇得她扔下地瓜，轉頭躲進裴延初懷裡。

「你別嚇我姑姑！」歸哥兒氣呼呼。

怪人看到掉落的地瓜，就想低頭去吃，明明嘴巴已經張開，又停住了，慢慢坐下來，看歸哥兒一眼，笨拙地伸手拿起來吃。雖然沒剝皮就往嘴裡塞，但算是很大的進步了。

這時，去外頭打水的姜塵跑進來道：「不好了，外面來了大批官兵，將這座山包圍起來了，說是要搜山！」

所有人被這消息驚得起身，程安反應迅速地上前滅掉火堆，以免煙霧暴露他們的行蹤。

「怎麼可能？對方就算知道我們在這裡，也不可能耗費這麼多人來搜山，是想抓住我們威脅公主嗎？」陳子善納悶。

「我聽外頭把守的兄弟說，那些人想找的是我們當中的一個，我們只是附帶的。」

姜塵的話音一落，大家的目光不由落在許玲玥身上。隊伍裡最可疑的，就是她了。

許玲玥嚇得跟隻小兔子似的，竄到姜塵身後。

「許姑娘，還未來得及問，妳是越國哪兒人？是何出身？」姜塵將許玲玥拉出來。他也不願懷疑她，畢竟這一路上她表現得不錯，看得出來是跟他們一條心的。

許玲玥水汪汪的大眼怯怯地看向眾人，猶豫著說：「我……我是慶國人。」

「慶國人?!」大家為之一驚。

「對，他們找的肯定不是我，你們別扔下我。」許玲玥眼帶乞求，生怕他們把她丟下。

「有何物可以證明？」程安皺眉。主子是否知道什麼，不然怎會讓他們帶這姑娘回國。

「我父親是荊州知州，我是離家出走，問路時被一個胖大嬸騙了。等我醒來，就在越國了。」許玲玥弱弱地說。

大家用不可思議的眼神看她，這像小白兔一樣的姑娘，居然還有離家出走的勇氣呢。

陳子善看著許玲玥，他果然沒猜錯，這就是個嬌貴的官家千金。

姜塵低頭看許玲玥。荊州與雍和關隔了三座城，如果他背的州志沒錯，如今的荊州知州，是景徽元年的恩科狀元。

荊州知州出自寒門，身為新帝登基後的首位狀元，頗得景徽帝看重，短短十年就做到了三品官。在大家以為他能入內閣的時候，他卻看不慣景徽帝耽於享樂，冒死諫言，結果被貶出京城，直到如今，官職都沒變動過。

「越國欺人太甚，居然背地裡抓咱們慶國的姑娘來糟蹋。」沈思洛義憤填膺。

「不只是慶國，當初跟我在一塊兒的那些姑娘，也有綏國跟晏國的。」許玲玥說。

「他們就是仗著即便被發現了，大家也不敢拿越國如何！」這不能消除沈思洛的怒氣。不管怎麼說，許玲玥暫時擺脫了嫌疑，於是，大家的目光不約而同落在怪人身上。總不會是抓他吧？他不是野人嗎？

「大家可還記得，這人出手時，有公主的影子？」程安想起怪人出現時的過人身手。眾人打量這個渾身上下邋遢得不得了的怪人，齊齊搖頭。「一點都不像。」

程安啞然，這些人跟著公主久了，也不愛動腦子了嗎？

「我說的是他的身手。」

「你這麼說，還真的有點像，他接箭跟接著玩似的，公主扔人也跟扔著玩似的。」

「該不會是公主失散多年的兄弟吧？」

陳子善剛說完，被裴延初拍腦袋。「胡說什麼呢？妄論皇家，不想活了。」

許琀玥從姜塵後面探出腦袋看了看，目光微閃，又縮回去，輕輕咬唇。

「先別說那麼多了，如今整座山都被包圍，咱們怎麼逃出去？」程安問。

儘管猜出那些人找的是怪人，但沒有人想將他交出去，換取活命的機會。

他們帶來的天雷早用得一個不剩，如今傷的傷，能打的沒幾個，不可能衝得出去，而且他們對這一帶也不熟悉。

「趁天還未黑，我們往深處走。」程安果斷道。

如今整座山被包圍，衝出去是自投羅網，只能往深處退，拖得一時、是一時。

大家迅速將能帶上的東西都帶上，沒受傷的攙扶受傷的人。裴延初將歸哥兒揹在背上。不用歸哥兒催促，怪人已經主動跟上。

歸哥兒的小胳膊緊緊摟著裴延初的脖子，小嘴抿得緊緊地，知道又要開始逃亡了。

追兵來得很快，一行人沒走多久，就被追上了。

程安和邢雲等人將弱小護在身後，看著如鬼魅般出現的黑煞軍。

程安一看這些人就知道對方殺氣很重，甚至比起怪人的眼神更冷血無情，像是特地培養出來的死士。

倘若真是如此，那他們今日怕是在劫難逃。死士不達目的，誓不罷休。

黑煞軍首領揮手，聲音冰冷。「活捉獸人。其餘人，殺！」

裴延初放下歸哥兒，推進沈思洛懷裡，拿著武器上前幫忙。

眼見對方來勢洶洶，大家都做好拚死一搏的準備。就在雙方要短兵相接的時候，那些人突然止住腳步，像是被點了穴般，僵硬了下，突然轉身對同伴刀劍相向，而且招招狠辣。

「慶國的祖宗顯靈了？」陳子善覺得自己在作夢，其他人也全看傻了。

程安帶著人悄悄後退，深怕這些人又殺過來。

「總算及時趕到。這世界怎麼會有輕功這玩意兒？」楚攸寧由沈無咎摟著，急掠而至。

他們和柳憫分開後，就追著黑煞軍過來。騎馬的時候還行，等上了山，對方一躍幾尺遠，真是對末世人太不友好了，最後只能靠沈無咎帶著她追趕。

對方一個人飛，他們是兩個人，自然趕不上。幸好她的異能升級到十一級後，不用近距離接觸，就能施展精神力，直接控制人。

陳子善一行人渾身一震，是他們太希望公主出現嗎？他們好像聽到公主的聲音，可是又沒看到人。

正在廝殺中的黑煞軍頓了下，似乎發現不對勁，可也只是中斷一下，繼續把眼前的人當敵人打。

楚攸寧和沈無咎還在幻化的精神罩裡，就算陳子善他們看過來，也只覺得是跟四周一樣的景物。

她趁亂打昏一個黑煞軍，動手就要扒人家的黑甲。

沈無咎伸手接過這活，都不用她說就知道她想做什麼，扒掉黑甲後，將人捆起來，堵住嘴，塞進黑煞軍拿來的麻袋裡，繫好袋口。

楚攸寧把人往黑煞軍首領面前一扔，和沈無咎退到一邊，用精神暗示他們，任務已經完成，並且用精神力布置出陳子善一行人已經被殺死的幻象。

黑煞軍醒過來，看到身上的傷，以及同伴的屍體，還有死了一地的敵人，以為是和那獸人交手導致的傷亡。

黑煞軍首領沒有多耽擱，在他腦海中，要活捉的人已經在麻袋裡，便揮揮手，讓人抬了麻袋就走。怕獸人突然清醒控制不住，他還摸出一支針筒，往麻袋裡扎。

「看來越老帝沒少昧下福王的東西，連麻藥都拿出來了。」楚攸寧悄悄說。

沈無咎愣了下，差點以為楚攸寧又在他不在時認了個老弟，結合這話一想，才確定她說的是越國老皇帝。

媳婦果然還是很喜歡給人起外號。

# 第一百零四章

見來勢凶猛的黑煞軍先是來一齣自相殘殺，又捆了自己人，便迅速撤退，陳子善一行人全傻了。

黑煞軍一退，楚攸寧和沈無咎從一處草叢後現身。

「小夥伴們，想我了嗎？」楚攸寧朝看呆的人招手。

「公主嬸嬸！」歸哥兒聽到聲音，猛地回頭，看到真是心心念念的楚攸寧，眼睛一亮，小短腿飛快衝過去，一頭扎進她懷裡，小腦袋蹭啊蹭。「公主嬸嬸，我想您了。」

「我也想你了呀。怎麼樣，有沒有受傷？」楚攸寧單手拎起他，另一隻手正要往他身上捏，一個黑影突然撲過來，髒兮兮的爪子直攻她的面門。

「小心！」

沈無咎走近時，有些情怯地放慢腳步，目光落在人群中那個比乞丐還邋遢的人身上。那人一動，他就發現了，急忙上前阻止。

楚攸寧快如閃電扣住這隻爪子，將他往後扔，扔完才反應過來，不好意思地看沈無咎。

「我忘記這是咱們的哥哥了。」

不等沈無咎說話，那人落地後抵住地面，一躍而起，抓住一棵樹，雙腳在樹根上借力一蹬，再次凶狠地撲向楚攸寧。

「公主，快放下歸哥兒，他是覺得妳在傷害歸哥兒。」沈思洛急喊。

沈無咎心頭一震，看看歸哥兒，再看看那個人，發現他腰間插著歸哥兒的小木劍，且行動間似乎還有意避開，不讓木劍折損。

這是不是代表，他這個兄長還有一絲神智？

沈無咎幾乎可以肯定，這人是沈無恙了，神情難掩激動，朝那人喊：「二哥！」

沈思洛想要往前的腳步頓住，不敢置信地望向沈無咎。

是她耳朵壞了嗎？為何她會聽到四哥喊那怪人二哥，二哥不是已經死了？公主說二嫂去邊關，就是要把二哥的屍骨帶回來，葬入祖墳的。

其餘人也是滿臉愕然，目光在怪人和沈無咎之間來回掃視。

這個搶了歸哥兒的木劍，而且跟了一路、一心護著歸哥兒的救命恩人，居然是沈家二爺，歸哥兒的爹?!

然而，怪人對於沈無咎的叫喊，並沒有任何反應，撲向楚攸寧的動作也沒有停下來。

楚攸寧把歸哥兒拎到身後，雙手抓住怪人，將他旋轉到半空，昂頭打招呼。「二哥嗎？你好，我是楚攸寧，是歸哥兒的公主嬸嬸。」

怪人朝她齜牙怒吼。楚攸寧皺眉，嫌棄道：「二哥，你多久沒刷牙了？嘴巴有點臭。」

眾人失笑。果然，有公主在，天大的喜怒哀樂都會變得很不一樣。

沈無咎上前，要她將人放下來。

之前楚攸寧用精神力掃到這邊的人，就悄聲跟他說了，所以他知道沈無恙的四肢依然健全，並沒有半點獸化的模樣。

只是，看到這樣的二哥，沈無咎還是悲痛萬分。

沈無恙渾身上下衣衫襤褸，頭髮亂蓬蓬的，髒得打結，身上也散發出難聞的氣味，比大街上的乞丐好不到哪裡去。

如果沈無恙失蹤那年就被擄來做改造，也就是說，他至少以這個樣子過了六年！

「二哥……」沈無咎眼眶通紅，蹲下身，想撩開沈無恙臉上散亂的髮。

沈無恙凶狠地張嘴，咬住他的虎口。

沈無咎也不躲，就這般讓他咬著。

「四哥！」

「主子！」

「駙馬！」

見沈無恙攻擊沈無咎，所有人回過神來，急得大喊。這怪人可是除了歸哥兒外，不許任何人靠近的。

楚攸寧本來想用精神力控制沈無恙，可是見沈無咎這樣，便作罷了。也許這時候，被這樣咬著，他心裡能好過一點。

沈無咎用另一隻手堅定地撩開擋住半張臉的頭髮，看著記憶中熟悉的臉一點點出現，儘管臉上布滿污垢，目光凶狠，雙頰瘦得凹陷，但他還是認出來了。

沈無咎再也克制不住，淚水盈滿眼眶，撫著這張受盡苦難的臉，用力抱住沈無恙，聲音哽咽沙啞。

「二哥，你受苦了。是我沒用，這麼多年，我連一點消息也沒查到。」

沈無恙突然被抱住，只覺得這人要困住他，正要暴起，腦子突然一懵，接收到不許動的命令，像塊石頭一樣，一動不動，任由沈無咎擁著。

「真的是二哥！」

隨著頭髮被撥開，沈思洛終於看清那張臉，又驚又喜地撲上前。當年她被大姊欺負的時候，二哥可沒少為她出頭喝斥大姊。一個會護著她的兄長怎會傷她，就算傷了，也是因為神智不清。

沈思洛想到之前沒認出沈無恙時，自己對他的畏懼，心裡羞愧得不得了。

「二哥。」她彎下腰輕喊，聲音輕得生怕嚇到他。

沈無咎退開，指著沈思洛，試圖想勾起沈無恙的回憶。「這是小妹，二哥可還記得？」

沈無恙不耐煩地吼。

「四哥，二哥怎會變成這個樣子呢？二哥曾經是多麼意氣風發的人啊。」沈思洛心痛不已，親眼看到沈無恙把自己活成野人模樣，不敢想像他遭遇了什麼事。

「比起看到他的屍骨，這已經好太多了，不是嗎？」沈無咎安慰沈思洛，也安慰自己。

「公主孃孃，四叔他們喊的二哥，是我父親嗎？」歸哥兒站在楚攸寧身前，揪著手指，不知所措，甚至有點想哭。

他記得父親排行第二，可是，父親怎麼會是這個樣子的呢？父親明明是大將軍，大英雄，為什麼會變成乞丐，連吃東西都不會，是誰把他關起來了嗎？

「如果沒認錯的話，應該就是。歸哥兒，你不是心心念念要父親嗎？雖然不是回家才看到，但是重逢宜早不宜晚。去吧，讓你父親看看他兒子有多棒。」楚攸寧推著歸哥兒上前。

歸哥兒受到鼓勵，踱步過去，躲在沈無咎背後，羞怯地探出小腦袋。之前只當這人是搶他木劍的怪人，如今知道怪人就是父親，他倒不好意思親近了。

「歸哥兒，來。」沈無咎把他拉到跟前，對沈無恙說：「二哥，你拿走歸哥兒的木劍，可是還記得那是你做給歸哥兒的？你看，這就是歸哥兒。」

沈無恙沒聽懂他的話，只知道這人把他想要親近的小幼崽送回來了，伸手把歸哥兒拉過來，塞到身後，結果力氣太大，讓歸哥兒撲倒在地，好在地上都是乾草枯葉，沒摔傷。

沈無恙見了，就想用嘴去叼他。

楚攸寧上前，拎起歸哥兒，直接讓他騎在沈無恙肩上。「喏，體驗一下騎在父親脖子上是什麼樣的感覺。」

眾人無言了，他們果然永遠跟不上公主的想法。

別說，這招還真管用。沈無恙不舒服地扭了扭脖子，然後動也不敢動。

歸哥兒抓著他頭頂上跟鳥窩似的頭髮，也不嫌棄，表情有些羞澀。

他騎在父親脖子上呢，以前就想讓父親扛著他到街上去玩，如今成真了。

沈無咎見沈無恙沒把歸哥兒甩下來，有些欣慰。只要人好好的，不會的東西，不認識的人，總能慢慢教的。

「聽說是歸哥兒自個兒找回父親的，真厲害！」他把歸哥兒抱下來，放到沈無恙面前。「歸哥兒，你喊喊父親，看看他認不認得你。」

歸哥兒本來就不怕沈無恙，這會兒知道他是父親，更加不怕了，抬手去碰他的臉，糯糯地喊：「父親。」

然而，沈無恙看他一眼，沒有回應，還抬手撓臉上的癢癢。

歸哥兒不由看向楚攸寧求助。

「可能是太死板了，喊爹爹。」楚攸寧巧妙地安慰。

歸哥兒從善如流，道：「爹爹。」

沈無恙覺得這聲音像他一樣單一，也吼了聲回應。

歸哥兒欣喜若狂。「公主嬸嬸，他喜歡我喊爹爹。」

「嗯，以後就喊爹爹。」楚攸寧覺得，沈無恙可能是把這聲爹爹當成羊在叫了，視為同類，所以給出回應。

「主子，不如先找個地方坐下來？」程安上前提議，看著突然變成自家二爺的怪人，依然覺得不可思議。

程佑還跟二夫人去邊關，要帶二爺的屍骨回京呢，沒想到他們此行居然撿到了活生生的二爺，作夢都不敢這麼想。

沈無咎聽了，看看渾身邋遢得不忍卒睹的兄長，迫不及待想幫他梳洗乾淨。「方才你們待在何處？」

程安答了，於是一行人很快又回到之前的山洞。

山洞裡，架在火堆上的小野豬還在，重新生火就能烤來吃。不遠處有一條溪流，用水也方便。

黑煞軍帶著人出去，就表示已經完成任務，其餘官兵沒有再搜山的必要，他們待在這裡算是安全的。

楚攸寧發現這行人裡少了幾個人，有些難過，但她知道這已經是最好的結果。要不是沈無恙半路冒出來幫忙，後果不堪設想。

她拍拍陳子善的肩膀。「好樣的，回去獎勵你一隻雞。」

「多謝公主！」陳子善瞬間覺得自己這傷受得值了，不為這隻雞，單為公主的誇讚。

楚攸寧又看其他人。「你們也幹得好，每人一隻雞腿，再加一顆雞蛋，不能再多了。」

大家噗哧笑出聲，邢雲這邊的人也聽說公主養的雞，咳……聽說能讓人龍精虎猛，大臣們想買還買不到。

許玲玥看著楚攸寧威風八面的樣子，眼裡帶著崇拜，心裡引以為傲。

她的目光太灼熱，楚攸寧想忽略都難，以為這姑娘是在饞她的雞，正想說也有她的份，目光對上，她就嚇得飛快低下頭。

楚攸寧搖搖頭，這姑娘太像小白兔了，就這樣的膽子，還能當紅顏禍水呢。

她沒再管，嘉獎完隊員，過去看沈無咎打理沈無恙。

此時的沈無恙已經被沈無咎帶去梳洗，換了身乾淨衣服。沈思洛正在幫忙梳理他打結的頭髮，歸哥兒抓著他的手陪著，完全把他爹當小孩哄。

沈無咎拿匕首幫沈無恙刮掉鬍子，這會兒打濕了巾帕，正替他擦臉。做這些的同時，還不忘跟沈無恙說起過往，希望能勾起他的記憶，哪怕他聽了完全沒有反應。

收拾乾淨的沈無恙，臉部輪廓分明，儘管瘦削，不難看出是個英俊昂藏的男子。

「嗯，弄乾淨了，又是一個美男子，照樣能迷得二嫂神魂顛倒。」楚攸寧給予肯定。

沈無恙好像知道控制他的人是楚攸寧，見楚攸寧過來，抬頭對她齜牙。

「嗷嗚！」楚攸寧張牙舞爪齜回去。

眾人哭笑不得，看來公主和沈無恙會玩得來。

沈無咎眼裡盈滿寵溺，這樣可愛的公主，誰不愛？

「公主，妳可有法子恢復二哥的記憶？」沈無咎滿懷希望地問。

他聽程安說了遇到沈無恙後發生的一切，好好一個人把自己活成野獸模樣，甚至吃生肉維生。他只恨福王死得太痛快，不然他定會逼福王也嚐嚐生吃血肉的滋味！

若是楚攸寧知道他這麼想，肯定要他放心。在她製造的末世幻象裡，福王不但生吃血肉，也是被生吃的那一個。

大夥聽到這話，幾乎同時停止手中的活，看向楚攸寧，等待答案。

楚攸寧用精神力催眠沈無恙，然後仔細探查他腦子裡每一根神經，並沒有發現任何堵塞，導致失憶或癡傻。這種情況倒像是跟初生嬰兒一樣，猶如一張白紙，被教成什麼樣子，就是什麼樣子。

不應該啊，末世被感染的異獸咬過的人，就跟被喪屍咬一樣，有一定的機率會獲得獸化異能。只不過，比起被喪屍咬傷而覺醒異能的機率更小。

雖然她沒見過半人半獸，但不該是這個樣子。無法獸化，卻活成了獸的模樣？

楚攸寧特地察看沈無咎的腦子裡有沒有異能晶核，確實沒有，但他的骨骼比別人拓寬許多。沒有異能晶核，但力量和速度，包括視力都強化了，這種情況更像是末世後出生的人，身體得到強化的樣子。

她收回精神力，對上滿臉期待的沈無咎，雖然有些不忍，還是如實說了。「二哥被改造後，如同初生嬰兒般，整個人像一張白紙，如果灌輸給他獸的記憶，他就覺得他是獸。這種情況，我也不知怎麼辦，要不你跟我說他從前的事，我試著暗示他，看他會不會想起來。」

這裡人多，楚攸寧不能直接說出精神力。雖然大夥對她擁有異能的事，已經心照不宣。

沈無咎凝視睡著的沈無恙。「倘若將身分跟來歷灌輸給他，他還會是原來的二哥嗎？」

「有可能是全新的他，但有了這些記憶，他應該知道怎麼做人了。就像失憶的人被找到後，告知他是誰，然後被迫接受一切。」

沈無咎苦笑。「差別在於，失憶的人或許有恢復記憶的一日，但二哥不會是吧？」

楚攸寧點頭，又搖頭。「這個也不一定。沈無咎，這個世上還是有奇蹟的。你看，本來以為已經死去的二哥又活了，這不就是奇蹟嗎？」

沈無咎豁然開朗，輕捏她的臉。「妳說得沒錯，我該知足才對。」

「沒事，總好過替二嫂找個一模一樣的冒牌貨，冒牌到底沒有原裝的好。」楚攸寧踮起腳尖，兩手捏住他的臉頰輕輕拉扯，作為回敬。

沈無咎拉下她的手，再次看向沈無恙。「若是在回去之前二哥能想起一切便好了。」

「二哥和二嫂是真愛，都說愛情的力量很偉大，說不定二哥見了二嫂，就想起來了。」

楚攸寧說著還點點頭，表示這話的可信度。

沈無咎被安慰到，笑著附和。「妳說得對。跟妳在一起，一切都會變好。」

楚攸寧得意地挺胸。「以後會更好的。」

沈無咎把她擁進懷裡。「我信。」

如果沒有她，即便他從夢裡活著回來，也不會變得比如今更好，甚至可能不會知道二哥還活著，在那座地宮裡被當成野獸一樣馴養。

原本以為可能是三哥的人變成了二哥，他可不可以想，或許三哥還活著？

可是他知道，這種幸運又不幸的事，只可能有一次。

他搜遍了地宮，福王在楚攸寧的精神控制下，不可能撒得了謊。倘若三哥也被送來這裡，若還活著，福王不會不記得。

雖說該知足了，可他還是想貪心一回，希望三哥還好好活在這世上的某個角落，有朝一日，同二哥這般，與他們不期而遇。

——未完，待續，請看文創風1019《米袋福妻》4（完）

# 為流浪貓狗加油 和貓寶貝 狗寶貝

## 廝守終生(一定要終生喔！)的幸福機會

對人來說，貓寶貝狗寶貝只是生活的一部分，但妳（你）對牠們來說，卻是生活的全部，領養前請一定要考慮清楚——

▲ 會讓人忍不住親上幾口的小妞 吳天天

性　　別：女生
品　　種：米克斯
年　　紀：2歲半
個　　性：親人親狗
健康狀況：救援初期患有心絲蟲，已治療完成，
　　　　　將於12/15覆驗，心絲蟲覆驗過關才結紮
目前住所：新北市三重區

本期資料來源：中途吳小姐

## 『吳天天』的故事：

小小年紀已升格成母親的天天，生了九隻顏值很高的寶寶，一起被捉捕進新屋收容所。救援初期不親人、不親狗，極度怕生且有低吼咬人的問題，對聲音敏銳度極高，害怕任何會發出聲音的物件。

經過八個多月的訓練，成果豐碩，目前狀態親人也親狗，個性溫和，其實內心住了一個小三八，渴望被愛，滿心滿眼都是牠的愛；生活習慣良好，吃飯、喝水、吃零食都很守規矩，是個很有禮貌又愛排隊的小妞；個性可靜可動，在室內會不吵不鬧地靜靜休息，在戶外可以跟同伴們打打鬧鬧地玩耍追逐。

不過對聲音很靈敏的天天，聽到突然的聲響還是會害怕，尤其車聲最讓牠感到壓迫。但很可愛的一點是，牠遇見陌生人會主動靠近打招呼，遇到貓咪也很和善，卻因此反倒常被貓咪凶呢！

天天最愛在鄉下的空曠地上打滾、盡情奔跑，喚回時完全不用費心，只要牠認定您，不管您身在何處，牠的目光總是在您身上，在您還沒出聲喚回時，牠已經奔向您了！來吧，請拿起電話跟吳鳳珠小姐0922982581聯繫，通關密語請說「我想認養吳天天」！

**認養資格：**

1. 認養人須年滿25歲，有工作且收入穩定，勇於對自己負責，全家人也須同意。
2. 請當成家人一樣愛護，謝絕放養、關籠、睡陽臺或當成顧果園/工廠之類的工作犬。
3. 不接受差別待遇，嚴禁當童養媳。
4. 須同意簽認養寵物切結書。
5. 須同意送養人日後之追蹤探訪，對待吳天天不離不棄。

**來信請說明：**

a. 個人基本資料：姓名、性別、年齡、家庭狀況、職業與經濟來源等。
b. 想認養吳天天的理由。
c. 過去養寵物的經驗，及簡介一下您的飼養環境。
d. 若未來有結婚、懷孕、出國或搬家等計劃，將如何安置吳天天？

望今朝碎碎唸唸之人，亦相伴歲歲年年／寒山乍暖

2021年10月出版

# 萬能小媳婦

人家對她好一分，她必是要還回十分才覺心安，
偏偏他這人啊，嘴上從不會說些甜言蜜語，
不過她曉得，他是將她放在心尖尖上珍藏著的，
於是乎，她欲走不能，莫名丟了心；
於是乎，她甘願和他結髮一生、相伴一世……

文創風 996 1

因為長得漂亮，命格又與沈羲和相合，所以顧小被沈母買回家當他的童養媳，
可被壞心奶奶賣掉的她一心只想回顧家找娘親，於是她大著膽子去尋賣身契，
不料陰差陽錯之下被眼裡揉不得沙子的沈母抓了個現行，認定她在偷錢，
沈家是容不下偷雞摸狗之人，更何況「偷」的還是沈羲和的趕考銀子！
毫無懸念的，她被趕走，結果在回顧家的路上摔下崖，結束坎坷的一生，
然後……顧筱就發現自己一睜開眼竟穿書過來，成了顧小那個小可憐了！
最要命的是，她就在案發現場、手裡正抓著那只該死的錢袋！
估計沈母現正站在門口準備進來抓她呢，這是天要亡她吧？

文創風 997 2

按原書設定，自小聰慧的男主沈羲和年紀輕輕就考中秀才，且一路考一路中，
三元及第、加官進爵後還娶了善良的女主，顧筱當初看書看得是無比開心，
然而，當她成了男主功成名就前那個短命的童養媳，故事可就不那麼美妙了，
因為沈羲和從未喜歡過那個性子怯懦、舉止粗鄙又大字不識一個的童養媳啊！
若她硬留在沈家就是擺明了招他嫌的，可她就算有心想走也走不了呀，
畢竟她初來乍到，還人生地不熟，空有美貌卻沒錢沒勢地在外走跳鐵定完蛋，
更何況，她的賣身契還捏在沈母手中呢，沒拿回來前她也沒那個臉偷跑，
所以她決定了，得先想法子賺錢攢夠銀子，把賣身契贖回來再揮揮衣袖走人！

文創風 998 3

由於家裡出了個很會讀書的沈羲和，一家子傾全力供他讀書科考，
所以沈家十幾口人，平時日子過得緊巴巴的，那是真窮，
家中大權握在沈母手中，就連柴米油鹽能用多少都是她說了算，
因此身為女子的顧筱要在家裡頭吃口肉實在是奢想，
不過她算是漸漸抓到了跟沈母相處的訣竅——順著毛摸！
凡事只要打著「為了相公好」的名義，沈母就沒有不點頭的，
憑藉這點，她私下做手工藝攢錢的事沈母都沒多說什麼，
因為在沈母心中，她就是個為了相公掏心掏肺的傻丫頭呀！

文創風 999 4 完

羊毛氈、貝殼風鈴等，顧筱努力做出各種精緻的手工藝品來吸引顧客，
名聲出來後，越是獨一無二、出自她手的作品，就越是有人搶破頭要收購，
不過她也沒忘了帶領沈家人開食肆、買土地，過上滋潤的日子，
她出得廳堂、入得廚房，賺得盆滿缽盈，讚她一句萬能小媳婦她都不害臊，
雖然沈羲和早把賣身契還她，可奇怪的是，重獲自由身的她竟捨不得離開了，
再加上她那名義上的相公早已滿心滿眼都是她，對她呵護備至、疼寵有加，
所以她認真想了想，要不……就留下來嫁給他，不走了吧？
賺錢養家這種小事交給她，他便負責光宗耀祖，這筆買賣似乎還挺划算的啊！

風 文創 1018

# 米袋福妻 3

國家圖書館出版品預行編目資料

米袋福妻 / 浮碧著. --
初版. -- 臺北市 : 狗屋出版社有限公司, 2021.12
冊 ; 公分. --（文創風 ; 1016-1019）
ISBN 978-986-509-276-4（第3冊 : 平裝）. --

857.7　　110018442

| | |
|---|---|
| 著作者 | 浮碧 |
| 編輯 | 安愉 |
| 校對 | 沈毓萍 |
| 發行所 | 狗屋出版社有限公司 |
| 地址 | 台北市104中山區龍江路71巷15號1樓 |
| 電話 | 02-2776-5889～0 |
| 發行字號 | 局版台業字845號 |
| 法律顧問 | 蕭雄淋律師 |
| 總經銷 | 知遠文化事業有限公司 |
| 電話 | 02-2664-8800 |
| 初版 | 2021年12月 |
| 國際書碼 | ISBN-13　978-986-509-276-4 |

本著作物由北京晉江原創網絡科技有限公司授權出版

定價260元

狗屋劃撥帳號：19001626

網址：love.doghouse.com.tw　E-mail：love@doghouse.com.tw